漫時光

他定有過人之處

上卷

天如玉 著

高寶書版集團

目錄
CONTENTS

第一章　幽州

神容夢見與人滾在一起。

「唰」的一聲，衣裳落地。那人的手臂伸過來，矯健有力，箍住她的腰。燭火迷蒙，男人寬闊的肩在眼前舒展，肩峰聳動，光暈裡薄汗搖墜。

她難熬，下意識地想抓點什麼，伸手出去，抓到那件剛被扯落的衣裳，瞄過去，是件嫁衣，她當初成婚時穿的嫁衣，霍然轉頭去看男人的臉……下一刻，驚坐而起。

青白天光浸透窗檽，斜長的一道，直拖到床前。神容緊緊擁著身前薄被，背後汗濕重衣。她急促地喘息，一口一口的，尚未從夢中場景裡走出來。

「少主？」侍女紫瑞守在外間，聽到一點動靜就出聲詢問：「可是醒了？正好，郎君已下令啟程了。」

神容緩了緩，「嗯」一聲，嗓子詭異地有些嘶啞。

紫瑞推門進來伺候她起身，手將將觸到她身上，吃了一驚：「少主怎會出這麼多汗？」

神容眼睛半睜半閉，敷衍說：「做了個夢罷了。」

紫瑞更覺驚訝：「那就奇了，少主過往從未被夢魘到過的。」

說得沒錯。神容摸了摸滾燙的臉。

「定是這地方山高路遠的，惹了您水土不適。」紫瑞嘀咕著，一面轉頭去端清水。

這裡是一處道觀，的確偏遠，她們一行人從長安出發，走了大半月才至，還是在途中沒有半點耽擱的前提下。

神容沒說話，眼睛終於完全睜開了，人卻好似還沒醒，抬手撫過脖子，汗津津的沾了滿手。何止，整個人簡直像從水裡撈出來的。她蹭了蹭手心，還在想著那個夢……

觀中悠悠響起鐘聲時，日頭還沒升起，道士們已經全出動，皆恭恭敬敬候在山門前。就連兩個打掃的小童都沒有缺席，一板一眼抱著比自己還高的笤帚站在隊尾。

京城長安的累世公卿大族，開國功勳之後——長孫家族的人忽然遠道而來，紆尊降貴落足於這荒山小觀，這可是件叫眾人措手不及的大事。

前日一行人到時，就連已經閉關辟穀的知觀也不得不破例出來恭迎。今日貴客們就要走了，大家自然小心恭送。

長孫家此行輕裝簡從，即便如此，也有幾十號人，幾乎要把道觀擠滿，在這小地方已是從未見過的大族派頭。

眾道士垂手站立，一溜肅穆地看著大族隨從護衛們進進出出收拾行裝、套馬裝車，只能以眼神感嘆這紅塵俗世裡的世家繁盛。

車馬前端立著個青年男子，身著圓領袍衫，面白清俊，舉手投足間一身貴氣，是此行牽頭的長孫信。

一旁站著臂挽拂塵的知觀，正向他躬拜：「郎君恕罪，小觀地處窮鄉僻壤，實在招待不周。」

長孫信笑道：「我倒是無妨，只要裡頭那位祖宗沒說不好便是好的了。」說著朝後面招招手。

立時有僕從上前，雙手奉上答謝的錢銀。

知觀恭敬領受時，想起他口中說的「祖宗」，定是隨他同來的那位女眷了。來時他並不敢多看，只覺對方下了車來，左右無不恭敬，甚至連眼前這位長孫郎君都是跟在她後面入的山門，卻無人覺得不妥，似是理所應當。

知觀後來打聽了一下，據說那位女眷是這位郎君的妹妹。可聽說這位郎君任職朝中工部侍郎，年紀輕輕就已躋身京官之列，又是長孫家的繼承人，竟還比不上自家胞妹的排場，再聽方才他那句話語氣寵溺，顯然對其妹非同一般了。

這頭，長孫信已朝山門裡望了好幾眼，仍沒見著來人，不禁問身邊：「人呢？」

剛剛負責給錢的僕從恰好來時撞見過紫瑞，催請了一回，因而知道緣由，立時貼在他耳邊低語兩句。

長孫信聽了皺眉：「臨走反而沒叫她睡舒坦了。」

知觀聞言，渾身一個激靈，還以為是道觀怠慢了他家那位「祖宗」，及時開口打岔：「敢問郎君，接下來欲往何處？」

長孫信本還盯著山門，聽了這話像是被提醒了，回頭道：「要往幽州，道長可知最快的路徑？」

知觀忙細想，點頭：「若要往幽州，這條路正是捷徑了，距離已然不遠，只是幽州……如今可不是什麼好地方啊。」

長孫信負手身後，不以為意，不是好地方又如何，這普天之下還沒他長孫家去不得的地方。

正當這時，他千等萬等的人出來了。

神容梳洗妥當，換了衣裳，又用罷了朝食，此刻領著紫瑞，不疾不徐步出了山門。

眼下正當入秋，她身上罩著件寬大的緋色披風，亮眼的很，一出現，就連在場木頭似的道士們都不禁接連投去偷瞥的目光。

但也只看到一道高挑的身形。她側對著眾人，朝長孫信看了一眼，便逕自往前去了，走動時臂彎攏在披風裡，懷抱著什麼，半遮半掩的，隱約可見是個條形的木盒。

知觀也朝她偷望了一眼，記起這位「祖宗」來時好像也抱著這個，卻不知裡頭裝的是什麼。這大家族裡的人可真是瞧不懂。

長孫信快步追過去，不忘朝旁招招手，馬上便有麻利的下人搶先跑到馬車邊擺墩子去了。

「可算好了，就等妳了。」他跟上神容，趁機看了看她的臉色，小聲道：「精神是不大好，聽聞妳被夢魘著了，夢到什麼了？」

神容腳步倏然停住，眼神飄忽一閃：「算了，我不想提，哥哥就莫要問了。」

長孫信反而疑惑了：「到底夢到什麼了？我不得不問，我只盼著妳這一路順風順水的，可千萬不要有半點兒不如意才好。」

低語間二人已至車邊。長孫信所言不虛，便是此番出行神容所坐的馬車，怕她不舒坦，他千挑萬選給她安置個最寬大安逸的。路上她隨口說了句想看看沿途景致，他二話不說半路找人將窗格開大，又怕飛蟲侵擾，蒙上軟紗。就更別提其他七七八八大大小小的事了，簡直是把她當成自己眼珠子似的看護了。

神容一隻腳踩上墩子，聞言又收回來，臉色古怪，竟疑似有了紅暈：「只怕我說了，你又覺得我不該說。」

長孫信拍胸保證：「怎會呢，我可是妳哥哥，在我跟前妳就放心……」

「男人。」

突來的兩個字叫長孫信一愣，忙轉頭四顧，所幸紫瑞機靈，見主子們說話早領著其他僕從退遠了。他還嫌不夠，朝山門那頭擺擺手，示意道士們全都回去，莫要圍看了，再回頭，低低道：「青天白日的，這是說什麼，叫人聽著不好！」

神容朝天輕翻一眼，她早說什麼來著？是他偏要問的。

然而長孫信馬上又湊近：「什麼男人？」他根本不是那等迂腐古板之人，無非是要在外護著妹妹高門貴女的體面罷了。

不知是不是錯覺，眼前神容的神情似是凝了一下，轉而又飄渺如煙似的鬆散了。

「不記得了。」她披風一掖，抱著盒子登了車。

長孫信更好奇了，她能夢到什麼男人？除去父兄，她長到如今也沒幾個親近的男人，又有哪個是能入得她夢的？難道是……

他往後瞧，見那群道士還杵著，一副貴客不走他們就不敢動的模樣，其餘的話再不便說，當即揮手下令：「啟程！」

車馬浩浩蕩蕩下山而去，道士們才像活了一樣，在知觀的帶領下朝向隊伍，弓腰垂首地拜送。

車裡，神容往後一靠，閉上眼睛，權作補眠。

上一次像這樣坐著高馬拉就的車駕一路離開長安，是三年前的事了。不過那時遠比如今張揚百倍，因為是她成婚。

作為長孫家最受寵的小女兒，她的婚事就是整個長孫家的大事，夫君更是由她的父母閱盡才俊後一手擇定的——洛陽山家的嫡長子山宗。

長安功勳之後長孫氏，洛陽將門世家山氏。這是一場世家豪族的聯姻，人人稱羨。彼時里坊各街圍觀者無數，就連當年還在世的先帝都御賜了賀禮。那年她十六歲，從長安一路風光地嫁去洛陽。

然而這一時無兩的光彩也不過維持了半年。半年裡，她那位夫君幾乎一直領兵在外。終於等他返回，沒有小別勝新婚，而是一場了結。

那一日，他的貼身侍從跪在她房門外，雙手捧著封和離書高舉過頭頂，頭也不抬地稟：「郎君自與夫人完婚以來，毫無夫妻情意，偶有相對，只覺強求。今願夫……長孫貴女接書，以作了斷，各相安去。」

神容以為聽錯了，直到這番話又被復述一遍，才難以置信地問：「他才剛娶了我，便對我如此不滿？」

侍從拜倒，那封和離書始終穩穩托舉：「郎君說他心意已決，與貴女命裡無緣，實非良配，餘生不必相對。」

神容是何等人？她是長孫家捧在手心裡長大的，從未受過這般對待，說是和離，在她眼裡卻與被休無異。她怒不可遏地出去找山宗，直到山家大門口，未見到人，卻見送她的車馬都已備好，甚至還守著一隊形容整肅的兵。

侍從追出來，又拜：「夫……貴女不必再找，郎君已經離開山家，今後都不會再回了。」

神容冷冷看著他，又看向那隊冷漠的兵，銀牙緊咬……

當天她不顧山家上下的挽留勸阻，頭也不回地返回了長安。

長孫家齊齊驚動，她哥哥長孫信跑得最快，趕在所有人之前一把拉住她問出疑惑：「如何會出這事！妳夫君呢？」

神容袖中手指緊緊攥著那和離書，仰起頭，理直氣壯答：「什麼夫君，死了呀！」

長孫家的女兒沒有和離，只有喪夫。她只當她夫君已經死了。

回憶到此處停住，夢中場景浮現出來。神容睜開眼，單手托腮，思索著，她怎會夢到那種事……洞房。

實際上當初因為突來調令，完婚當日那男人就走了，之後半年聚少離多，到和離時她都還未能與他做過一日真正夫妻。明明以前一次也沒夢到過。

馬車忽然行慢，長孫信的聲音從外傳入：「阿容，我方才想了又想，這是個好夢啊。」

神容的思緒被打斷，才發現自己手托著的腮邊正熱，振振神抬起頭：「你說什麼？」

長孫信的臉透過蒙紗的窗露出來，小聲道：「也是時候了，妳都歸家三載了，那事也過去那麼久了，依我看，那夢的意思便是妳要再逢一春了。」

神容心想這是什麼話，是說她曠久了不成？

「倒不知你還會解夢了。」她別過臉，卻悄悄回味一下夢裡男人的臉。

其實並沒有看清，夢裡在她轉頭去看的那刻，只有他有力的身軀，其他始終隔著層霧。她的神思又有些飄遠，在想那人是不是他……

「不，阿容，」長孫信只願她往好處想，一本正經道：「信哥哥的，不管妳夢到誰，毋須多想，這就是個好兆頭！」說完他頓了頓，又加一句：「當務之急，是要辦好眼前這樁要事。」

神容聽到後面那句，臉才轉回來，看了懷中的盒子一眼：「知道了。」

如今的國中，剛剛變了一番天。

先帝去冬駕崩，由他欽定的儲君繼了位。這位新君登基不久，卻並不親近先帝手下重臣，甚至其中陸續有人獲了罪。

長孫家世襲趙國公之位，自然也在這些重臣之列。要命的是，先帝在世時，其家族曾暗中參與過皇儲之爭，支持的是他人。

這事當時情有可原，如今若被挖出來，那便是與新君作對了。身為世家大族，居安思危是立足之本。長孫家不能坐等秋後算帳，須得主動扭轉局面。很快家族議定，一封奏摺上呈宮廷——工部侍郎長孫信請求為聖人分憂，要為國中緩解近年邊疆戰事帶來的國庫虧空，特請旨外出，為國開山尋礦。

次日，聖旨下，准行。

於是長孫家有了這趟遠行。而這，便是長孫信口中說的要事。

神容再往車外望出去時，離開那座道觀已有兩日。車馬正行於一條茫茫直道上，前後都不見人煙，唯有他們的隊伍行過帶出來的塵灰拖在隊尾，又被秋風吹散。

她偏過頭問：「到何處了？」

守坐在車門外的紫瑞答：「回少主，早一個時辰前就聽郎君說已入幽州地界了。」

正說著，長孫信從後方打馬過來了：「那知觀說得不假，還真離得不遠，這不就到了。」

他說著抬手往前一指。

神容順著方向望去，遙遠處橫擋著巍巍城門，連接城牆蜿蜒盤踞，如割開天地的一道屏障。

那頭早有護衛去城下探過，剛回來，向長孫信抱拳稟報，說城門眼下不開。只因一到秋冬季節幽州加強戒嚴，每日只開幾個時辰的城門。他們連日趕路太快，現在到得早，要城門開還得再等上半個時辰。

長孫信聽了不免嘀咕：那知觀又說對了，這還真不是個好地方，事多的很。他想了想，朝車中喚道：「阿容，不等入城了，咱們就此開始吧。」

神容朝他看去：「這麼急？」

他溫聲笑：「哪裡是急，我是怕妳趕路累了。早些開始，之後也好叫妳好生歇一歇了不是？」

神容一路上聽慣了這種好話，不置可否。

長孫信透過窗格盯著她瞧，馬騎得慢吞吞的。明明是他提的主意，卻反倒等她開口決斷似的。

終於，她點了下頭：「那便開始吧。」

長孫信立即勒馬，擺擺手，眾人跟著停下。

「請卷。」神容一聲喚，隊伍立時有了變化。

長孫信下了馬，站去車門邊，手一招，十幾名護衛近前，將馬車圍護在中間。

車隊後方，一名僕從取了水囊，仔仔細細澆透一塊白帕，雙手捧著送過來。

紫瑞接了，擰乾，躬身進車，跪呈過去。

神容撩起衣袖，接過帕子。軟白的帕子覆在她的手上，包裹著纖長的手指，先左手，再右手，她將十指細細擦拭了一遍。而後放下帕子，抽出軟座旁的暗格，揭開一塊薄錦，露出雕刻古樸紋樣的紫檀木盒。

正是她先前一直抱在懷裡的木盒。神容端正跪坐，兩手平措至左胸前，右手壓左手，低頭，對著木盒行了大禮。

一旁紫瑞早已垂頭伏身，不敢動彈一下。

禮畢，神容坐正，捧出木盒置於膝前，打開。裡面是厚厚的一捆卷軸書，以黃絹寫就。她小心展開，找到需要的那處，停住，攤在膝頭細細閱覽。

無人打擾她，她就安安靜靜在車中看著這書卷，一邊看一邊沉思。

外面眾人環護，鴉雀無聲。

直到過了兩刻，頭頂日頭都升高了，她才停下，將書卷小心捲起放回，蓋上木盒：「地圖。」

紫瑞忙從懷中取出一份折疊的黃麻紙，攤開送至她眼前。

是張手拓的幽州地圖。神容接過看了一圈，尤其在邊角地帶，看了又看，最後伸出手指輕輕點了兩處，抬頭問：「東來呢？」

紫瑞轉頭揭簾出車：「少主傳東來。」

車外護衛中很快走出一名勁瘦少年，快走兩步，跪在車邊：「少主。」東來與紫瑞一樣，皆是追隨神容多年的侍從，主責她人身衛護。

神容隔著車簾吩咐：「帶上幾人，照我在地圖上點出的地方探一探，遇有山川河流，記下走勢流向就立即回來。」

東來領命，接了紫瑞遞出來的那張地圖，認真確認過地方，又向一旁長孫信拜過，招呼了幾人，離隊而去。

長孫信在車旁站到此時，才動手揭了車簾往裡看：「辛苦了，阿容。」

神容剛把木盒仔細放好，拿著帕子又擦了一回手：「辛苦倒不至於，只是比起以往要麻煩一些。」

他道：「那哪能比，以往不過是在咱們自家采邑裡頭小打小鬧罷了，如今才是要見真章的。」

神容嘆息：「可不是麼，才探地風我就如此慎重了。」

長孫信聞言笑起來。方才那一番安排叫做探地風，若是想要找礦，這便是第一步。

以往在長孫家名下的采邑裡也發現過礦產，且皆為國之急需的銅鐵礦。後來他們的父親趙國公將礦產之事上奏宮廷，主動交給朝廷。

雖說國律規定礦出皆為國有，可也規定國公高位享有特權，凡出自名下采邑裡的礦產，可自采兩載以充府庫。但長孫家偏就大公無私地交了，且交出的還不只一處。

正因如此，其家族才能成為先帝倚重的幾大世家之一，長孫信後來得以年紀輕輕就被提拔進入了工部。當年先帝褒獎長孫家時，連長安城中三歲小兒都會唱：「長孫兒郎撼山川，發來金山獻聖王……」

人人都道這是他們長孫家命好，只有長孫家的人自己明白，那是憑他們自己的本事。此事說來奇妙，長孫氏雖為貴胄之家，卻有項技能代代傳承，那便是對山川河澤的精通。若非如此，就沒那道主動請纓的奏摺了。

然而此行如此大事，長孫信未帶其他幫手，卻獨獨帶上了神容。只因神容才是他們長孫家最有造詣的。便說她剛剛翻閱的那盒中書卷，實乃他長孫家祖傳祕要，如今傳到她的手上。此行非同一般，也就非她不可。

所以長孫信這一路的作為沒有絲毫誇張，他這個做哥哥的被底下人稱作郎君，她卻能被稱一聲少主，地位可見一斑。她就是個祖宗，長孫家人人寶貝的祖宗。

又一個護衛去城下探了路來，回報說時候到了，城門可算開了。

長孫信叫眾人各歸各位，回頭時繼續與妹妹說笑：「說來也很久沒見妳當眾請過卷了，我都忘了上回見這情形是何時了。」

神容往後一倚：「那是自然，這書卷我也封了許久了。」

長孫信並不知有過這一出，好奇道：「何時封的？」

「成婚時。」她的造詣對一個女子而言，本沒有用武之地，婚嫁時自然要封起。只在如今不得不用的時候，才又派上用場罷了。

長孫信一聽就無言，心說倒楣，怎麼又揭起這茬來？當即轉換話頭：「讓東來先探，咱們入城去等。」說完瞧見神容好像倚得不舒展，馬上吩咐紫瑞快去再取兩個軟墊來，好叫她舒舒服服地入城去。

神容什麼話也沒有。

所以說祖宗從沒自己要求過什麼，但有本事，大家偏就願意把她供起來。

幽州號稱河朔雄渾之地，比不得東西二京繁華，但也不及各大邊疆都護府偏遠，自古地處要衝，是防衛京畿腹地的一處要道，更是北方一座重鎮商會。

比起蒼涼的城外，城中卻是相當喧鬧。驛館內，驛丞正在忙，忽聞外面街上車馬聲沸，探頭一瞧，只見不少百姓避在路邊，伸著脖子朝大街一頭望著。

那所望之處，一隊高頭大馬的護衛引著輛華蓋寬車緩緩而來，最前方馬上之人乃一年輕貴公子，一身衣錦溫雅之態。他正思索這是哪來的顯貴，不知聽誰報了句「工部侍郎至」，驚得連忙往外跑。

車馬剛停，驛丞已撲上前拜謁，眾館役聞訊而動，一通人仰馬翻，生怕怠慢了都城來的要員。

長孫信見怪不怪，下馬踱步進驛館，左右看過一遍後道：「我們只在此暫居幾日，你們別的不用管，只要能叫舍妹在此好生休息，不被打擾便好。」

驛丞躬身跟著稱是，一邊在背後急切擺手，打發館役們去幫著卸車餵馬。

其實哪用得著他們做什麼，長孫信身後隨從各司其職，早已動了起來，甚至已有人入內去接管了驛館的廚下。

所有吃喝用事，一概由他們長孫家的人自行料理伺候。這是趙國公夫婦心疼愛女出門太遠，怕她不習慣，特地安排的。

長孫信自然照辦，這一路都是這麼過來的，力求此行身在偏遠，如在故都，到回去時他妹妹瘦了一點半點都不行。

神容在一片忙亂中下了車來，長孫信親自上前陪她入內。

驛丞只瞥見一抹罩在披風下的女人身影被護著款步而去，便知這位侍郎大人所言不是誇大，自是半分不敢懈怠，隨即想起那內院裡還有別人在，連忙趕過去安排，好給這位貴女所居周圍留個清靜。

這一通忙完便到了午間。

神容確實趕路累了，在客房中用了一餐精細佳餚、濃湯香茶的飯，疲乏上湧，便和衣躺下小歇片刻。

不知多久，外面有吵鬧聲，她翻了個身，醒了，聽清那是一道粗嘎的男人聲音——

「什麼狗屁貴人，礙事得很，還要咱們給他們讓地兒！」

「哎呦天老爺，小聲點，那可是長安來的……」這是驛丞的聲音。

「了不起？這幽州地面上，哥兒幾個只認團練使，其他人都滾邊兒去提鞋！」

「行了行了，快別在這兒了！」

神容起身下榻，過去一把推開窗，只看見院角閃過幾道人影。

算他們跑得快。她止住腹誹，抬頭望天，微雲若絲，日頭竟已偏斜。

東來一去好幾個時辰了，居然還沒回來。神容心想不該，他配有好馬，又只是先行一探，怎會耗費這麼久？

門忽被敲響，紫瑞在外急急喚：「少主。」

神容回頭：「進來。」

紫瑞推門而入，屈一下身張口道：「東來出事了。」

「什麼？」

紫瑞忙將事情說明：東來遲遲未回，她便照往常一樣派人去接應，才得知他被一隊兵馬扣下了。話到此處，她有些憂慮：「扣人的正要主家去贖人，可郎君安排好這裡就去城中官署了，只怕一時半會兒回不來。」

長孫信既然攜聖意而來，肯定要去知會當地官員，這是免不了的。神容一手拉上窗，不想乾等著他去處置：「我去走一趟。」

出城往西北十里，設有幽州屯軍所。四周絕道蒼茫，唯有這一處盤踞，背倚孤城，氣勢懾人。

因著城門開得晚關得早，神容沒有耽擱，乘車上路，很快趕至。

夕陽將下，她揭開車簾，望了那道高闊的軍所大門一眼：「就是這裡？」

紫瑞在車外稱是，後方是十幾個騎馬護送的護衛。據他們的人回報，東來那幾人正是被帶來了這裡。

神容毫不遲疑地探身出車：「那等什麼，還不進去。」

軍所門禁森嚴，兩名護衛上前交涉，守門兵才放行，一面有個兵卒往裡去報了。

神容片刻不等，腳步不停地往裡走。

高牆圍築的大院內，一隊兵正在那兒守著，忽覺有人到來，紛紛看了過去。只見一群護衛打頭，左右開道，站定後分開，自後方走出個年紀輕輕的女人。

神容來得急，沒繫披風，未戴帷帽，一襲高腰襦裙輕束，雍容之姿，眉眼如描，光是在那兒一站，便叫一群人看直了眼。

另一頭的角落裡，一下站起來幾個人，朝著她跪下：「少主。」是東來他們。

神容見幾人無事，才往那隊兵身上看了一眼：「他們憑什麼扣人？」

東來回：「他們說我們穿山過河，行止鬼祟，又是生面孔，必須帶回來查問。」

屯軍所負責一方治安鎮守，聽來倒是無可厚非。神容輕哼一聲，到底沒說什麼。

就這會兒功夫，那報信的守門兵從院中的正堂裡出來了，一同出來的還有個黑壯的漢子，後面緊跟著兩個捧著兵器的兵。

到了跟前，漢子的眼睛不禁在神容身上轉了一圈，才抱了下拳：「還請言明身分。」

這等小事不勞神容開口，紫瑞上前，將早已備好的文書遞上：「長安趙國公府，長孫家。」

大概是沒想到，漢子瞄了瞄紫瑞，覺得不像誇口才接過去，翻看一下，正是東來等人的家奴契書，朝身後點了個頭。那兵卒接到示意，進了院中正堂。

他將文書還給紫瑞，爽快道：「既如此，人你們可以帶走了。」說完他後面的兩個兵走去東來面前，交還他們的兵器。

神容不語，微微偏頭，拿眼瞄著那幕，雙唇抿起。

紫瑞看到這神情，便知少主心有不悅，當即道：「扣了我們的人，這麼一句話就想打發了？」

漢子看看神容，順帶看那幾把剛交還回去的兵器一眼。軍所已仔細檢視過，那幾把兵器非軍器，府衛用刀罷了，看式樣就知道是長安製。如今得知這幾人是來自長安趙國公府的家奴，便對上了，足以證明他們不是什麼鬼祟的敵方。

雖不知眼前這年輕女人的來歷，但看模樣在趙國公府身分不低。漢子心裡琢磨，犯不著硬碰硬，遂一改前態，堆著笑，朝神容鄭重抱了抱拳：「成，是咱們得罪了，諸位好走。」

這還像句話。神容轉眼去看東來，他領著人走了過來，在她面前垂著頭。

「回去再說。」她以為東來是自責節外生枝，沒多說什麼。剛扭頭要走，忽然瞥見他的額角，她腳步一下收住：「抬頭。」

東來聽到命令，抬起頭。

神容看到他的額角居然有道傷痕，直拖到眼尾，血跡剛止，腫脹著，差半寸就能傷到他眼睛，又去看他身上，他用左手拿兵器，右手背上也有類似傷痕，袖口還破了兩道。

是個傻子都能看出這是怎麼來的。她的眼神掃向那漢子：「你們敢動手？」

漢子一愣，反應過來：「幾鞭子罷了，他拒不服從，又不肯直言來歷，這是軍法。」

神容眉眼一厲：「什麼軍法，他是你這裡的兵？」

漢子被噎了一下，嘴巴張合，竟一時找不到話來反駁。

神容不能忍，東來不只是她近前護衛，還要為她探地風，現在手受了傷不說，還差點傷了眼睛，已然誤了她的事。別的好說，這事沒完。

「誰幹的？」她問東來。

東來低聲提醒：「少主，他們是駐軍。」

神容眉頭一挑：「那又如何，駐軍就能肆意動手？」笑話，她長孫神容是被嚇大的不成！

她又斜睨那漢子：「誰幹的？」

漢子倒是不傻，避重就輕地回：「咱不過是按律辦事，貴人若覺冒犯，軍所可按律賠償個百文錢。」聽他這語氣，倒還算讓步了。

「錢？」神容朝旁伸手。

紫瑞馬上取了懷中錢袋放她手上。

她接了往他腳邊一扔，滿滿的一包。她長孫家連礦都有，會在意這點錢？

「這兒有百倍，夠你把動手的交出來了？」

漢子驚得拎了下腳，詫異地看著她，自然不會去撿那錢，只好又道：「混亂之下動的手，分不清誰跟誰了！」

神容眼一轉：「那好，你們做主下令的是誰，總分得清了？」

漢子不由得臉一僵，乍一見這女人，只覺得美得驚人，跟畫裡走出來的似的，此刻卻全被她的架勢懾住了。他只想速速解決，心一橫道：「我，這裡下令的便是我！」

神容的眼掃過他：「看你的裝束，頂多是個百夫長，這麼大的軍所，你還不夠格。」

漢子被噎住了，不想她眼睛還這麼毒。

神容轉著黑亮的眼珠四下掃視：「把你們做主的叫出來。」

無人應答，在場的那隊兵只是盯著她。

神容看了一圈，目光忽而落到院中那間正堂，想起先前這漢子正是從裡面出來的，方才還打發了兵卒進去，必然是去報情形的，抬腳便往那裡走。

漢子去追時已經晚了，她纖影如風，直奔大門，一腳跨了進去。

堂中窗戶閉著，光線略暗，竟然有一群人。原本眾人正在休整，或站或坐地啃著餅飲著水，此時眼神唰地投過來，氣氛一片冷肅。

那漢子追過來，一聲「哎」剛冒出半截，及時咽回去，停在門口。

神容眼神左右一轉，面無半點怯意：「你們做主的呢？出來。」

這群人裝束與那漢子類似，都是中規中矩的甲冑罩在便於騎射的短打胡衣外，看來都是百夫長了。她判斷得分毫不差，這的確是個龐大的軍所。

然而聽到問話，眾人面面相覷，只是饒有興味地打量她，誰也不說話。

那漢子抵不住，跟進來無奈問：「這位貴人到底要如何啊？」

「傷了無辜的人，你說要如何？」神容說：「不能讓我的人打回去，那便叫你們做主的親自出來賠罪。」

漢子的眼都瞪起來了，哪有打個家奴要整個軍所的頭兒出來賠罪的？這女人年紀不大，怎的如此不好對付！

神容也不廢話，說完就往裡走。

興許是她這番話氣勢太足，裡面坐著的人都站了起來，如旱地拔蔥，嚴嚴實實擋住她的去路。

神容眼一睨：「怎麼，這是敢做不敢當？」

她的護衛已跟了過來，見狀就要進門來護。在場的可都是軍人，又是有頭銜的，哪裡是吃素的，一改休整之態，手中拿起兵器。可這邊也是長安來的高門貴族，手也紛紛按上佩刀。

真鬧起來可還得了。漢子跑過來，在兩方中間一擋：「好了好了，咱有話好說成不成？」

神容抬手輕撫了下鬢髮，反問：「我只要你們做主的出來給我個說法，是誰不好好說話？」

從未見過一個女子在這場合下還能氣定神閒的，但這副神情語調在她身上偏就渾然天成。漢子語塞，又不得失禮接近，只能硬著頭皮退兩步再擋著。

神容面向上首，也不管那群擋路的阻礙了視線，繼續往前。

那漢子邊擋邊退，直退到擋路的同伍身上，已無路可退，臉色難看的不行。

「行了。」忽來一句，低低的一把男人聲音。

頓時，擋路的都散開了。

神容循聲轉頭，右手邊最多十步外，坐了個人。那裡豎著一排高大的武器架，更暗，她只能看見那人收著腿，隨意坐在架前的一個輪廓，面朝她的方向，也不知這樣看了多久。

那漢子快步過去，小聲道：「頭兒，你都瞧見了，這我真沒轍……」

神容反應過來，朝上首一看，果然沒人。她以為做主的會坐上首，誰知他坐在這毫不起眼的地方，從她進來到現在就這麼看著？

她又回頭，盯著被漢子擋了大半的人影，看得最清楚的是他一截黑色衣擺下裹著革靴的小腿，他一隻手搭在膝上，指節分明。

「是你。」她心想可算肯露面了。

那隻手抬起來，一隔，漢子便乖乖被隔到一邊去了。

「是我。」他說：「對不住，可以了？」

左右都看向了他，尤其是那漢子，如同見了鬼似的，一直瞄他。

神容盯著他，此人語氣如此乾脆，便叫她覺出一絲詭異。彷彿是想息事寧人趕緊打發了她似的。

那人亦看著她。

神容忽然發現他的眸光很暗，瞧來甚至有幾分不善，瞇眼細看，竟看出一絲熟悉來。更甚至，連聲音都有些熟悉。

她心思一動，想都沒想腳就邁了出去，走去他跟前。

那人依然是隨意坐著的姿態，離近了才看清他腳邊支著一柄入鞘的直刀，斜斜靠在他腿上。他一手搭膝，另一條胳膊搭在旁邊案上，那裡擺著剛卸下的皮護臂和護腰。看到神容接近，他稍往後仰，抬起了頭。

神容的目光一寸一寸轉到他臉上，一眼，又一眼，忽然瞪大了眼睛。

兩個人誰也沒有言語。因為誰也沒想到會這樣再見了面。

神容竟下意識後退半步，目光還牢牢鎖在他身上。她在想這是怎麼一回事，他如何會出現在這裡？

「少主，郎君來了。」紫瑞在門口低喚。

長孫信的聲音很快傳入：「阿容、阿容！」左右鴉雀無聲，他急切的呼喚尤為清晰。

神容回神，從眼前男人身上生生收回視線，扭頭快步往門外走去。

長孫信剛到門口，就見妹妹衣袂帶風地走了出來。

「走。」她頭也不回地越過他走了。

長孫信朝她身後一看，看到了坐在那裡的人影，沒看清就趕緊去追妹妹。

他是從幽州官署裡趕來的。原本相安無事，直到聽接待他的官員談及幽州安防，提到了本地駐軍，忽地聽到個熟悉的名字，二話不說就回驛館找妹妹。結果半路聽說東來的事，且神容已經親自來軍所了，他又追了過來。

神容一直走到軍所外才停。

東來和紫瑞緊跟在後，什麼也不敢問，什麼也不敢說。

長孫信追上來：「阿容，妳都看到了？那姓山的竟也在幽州，他如今任職幽州團練使，這軍所正是他的地盤了！」

神容緊抿著唇，一雙眼遊來動去，不知在想什麼。

「阿容？」長孫信忍不住又喚她一聲。

神容忽如醒了一般，回頭道：「不對，我走什麼？我又不是不占理的那個！」說著一拂袖，便要折回去。

長孫信眼疾手快地拖住她：「阿容，別別。」

神容蹙著眉回過頭。

長孫信是怕她不痛快才不樂意她再去，低低安慰道：「聽哥哥的，先回去，晚了城門就要關了。再說了，妳可是有要事在身的。」

神容這才停住，回望軍所大門一眼，心道便宜那男人了！

第二章　前夫

長孫信開始頭疼。

此行之所以選擇幽州，除去這裡適合開探之外，也是長孫家有心暫時遠避長安朝局鋒芒。只是他萬萬沒想到，剛到這裡就讓妹妹遭遇了故人。

山宗這個人，當年在貴族子弟裡是名滿二都的厲害人物，風頭無限。山家又是一方名門豪族。作為一樁世家聯姻，神容嫁給他算得上金玉良緣了。只是才半年這二人就勞燕分飛，實在出人意料。

神容當初返家時，張口就道夫君死了，長孫信是不信的。那天追著神容返回的，還有一隊本該護送她的兵馬和山宗的貼身侍從。長孫信特地見了那侍從，才得知前後詳細：山宗不是死了，而是走了，給了和離書就離開了山家。侍從隨之向他呈上一張單子，說是夫人走得太急，落下的。他們一路追來，正是為了這個。

單子上列著山宗給神容的補償。當朝有律，凡夫婦和離，夫家需一次給清女方三載衣糧。山宗這張單子直截了當，給神容的，竟是他在山家所有。哪怕坐吃山空，也足夠神容富足一生的。

長孫信這才相信山宗是真的離開了山家。不是簡單的離開，而是脫離了這豪門大族，走得乾乾淨淨。

若罵他薄情寡義，還真未見過天底下哪個男人能對外放之妻做到如此慷慨的。可他的確翻臉無情，一句婚後沒有夫妻情意就輕言別離。

長孫信最想罵他狡猾！他脫離了山家，要問責就該找他本人，若是家族之間追拉牽扯，倒顯得長孫家不講道理。長孫信甚至有點欽佩他這說走就走的魄力。

山家那頭如何，因著顧及神容的心情，長孫家刻意沒有打聽。後來只聽說山家長輩對神容是極其不捨的，似乎還有來趙國公府走動的意向，但也只是聽說。只因那年國中多事，先是先帝立儲一番波折，險些釀出兵諫，之後北疆又有外敵侵擾。

朝局動盪中，長孫家和山家都忙於應付，一時誰也顧不上誰。而這樁本該掀起軒然大波的大族和離無人太過關心，就這麼翻了篇。

一晃三年，全家上下心照不宣地默認那人就是死了，免得惹他家小祖宗不高興。誰承想，那人如今竟然「詐了屍」……

驛館客房內，長孫信想到這裡，皺著的眉頭還沒鬆。也不知那姓山的是如何做到的，在這裡做了這麼久的團練使，竟一點風聲也沒有。

他朝旁看，神容坐在方方正正的小案旁，正低頭看著她從祖傳木盒裡請出來的那卷書。打從軍所裡回來，連著兩日，沒見她有過笑臉。

長孫信打小就疼她，又怕她連卷上的字也看不進去，那可就要壞大事了，湊近道：「阿容，妳若覺得不自在，我便叫幽州官署安排，勒令軍所的人都不得靠近咱們，離那姓山的越遠越好。」

神容從書卷裡抬起頭來：「我為何不自在？我無過無錯，該不自在的是他，要迴避也是他迴避才對。若真如此行事，倒顯得我多在意他似的。」

長孫信的視線在她臉上轉了轉：「妳不在意？」

「不在意。」神容低頭，繼續看卷。

恰巧，門外來了個隨從，說是幽州刺史派人來請郎君。

長孫信起身，又瞄神容一眼，見她神情如常，稍稍放了心：「妳既無事便好，我還需去見一見幽州刺史，如今幽州節度使的職銜是空著的，此地首官便是刺史，後面我們的事少不得還要借他助力。」

神容隨意應了聲，聽著他出了門。

待到屋內安靜，她合起手上書卷。其實早又想起軍所裡那一幕，當時他就坐在那裡看了她半晌，什麼意思？

她越想越不對味，隨手扔開靠著的軟墊。

「少主？」紫瑞聽到動靜，從門外往裡看。

神容端正跪坐，裝作剛才什麼也沒幹過，雲淡風輕地問：「東來傷好了？」

「還在養。」

「那妳還不去照應著？」

紫瑞忙稱是，離開門口。

神容將那軟墊又扔了一遍。

冷不丁的，外面傳來男人炸雷似的呼喊：「快點兒！人馬上到了……去去去，管那些狗屁貴人做甚，擾了他們算什麼，誤了事才要命！」

這聲音粗嘎的很，一下子叫神容回想起來，是那日吵醒她的那個。她收起書卷，走去窗邊。

院角裡鑽出個大鬍子男人，風風火火地朝後方大呼小叫：「快啊！媽的，腳軟了不成！」

神容正倚在窗前看著，一名護衛悄然過來，請示是否要將他們驅逐。她搖頭，叫他們都退下。

好好的探地風被耽擱了，她正好沒處出氣呢，現在既然遇上了，若再聽見一句不敬的，定要逮著這嘴欠的殺一殺威風。

大鬍子還沒再次開口，院外遙遙傳來別人的叫喚：「來了來了！」

接著是一陣馬嘶。有人從外進了驛館，不只一人，腳步鏗然，仔細聽，像是馬靴踩地，混著兵器甲護相擊之聲。

神容循聲看去，果然有隊兵穿廊進了院內，領頭的還很眼熟。可不就是那日在軍所裡擋了她半天路的漢子。

大鬍子看到他就喊：「胡十一，是你來收人？」

漢子回：「屁，可不只我來！」

神容白了二人一眼，扭開頭。

餘光裡瞄見那大鬍子一溜煙跑了過去：「山使，您親自來了。」語氣忽然恭謹無比。

「嗯。」

她一下轉回頭去，迴廊入口，男人攜刀臂下，緩步而入。

他是低著頭進來的，手中拿著張黃麻紙在看，一身黑的緊腰胡衣，束髮俐落，長身如松。大約是出於警覺，站定後他便抬頭掃視院內，只兩眼，目光就掃到窗戶。

神容的視線不偏不倚與他撞個正著，不自覺扶著窗框站直。

山宗與以前一樣，一張臉輪廓分明，目光銳利，身上永遠帶著幾分不羈。

忽然想起很久前的一個午後，她的母親取了一份描像去她房裡，神神祕祕地給她看。她瞄了一眼，輕描淡寫地評價：「尚可。」

其母笑道：「我還不知道妳，能說出尚可，那便是很滿意了。」

她沒承認，只在母親將描像合上前又悄悄多看了一眼。

一張男人的側臉，走線如刀，英朗不可方物。據說是畫師煞費苦心才從洛陽描來給她瞧的。

後來成婚時站在他身側，偷瞄到的也是這張側臉。

她對這張臉記得太清楚了，所以哪怕曾經他寥寥幾次返家都很短暫，彼此只是倉促地見過幾面，她也能在軍所裡一眼認出他來。

也只是一眼的事，山宗便轉過了頭：「貨呢？」

大鬍子立即喊：「快！交貨了！」

他先前大呼小叫催著的幾個同伴陸續從院角鑽出來，推推攘攘地押著幾個披頭散髮、裝束特異的人，那幾人被一根繩子綁著串在一起，如死魚一般被扯過來。

山宗手裡的紙一捏，丟給胡十一：「去叫驛丞張貼了。」

胡十一走了，大鬍子往他跟前走兩步，之前的囂張氣勢全無，還賠了一臉的笑：「山使，一共五個，兩個奚人，三個契丹人，咱們從邊境那裡捉到的。」

他點頭：「幹得不錯。」

大鬍子頓時眉飛色舞，彷彿受了天大的褒獎。

山宗提上刀：「將貨交接了，自行去軍所領賞。他們的住處我要搜一遍。」

大鬍子忙給他指路，一面絮叨：「也不知怎麼就來了群狗屁貴人，將地方全占了，害得哥兒幾個只得挪窩去那犄角旮旯裡。」

「是麼？」山宗笑了聲，往他指的那頭去了。

神容默默看到此時，盯著他走去的方向，回味著他那聲笑，忽也一笑，衣擺一提，轉身出屋。

大鬍子正與山宗帶來的兵交接那幾人，忽見遠處那間頂寬敞的客房裡走出來個年輕女人，衣裙曳地，臂挽輕紗，目不斜視地從旁邊經過。他呆了一瞬，脫口就問：「什麼人？」

「你罵過的貴人。」

大鬍子一愣，就這麼看著她過去了。

神容此時沒有心情管他，剛穿過院落，又有兩個護衛悄然跟來，再次被她遣退。她獨自走過長廊，直到最偏僻的角落裡，看見幾間擁擠的下房。門皆開著，似是被踹開的，鎖歪斜地掛著，搖搖欲墜。

剛走近，一襲黑衣的男人矮頭從正中那間走了出來。

神容與他撞個正著，隔了幾步站定。她輕輕掃了他兩眼，忽而開口：「團練使是何等軍職？」

山宗撞見她毫不驚訝，居然還挺配合地答了話：「總領一方駐軍，負責練兵鎮守。」

神容如何不知，故意裝的罷了，挑著眉頭感嘆：「你離了山家，僅憑一己之力就坐穩了一方軍首，可真是叫我欽佩。」

若是聽不出這話裡的反諷，那便是傻子了。但山宗提起嘴角，拍了拍手上灰塵，還接了一句：「那確實。」

神容蹙眉，猜他是不是又在敷衍自己，忽而想到一點，眼珠微動：「是了，你定是想裝作不認識我了。」

山宗的眼睛看了過來。長孫神容，他豈能不認識？軍所裡看見的第一眼就認出來了。但他開口卻說：「難道妳我應當認識？」

神容的臉色緩緩繃了起來：「我倒是認得你啊，山、宗。」他的名字自她口中說出來，有種別樣的意味。

兩人互相看著。

正當此時，胡十一找了過來，又一腳停住，因為看見了神容：「是妳！」他心想頭兒分明已經道過歉了，這女人莫非還不依不饒？粗聲粗氣道：「這位貴人，今日咱們是來收押敵賊的，其他事可糾纏不起！」

神容只瞄著山宗，並不搭理他。

胡十一吃了一癟，只好向山宗稟報正事：「頭兒，禁令已叫驛丞貼上了，山路一封，斷不會再叫外人進去了。」

神容立時看過去：「你們要封什麼？」

「封山。」山宗的眼從她身上轉開，換手提刀，往外走。

神容看著他從旁經過，他袖上護臂擦過她臂彎裡的披帛，硬皮和柔絲，若有似無地牽扯了一下。

外面敵賊收押，兵馬收隊，準備返回軍所。

胡十一追上山宗的腳步：「頭兒，我先前好似聽見那女人直呼你大名了，你就隨她去了？」他不知緣由，只當神容倡狂。

山宗踩蹬一跨，坐上馬背：「你耳朵挺靈。」

胡十一睜圓眼：「她若知道你在幽州的地位，斷不敢如此小瞧你！方才你就該藉機將那女人逞過的威風壓回去才是啊！」

山宗笑：「你當我閒的是不是？」

胡十一在他的笑容裡噤了聲，退後不瞎出主意了。

山宗振韁，策馬上路，莫名想起方才那一聲喚名。一個受盡嬌寵的高門貴女，早該與他毫無瓜葛，如今怎會在這邊關之地重逢？

這日長孫信與幽州刺史一番相見，相談甚久，半夜才回，對於驛館裡發生的事一概不知。

直至第二日一早，他起身不久，驛丞來他客房外求見，將接到的禁令報了上來。

長孫信端茶正飲，還未聽完，放下茶盞就走了出去：「你說封山？」

驛丞恭謹答：「正是，軍所下的令。」

長孫信那張清俊斯文的臉黑了一半：「他們來的是誰？」

驛丞聲小了，瞧來竟有些畏懼：「是咱們幽州的團練使。」

長孫信拍一下額，這麼大的事竟沒人告訴他。他越過驛丞就去找神容，邊走邊腹誹：那姓山的莫不是故意的，專挑他不在的時候出現！

神容今日起得很早。

特製的厚紋錦袋放在桌上。紫瑞將紫檀木盒裡的那卷書小心取出，放入錦袋，雙手送至她跟前。

她接了收進懷中，攏住身上剛披上的水青織錦披風，走出門去。

東來瘦削筆直地站在門外，一身護衛裝束已經穿戴整齊。

神容看他眼角的傷已結痂消腫，問：「你的傷都好了？」

他垂首：「養了幾日已無大礙，少主放心。」

正說著，長孫信匆匆而至。

神容見他這般並不奇怪：「想必哥哥已知曉那禁令了。」

長孫信本還想問她那姓山的來後做了什麼，此時一打量她的模樣，就猜到了她的打算：「妳要親自去探地風？」

神容將披風兜帽罩上，想起昨日山宗自她跟前離去時的模樣，輕笑說：「是，我要瞧瞧誰能禁我。再說了，你不是說此地首官是刺史麼？」

長孫信頓時就懂她的意思了。她是要去破了那禁令，借的正是刺史那把力。他打消了問起山宗的念頭，餘話不多說，說走就走。

小祖宗今日親自出馬，當然要陪到底。只在出發前，他特地打發個護衛去請幽州刺史。

東來引路，出城後車馬一路往西北方向快行。

從平整寬闊的直道轉上顛簸的小路，視線不再開闊，漸漸顯露山嶺輪廓。嶺尖起伏，恰如天公一筆水墨浸染在天際下方，滲透往上，又連住了雲。

約有半個時辰，車馬俱停。東來下馬來請神容：「少主，已經到了。」

神容揭開門簾往外看，秋風瑟瑟，日上正空，四周崇山峻嶺環繞，到了她那日在地圖上指出來的地方。

長孫信騎著馬過來：「阿容，這一帶山脈廣袤，罕有人至，越過這崇山峻嶺便是邊境之外了。」

早在地圖上看到時神容就發現了，她搭著紫瑞的手臂下了車：「去看看。」

山道難行，只能騎馬或步行。神容將披風繫緊，提了衣擺，領頭走在前面。

東來怕有危險，數次想要走前方，但往往要停下尋路，最後還是她走去前面。

神容走得順暢，一步未停，不知情的還以為她曾經來過。

長孫信馬早不騎了，陪在她左右，最終大家都是跟著她走。

下了山道，有一條淺淺的溪流。神容看看左右的山，又看看那條水流，轉頭北望，目光一凝。一道雄偉關城赫然橫臥盤踞其間，蔓延起伏，猶如長龍遊潛。

長孫信也看到了：「原來距離關口不遠。」

神容卻在想：難怪那日東來會被山宗拿住了。想到這裡，她連那潛龍似的關城也白了一眼。

關城之上，一隊人剛巡視到此。

胡十一手搭著前額往下望，嘴裡謔一聲：「怎麼又是那金嬌嬌！」他扭頭看旁邊，「頭兒，看到沒有？」

山宗掀了下眼。

「就那兒！」胡十一生怕他看不見，還湊過來給他指方向。

那一群人就在這片山嶺之下，當中的年輕女人一襲水青披風在風裡翻掀。

胡十一嘀咕：「頭兒，你說咱這幾天是怎麼了，老碰著那金嬌嬌！他們到底幹什麼來了，還往大山裡跑，當咱們的禁令假的？」

山宗抱刀在臂彎裡，靠著城牆往下看，果然一眼看見長孫神容。怪她實在出挑，那一抹纖挑身形，雪白的側臉，浸在日光下好似敷了層光，如此奪目，想不看見也難。然後他就見神容朝另一頭的關城角樓偏了下頭。

他目力極好，發現她這模樣似是冷淡地飛了一記白眼。怎麼著，關城惹她了？他好笑地揚了唇角，站直了，刀鞘在城牆上一敲：「管他們幹什麼，直接轟走。」

胡十一聞言心頭一抽，這是讓他去轟？別了吧，他可鬥不過那金嬌嬌。

山宗已轉身往城下走，兩眼掃過關外，收回時又往長孫神容身上掠了一眼，發現她正在抬頭看山。以前怎麼不知他的前妻還是個喜愛邊關山川的人。

剛下城頭，忽然一聲尖銳笛嘯自遠而來，突兀地刺入耳中。山宗腳步一收，下一瞬身動如影：「快！」

一群人跟上他，飛撲上馬，疾馳而出。這是斥候報信，有敵情時才會發出。

神容站在溪水旁，也聽見了那陣聲音，轉頭看了一圈，卻被對面的山形吸引注意。看過兩眼後，她開口說：「土山。」

在長孫家的認知中，各山是有五行屬性的。對面這山，山頂平而山體方正，這在五行中屬土。然而它綿延出去漫長的山脈，又暗含變化。正是這些變化相生相剋相制相化，成就了此地的地理。所以要想找到礦，就要先掌握這裡的地理，這便是探地風。

長孫信在旁點頭：「這我也看出來了，可還有別的？」

神容道：「去跟前探探不就知道了。」說話時腳已邁出去，霍然一道寒芒飛至，斜斜插在她身前溪流中，兀自震顫不已。

她愣住才看清那是柄細長的直刀，愕然轉頭，一隊人馬橫衝而來。

為首的人黑衣縱馬，直奔而至，俯身一把抽起刀：「退後！」

聲還在，人已去。神容只看見他回頭那迅速的一眼，眼底似淵，銳如割喉利刃，回過頭時馬蹄飛踏，濺起沖天水花。她只來得及閉眼，被澈頭澈尾濺了滿身。

「少主！」

「阿容！」

東來和長孫信同時跑過來護她，擋著她連退數步，才不至於叫後面跟著的其他人馬也冒犯到她。

後面的胡十一還跟著喊了句：「聽到了沒？快走！」

神容披風浸水，鬢髮狼狽地貼在額前。秋風吹過，她冷得渾身輕顫，咬唇緊緊盯著那男人離去的方向。他居然朝她擲刀？

紫瑞已看呆了，反應過來後趕緊叫人生火。

長孫信快速解了自己的披風換下神容那件濕的，東來為她擋住風。

很快，神容被扶著坐去鋪上氈布的大石上烤火，周圍豎起護衛砍來的幾根樹枝，為她拉扯上布簾遮擋。

她對著火緩了緩，摸摸懷間，還好她裝書卷的錦袋是特製的，雖不至於刀槍不入，好歹能防些水火。

外面長孫信走動低斥：「這姓山的，簡直污了自己世家貴族的出身，目中無人，簡直就是個軍痞流氓！地……那個詞如何說的？」

東來低低提醒：「地頭蛇。」

「對！地頭蛇！」

神容知道他是在替自己出氣，瞇眼看著眼前跳躍的火簇，搓著發冷的手指，心說他本就不是尋常世家子，外人哪裡知道他真正的面貌。

過了許久，那尖銳笛嘯沒再響起，倒來了一陣腳步聲。接著是長孫信與來人互相見禮的聲音。他習慣人前端著文雅的大族姿態，也不想叫妹妹方才狼狽情形被人知曉，罵山宗的樣子早藏起來了。

神容聽出來，是幽州刺史趕到了。

幽州刺史剛至中年，白面短鬚，穿著官袍一副溫和文士模樣，名喚趙進鐮。他接了長孫信的邀請，領著兩個隨從就來了，自是知道為了禁令一事。

其實幽州地位特殊，乃國中上州，論官銜他還比長孫信高一階，不過他是寒門科舉出身，毫無背景，在長孫信面前很客氣。

趙進鐮早看見布簾，其後若隱若現坐了個窈窕人影，沒多在意，只當是女眷避諱。他對長孫通道：「禁令之事我已知曉。二位久居長安，怕是有所不知，幽州歷來要防範關外的奚和契丹二族，山使會有此禁令也是不得已為之，畢竟他還擔著軍責呢。」

神容想起山宗自大鬍子手上接走的「貨」，不就正是奚人與契丹人。她聽得出來，這位刺史在幫山宗說話，想來他在幽州官緣還不錯了。

忽此時，馬蹄聲傳來。

簾外趙進鐮道：「山使來了。」

神容手指捏著布簾揭開一角，往外看，先前對她逞凶的男人回來了。跟著他的人少了一半，山宗勒馬在溪水對面。

這頭趙進鐮喚他：「崇君，來見過長孫侍郎。」

山宗卻沒動：「不想衝撞了各位，我就不過去了。」他朝胡十一歪了下頭，一躍下馬，在溪邊蹲下，將直刀在身側一插，抄水洗手。

神容坐在溪水這頭，瞥見他手下順著水流漂來一絲一絲的紅。崇君是他的表字，她很久沒聽到這個稱呼了。

簾外胡十一來了跟前，在報：「刺史大人來的巧，咱剛又抓了幾個來送的，叫人押去大獄了。」

趙進鐮道：「山使辛苦了。」

神容看出來了，山宗在洗的是他沾上的血跡。這麼短的時間他就染了血回來，這得下手多快？她忍不住想。

眼看著他洗完了手又洗刀，然後收刀入鞘，隨意往後一坐，伸直一條長腿。

趙進鐮似是對他這模樣習慣了，也不再叫他過來，回頭道：「長孫侍郎如何說？」

長孫信問：「這樣的毛賊你們抓起來難否？」

胡十一答：「那有何難，咱們軍所可不是吃素的。」

長孫信等的就是他這句話：「既然如此又有何可憂慮的？刺史莫要忘了，我等可是攜聖旨而來的。」

趙進鐮立即認同：「自然不敢忘，我方才問你如何說，正是想說我的提議。依我看，各位必須入山，山使也必須封山，那不如就請各位在軍所保護下入山，畢竟侍郎還帶著女眷。」

長孫信不做聲了。

胡十一似不樂意，小聲哼唧了句什麼。

風吹布簾，其後忽而傳出女人清越的聲音：「敢問這軍所上下，何人身手最好？」

趙進鐮聞聲，笑道：「那自然是山使本人了。」

「這樣啊……」神容說：「不如就請山使親自來護可好？」

長孫信低呼一聲：「阿容？」

胡十一也冒了個聲：「啊？」

溪水那頭，山宗聽得一清二楚，他撐刀站起，望向對面。

那道布簾微微掀開，露出女人朝他望來的雙眼，又一下拉上。

她故意的。

趙進鐮也精明，早打聽過這位長孫侍郎的妹妹極其受寵，現在她發了話，那就是贊同他的提議了。

「也好，如此禁令之事便算解決了。」他刻意朝山宗那頭看了一眼，是對他說的。而後又對長孫通道：「我已為二位另外安排住處，侍郎不如與令妹先行回城移居。」

開山尋礦可不是一日兩日的事，哪能讓長安來的高門望族久居那人來人往的驛館。這是他身為刺史的該有的禮數。

長孫信瞄了布簾一眼，只好點頭。

探地風暫停，眾人回城。

布簾撤去，神容的衣裳烤得快乾，裹著哥哥的披風，戴著兜帽，被紫瑞扶出來。

趙進鐮難得見京官出行還帶個妹妹的，特地多瞧了一眼。有兜帽遮擋，唯可見她一雙溫潤的唇，雪白的下頜，側臉至脖頸是柔暢的一筆。他心中感嘆，不愧是長安麗人，也不知便宜了哪家的王孫公子。

那頭，馬嘶人動，山宗上了馬。

神容登車時扶門瞥了一眼，看見趙進鐮叫他一起回城，他在馬上似乎又朝她這裡望來。她當做什麼也沒看到，入了車。

因著刺史還陪同在側，入城後長孫信叫紫瑞帶人回驛館去收拾安排，自己與神容先隨他去新居。

不想趙進鐮還真將山宗給叫來了。馬車後面多出兩陣規律的馬蹄響，是山宗和胡十一。

長孫信一邊護在神容的車旁，一邊往後瞟。

趙進鐮打馬與他同行，見狀笑道：「侍郎想必以前認得山使，他曾是洛陽望族出身，只不過多年不回去了。」

「不認得。」長孫信難得擺一回官架子，揚聲道：「我只覺得可惜，有些人看著什麼都好，實則眼神不好。」

趙進鐮莫名其妙，他長年留任幽州，對京中之事耳聞不多，也不知這二人什麼狀況，倒是覺得山氏與長孫氏好似有什麼關聯，可一時想不起來。

後方，胡十一變了臉，悄悄問山宗：「頭兒，他什麼意思，就你那可觀百里的眼力，他竟說你眼神不好？」

山宗勾唇：「他又沒指名道姓，你上趕著替我認領做什麼？」

胡十一只好悶頭閉嘴。

長孫信的話或多或少傳入了車中。

神容倚坐著，不知怎麼，並不覺得出了氣，反而不太舒服。

沒人再多言，在路上行人的一路避讓中，地方到了。

四下僻靜，眼前一棟官舍。趙進鐮讓妻子何氏安排的，何氏辦事麻利，已領著人等在門口。

長孫信端起文雅之態，下馬與何氏見禮，溫言溫語地說妹妹眼下不便，能否請她先帶妹妹去避風。

何氏一臉笑意，與丈夫對視一眼，只覺得這位新來的京官極好相處。

神容踩著墩子自車上下來，便被一雙婦人的手托住了手臂：「這位一定就是長孫侍郎的妹妹了，請隨我來。」

神容看她一眼，何氏生得珠圓玉潤，細長的眉眼，極愛笑的模樣。她微一頷首算作還禮，跟她進去，刻意沒有看那男人身在何處。

何氏聽丈夫說了大概，知道眼前這位貴女最要緊，安排時有數，將最好的主屋給了她。

這宅子不大，一路沒瞧見幾個下人。神容隨何氏入了內院，走進主屋，揭開兜帽四下打量，看著看著皺起了眉。

說是主屋，卻像空置了許久，沒有半點人煙氣息。床榻對面一張小案，上置木架，托刀用的，此時空著；屏風一共四折，上繪洛陽四景；窗邊一張軟榻，鋪著厚厚的貂皮，這就是全貌。

她皺眉不是因為簡易，而是因為眼熟。這屋子竟與她當初在山家住的那間極像，區別只是這裡陳設簡單，東西粗陋罷了。

何氏正打量她的容貌，見她皺眉，忙問：「女郎莫非不滿意？」

神容回神：「沒有。」

何氏鬆口氣：「我還擔心是山使的緣故。」

神容看她：「與他何干？」

何氏笑道：「我聽說二位在驛館暫居了幾日，只怕是聽到了什麼，被山使在外的『名聲』嚇著了。」

神容聽她說的沒頭沒尾，仍未釐清這其中關聯，倒是被她的話岔開了思緒：「哦？他有哪些名聲？」

何氏本不想多說，但眼前這人可是長安貴冑，開國功勞都有她長孫家的，自然有心與她熱絡，往後說不定對她夫君仕途都有利，遂請她就坐，小聲道：「我們私下說說倒也無妨，只當給女郎初來乍到長個心眼。山使可不是一般人，在幽州素來是無人敢招惹的，從軍所到坊間百姓，便是黑場上那些也都對他服服帖帖，手腕自是厲害了得。」

神容眼神微妙：「是嗎？」可她不僅招惹了，還嫁過呢。

何氏點頭，又笑：「雖我夫君為幽州首官，也要敬他三分，只因幽州內安外防缺他不可。不過這裡魚龍混雜，他若不是個厲害的，又如何鎮得住呢？」

神容「嗯」一聲。何氏點到即止，且還為他圓場，但她全聽入耳了。在山家時，她便看出那男人不是其他世家公子那樣的君子，但到了這裡才發現，他還遠不只如此。

何氏離去後不久，東來將紫瑞和其他長孫家僕從自驛館中接引了過來。

紫瑞知道少主頂愛潔淨，礙著刺史盛情忍到現在了，第一件事便是進房來伺候她更衣，結果進房一看，也愣了愣。

她當初是跟著神容陪嫁去洛陽山家的，待了半年，自然記得她住的那間山大郎君的房間是何模樣。山宗的樣貌她也見過，只不過如今當做認不出來罷了，免得惹神容不快。

東來差不多與她一樣，都裝啞巴。

神容由她伺候著換好衣裳，忽然問：「他可還在？」

紫瑞一下沒回味過來：「少主問誰？」

神容的手指繞著腰帶上的絲絛：「算了，沒什麼。」說完出了門，叫他們不必跟著。

趙進鐮大概還沒走，外院尚有人聲。神容走出內院，轉過廊下拐角，忽的眼前一暗，一片玄衣出現在眼中。

男人踩著馬靴的一條腿伸在她身前，他抱著胳膊，斜斜靠著牆，擋住她的去路。

神容稍稍一怔，隨即反應過來，不用問了，他還在。

「幹什麼？」她抬起頭。

山宗低頭看她：「妳去和趙進鐮改口，改由他人保護妳。」

神容眉心微蹙，又舒展，他跟著過來，原來就是為了這個。

「憑什麼？」她反骨頓生，別過臉：「我就不。」

沒有回音。

她忍不住再瞄過去時，卻見山宗仍看著她。

撞到她的視線，他忽而笑起來，抱著的手臂鬆開：「怎麼，莫非此來幽州，妳是為了我？」

神容眉梢一挑，臉上霎時生熱：「你……在做什麼夢！」

山宗眼底幽深：「不是就好。」

神容的心尖如有火苗竄起，灼旺一層，馬上又回味過來，了然道：「你在激我。」說著她輕扯唇角，眼如彎月，「激我也沒用。」這是他自找的，便是他之前那一刀冒犯的後果。

她一張臉天生雪白，與旁人不同，染了不愉悅，反而更增濃豔生動。山宗看著她的臉，嘴角的笑還在，卻想起記憶裡還是頭一回見她這般模樣，不過記憶裡本也沒有她多少模樣。原來這才是長孫神容。

「在這裡呢。」趙進鐮的聲音傳過來。

神容轉頭看去，她哥哥正由趙進鐮陪同走來，胡十一慢吞吞地跟著，再回頭，山宗已站直了，且與她拉開幾步的距離。她不禁抿住唇，心想方才也不知道是誰主動攔下她的。

「幽州比不得長安，官舍簡易，但願二位不要嫌棄。」趙進鐮到了跟前先客套。

長孫信一雙眼從神容身上轉到山宗身上，又從山宗身上轉回神容身上。

一個冷淡未消，一個痞味未散。

忽有一人小跑過來，直奔山宗，「郎君回來了。」那人先向山宗見了禮，再搭著手一一向趙進鐮等人見禮，見到長孫信跟前，稍愣，再轉向神容時，臉上一驚，來來回回看她好幾眼，脫口驚呼：「夫……」

話音戛然而止，因為山宗一手捏住他的後頸。他聲沉沉地說：「舌頭捋直了說話。」

那人眼睛直轉：「夫……附近都料理好了，這裡可放心給貴人們居住。」

「嗯。」山宗鬆開了他。

眾人看著這幕，那是這府上的管事。

神容卻一眼就認了出來，他是山宗的貼身侍從，當初就是他將那封和離書交到自己手上。名字她還記得，叫廣源。

廣源訕笑著向她見禮：「貴人安好。」

神容想了想，忽就明白了，看向幾步外的男人：「這是你的宅子？」

山宗撥了下護臂，轉過頭來。

趙進鐮解釋：「是，這確實是山使的官舍，不過他不常用的，早交由官署任意安排，如今正好借給二位暫居。」

難怪那裡面的陳設是那樣，難怪何氏會對她說起那些話。已經和離了，卻又落到他的窩裡來。神容心裡不禁生出一絲古怪。

長孫信在旁低低乾咳，他現在有點後悔請刺史出面了。

山宗自己卻沒當回事，本來宅子交給官署他便沒管過，給誰住都一樣。若不是跟來了一趟，他都不知道這回事。

「若無事我該走了。」他略一抱拳，行了軍中禮數，轉身走了出去。

神容看向他說走就走的背影，不動聲色，心裡卻在想：果然就只是來叫她改變主意的。轉眼看見廣源正在偷瞄自己，似仍不敢相信，被她發現，又垂頭看地……

山宗出門時，胡十一跟了出來。

「頭兒，趁你剛才不在時我向刺史探過口風了，你道如何？那侍郎說他們是帶著聖旨來的，原來是來找礦的。」

山宗邊走邊說：「不奇怪，他本就是工部的。」

胡十一弄不清京中六部那些別類，也並不慶幸自己不用再去親手提那位金嬌嬌了，他只覺無奈：「這什麼麻煩活兒，咱莫不是著道了？突然禁令對他們沒用了不說，如今還反要你做那女人的護衛去了。」

山宗笑了笑，不是著道，她就是衝他來的。不愧是整個軍所都鎮不住的長孫神容。

「頭兒當真要去護她？」胡十一追問。

「你說呢？」

山宗去階下解馬，心裡回味了一下方才提到的聖旨。一晃邊關三載，長安已經換了新君。

不過長孫信要找礦，非要帶著長孫神容做什麼？

第三章　暗香

自驛館搬入新居後沒什麼不習慣的，除了一早起來看到房內場景時，差點讓神容以為又回到山家歲月。

而後她才想起來，如今她是住進了前夫的地方。可那又如何，他都不在意，她又有什麼好扭捏的？

一大早，宅門外停著馬車，神容早早就在車中坐著。

她的膝頭鋪著張紙，一手握著書卷。紙上是她今早起身後勾描的那座「土山」，寥寥幾筆，即是周圍山形走勢。

她看過這走勢，又去看書卷。書中文字太過晦澀難懂，尋常人甚至會覺得語句不通。可也正因如此，光能看懂就是項本事了。

神容不僅能看懂，還能融會貫通，甚至轉文為圖。定山尋嶺，有時只是藏在字裡行間的祕密，她恰是能窺得祕密的人。

今日天公作美，又是個朗朗晴日。

有人悠悠踱步到車外，一手揭簾看進來，是長孫信。

「趙進鎌也是一番好意，可我總覺得他是好心辦壞事，哪裡都有山宗。」他張嘴就如此說，怕是忍許久了。

神容恍若未聞，將書卷收回錦袋，紙張疊起。

他打量她的神色：「怎的不說話？」

神容這才抬頭看他，笑起來：「不是你總把要事掛嘴邊的麼？我眼下正要再去探地風，就去探那『土山』。」

長孫信聞言兩眼一亮，便知那「土山」可能有戲，隨即反應過來她已將話題岔開了。自家妹妹的脾氣他很清楚，她想做什麼，通常是主意早就打好了，誰也改變不了。便如同她點名要山宗來護那事。

既如此，他還能說什麼，擺下手說：「罷了，妳高興就好。」

忽聞馬蹄陣陣，一隊兵馬齊整有序地趕了過來。

神容聽見，一手搭上窗沿，問外面：「等多久了？」

紫瑞稟：「快一個時辰了。」

她撇下嘴：「真夠久的。」

來的是軍所兵馬，她到現在也沒出發，就是在等他們履行職責。然而當她望出去時，卻沒看到那顯眼的身影。

那隊兵馬停下後，當先下來個一身甲冑的男子，抱拳道：「百夫長張威，奉令來為二位入山開道。」

長孫信掃視一圈：「只有你？」

張威道：「大人放心，我這一隊是精兵，防衛足矣。」

所以山宗根本沒來。

長孫信瞄見神容的臉離開了窗格，便知不妙，趕緊發話：「也不早了，先上路再說。」說完一轉頭，卻見神容從車中探出身來。

「給我牽匹馬來。」她說。

東來立即去後方牽了匹馬過來。

神容提衣下車，接過馬韁，踩蹬，輕輕巧巧地一翻，坐上馬背：「東來隨我走，你們先行就是，我隨後就到。」說罷她一夾馬腹，在眾人眼前馳馬出去。

東來忙騎馬跟上。

長孫信無奈看著，卻拿她沒轍。

軍所裡操練聲震天。

山宗馬靴踏地，走在演武場裡，身上只穿了件薄衫。凡他過處，無人敢懈怠，呼聲一聲比一聲響，恨不能使出吃奶的勁演練衝殺。

佇列到尾，他忽然收步。那裡的兵乍見他停在跟前，手抖了一下。

山宗轉頭：「誰隊裡的？」

一個叫雷大的百夫長站出來：「頭兒，是我的人。」

他指一下那兵：「練到現在胳膊還是僵的，你用腳帶的人？」

雷大看著挺橫的面相，臉竟唰的就白了：「是！老規矩，我全隊自今日起每天補練，再有下回我自領軍法。」

那兵早嚇得不敢動彈。

山宗手中刀鞘往他臂上一敲：「好好練，要麼也別等關外的把你這雙胳膊廢了，我先給你卸了。」

「是、是……」他只能從打顫的牙關裡擠出兩個字來。

等山宗走了，其他人的操練都沒停過。

胡十一跟在後面過來，拍一下剛挨批的雷大：「看開點，咱們誰不是這麼過來的？這時候倒羨慕張威那小子能被派出去了。」

雷大瞅了山宗離去的方向一眼，嘀咕：「頭兒這股狠勁這麼多年也沒變。」

胡十一推一下他的大臉：「裝什麼老成，誰不是三年前才跟著頭兒的，倒顯得你多知根知底似的。」

三年前山宗做了幽州的團練使，他們才陸續跟在他手下，建起這龐大的屯軍所。除了知道他是出身洛陽將門山氏之外，的確啥也不知道了。

軍所後方有院落屋舍，簡易小舊，本是供值衛所居，其中一間卻已成團練使居所。

山宗推門走入，放下手中的刀，剛拿了布巾擦汗，聽見外面腳步忙亂，有兵卒喊：「貴人且慢，容我等稟報！」

他拋下布巾，拎了胡服往身上一披，走出去。

剛出門，迎頭有個兵卒小跑過來：「頭兒，來找您的……」

山宗抬眼看去，神容帶著東來快步而至。

她一路目不斜視，直奔此處，直到看見他從屋內出來，倏然停住。

山宗揮退兵卒，先抬手整衣。

神容看看他，又看看他身後的屋子，開口第一句竟是：「你就住這裡？」

山宗掖上衣襟：「是啊，怎麼？」

神容來時一身盛氣，分明是他一刀冒犯在先，憑什麼打發個人來敷衍？此時卻忽然沒了言語。

她想起婚後他們第一次正式見面。當時他接了調令正準備離家，她換下嫁衣趕去送行，先看見一大群僕從簇擁著他。

他在眾人當中高俊倜儻地立著，任由專人為他除去婚服，換上甲冑，罩上披風。旁邊還有一排伺候的下人，有的為他托刀，有的為他奉鞭，萬事不勞他自己。待他發現她，漆黑的眼朝她身上掃來，都是寶帶吳鉤、傲盡輕侯的清貴樣……

洛陽山氏的嫡長子盛名在外，東西二京中多少世家子弟也遮不住他一人的鋒芒。十七歲立功，十八已領軍，此後被各處調任駐守，屢屢被委以重任，無往不利。

外人都說山家元郎前途不可限量，將來必為一方封疆大吏，不是一府大都護，便是一方節度使。她的父母為她選定他時，還曾滿意地說過：如此天之驕子，方配得上天賦異稟的我兒。

神容嫁給他時，他還是那個傳說中的天之驕子。可如今，他在邊關鎮守，只做了一州的團練使，住的最多的是這樣一間普通到粗陋的屋舍，不再由人伺候，似早已習慣。

她漸漸回神，記得很清楚，他會成這樣，是因為離開了山家，為了與她一刀兩斷。他就如此厭棄她，為了與她和離，不惜拋下所有。難怪今日寧可罔顧刺史之命，也絕不露面。

神容心頭某處如有芒刺，面容豔豔，眼神疏淡：「我來是提醒你，與趙刺史說的是叫你去。」

山宗早料到了，覺得她是在拿刺史壓他，似笑非笑：「我事務繁忙，無暇分身。刺史是民政之首，我為軍政之首，他管不到我頭上。」

所以本來叫她去改口，還算是給她顏面了。神容心潮翻湧：「要麼你來，要麼就一個也別來，我不稀罕。」說罷轉身就走。

當初他要和離她不稀罕，現在也照舊不稀罕。

山宗整好胡服，閒閒站著，看她頭也不回地走出去，心想這不是挺好。已經斷了的人就該斷得瀲底，他不想再有什麼牽扯。但轉眼，他就發現了正要走的東來。

「慢著，」他問：「就你一個人跟她來的？」

東來止步說是，古怪地看他一眼，又快步去追人。

山宗再去看神容的背影，沉了眉眼。她膽子不小，只帶一個人就敢出城入山，把這裡當什麼地方了？

「十一！」他不耐地轉身，去取刀：「帶隊人過來！」

神容在軍所大門外上了馬，正要走，胡十一領著隊兵卒追了出來。她自馬上瞥了一眼：「幹什麼？我可沒找除他以外的人。」

胡十一只恨自己是個烏鴉嘴，就不該說羨慕張威！這下好，自己也要來伺候她了！乾脆嘴一閉，退開去。

後方，山宗提刀跨馬，自軍所大門而出。

「貴人來了這裡一趟，就這麼入山，若遇險，軍所脫不了干係。」他行至神容跟前，高頭大馬上身挺背直，比她高出一截：「送妳入山。」

原來如此。神容斜睨著他，心裡反覆咀嚼了兩遍那聲「貴人」，扭頭輕一拍馬，搶先上路：「送佛要送到西，送一半，我還是不稀罕。」

山宗由著她行出一截才慢悠悠跟上，好笑地想：挺會得寸進尺。

一路無話。只有東來緊隨神容左右，後面的人馬只是不疾不徐地跟著。

神容沒有回頭看過一眼，哪怕有時眼角餘光能掃到那男人的衣角，也刻意直視前方。

日上三竿，順利進山。

神容毫無停頓，直奔目的地。

又看見那座「土山」時，她下了馬背，對東來說：「去看看我哥哥到了沒有，叫他在那山下與我碰頭。」

東來看山宗一眼，確定她安全才領命而去。

這頭山宗抬手，朝胡十一比劃了個手勢。

這是他們軍所的暗號。後者領命，帶人往周圍散開，先去巡一遍。

他一躍下馬，轉頭見神容已往前去了。

神容是要直接去「土山」，也不指望那人會真過來護她，倒不如走自己的。

哪知沒多遠，眼前赫然多出一道泥潭。目測得有三丈多寬，卻不知多深，看似沼澤卻不是天生的，當中有些石塊露著，勉強可做路徑。

她伸出一隻腳踩了踩，覺得硬實，放心踏上，打算穿過去。

「妳做什麼呢？」

神容抬頭，山宗在對面好整以暇地看著她。

她看看左右：「你怎麼過去的？」

山宗是從另一頭窄處直接縱馬越過去的。本來這泥潭就是軍所設的障礙，防範關外趁夜潛入用的，但他不說。

「別管我怎麼過來的，」他抱著刀，看她腳下一眼：「妳打算就這樣過來，不怕這是陷阱？」

神容已經踏出好幾步，停在潭中看著他。

山宗此時才留意到她披風裡穿著的是身便於行動的胡衣。繡彩織金的收腰短衣，衣擺只到膝，露出一雙纖直的小腿，在這污濁泥潭中濯濯出塵，有如鶴立。他看了兩眼，說：「退回去。」

神容不動：「不行，我必須過去。」

「要與妳哥哥碰面大可以在那頭等，退回去。」他不知她在堅持什麼，這山裡有她什麼事。

神容摸了摸懷間，書卷與她的人同樣要緊。她的唇抿了又抿，開口說：「你幫我過去。」

山宗笑了：「幫不了，這得動手，貴人最好避嫌，妳我可不是當初了。」

耳邊山風陣陣，神容心頭那些芒刺又根根豎起，她攏著披風，朝他淡淡道：「我倒不知你還是個君子了。」這是託辭，她知道他就是不想罷了。

「不幫算了，等其他人來也一樣。」她偏不退。

山宗看看那些石塊，這下面有些竅門，要踩對了才沒事。她踩的那幾塊都沒事，是誘餌，再往前可沒那麼好運了，說不定一腳下去就再也上不來。

神容不看他，站久了，腿有些僵，也忍著。

眼前忽有人影接近，她不自覺瞄過去，黑衣肅殺的男人站在前方的石塊上。她又移開眼：「不是要與本貴人避嫌的麼？」

山宗沒應聲，一手將刀拋去岸上，慢條斯理地解腰帶。革製的腰帶，是束住外衣和護腰用的，他解下來，試了下長度。

神容剛覺出一絲不對勁，腰身陡然一緊。那根腰帶纏過她的後腰，一扯，她回頭，往前一腳踏出，踩上他所在的石塊，迎面貼上他的胸膛。

山宗沒動手，用這方式把她拉了過去。

神容心跳驟然一急，下意識抓住他的衣襟，錯愕抬頭，撞入幽幽眼底，他嘴邊有笑，很邪。

「下不為例。以後在我的地界上，妳要聽話點。」

長孫信自上次溪水那條路線趕來，卻是順利，到那座「土山」下時，一眼瞧見妹妹的身影。

神容蹲在一棵樹旁，一動也不動，手裡拿著書卷。

他以為她是發現了什麼，快步走近，才見她臉色定定，根本沒在看書，也不知是在發什麼呆。正要開口問，神容抬頭看到了他，眼神閃了閃。

長孫信看她的模樣好似是把自己當做了別人，會意道：「聽東來說山宗還是護送妳來了，他人呢？」

「那頭。」神容指了個方向。

她待在這裡有一會兒了。方才被山宗用一根腰帶拽到跟前時，她貼在他身前，一眼看到他寬闊的肩，不知怎麼，竟然一下回想起來時做過的那個夢。

霎時他的胸膛似是熾熱了起來，男人的寬肩勁腰與夢中場景重合，越回憶越是心口突跳，她險些想要退開，卻被他用腰帶扯得緊緊的。

「再亂動妳我可就一起下去了。」他出聲警告。

最後神容是拉著他的腰帶，被他牽引著帶過了那道泥潭。一站定她便鬆手走了出去，餘光瞥見他在身後看她，一邊將腰帶繫了回去。

「哥哥。」

長孫信剛朝那頭看了一眼，忽聽她語氣認真地喚自己，意外地回頭：「怎麼了？」

神容從剛才就在想一件事：「你說他如今這樣，可曾有過後悔？」

長孫信知道她在問什麼。姓山的雖然沒了世家背景，遠不及當年風光，但還真沒看出哪裡有後悔的樣子。不過他家小祖宗都問了，他便一臉認真道：「那肯定，我料定他午夜夢迴時每每想起，都懊悔到淚沾被衾呢！」

神容一聽便知他是哄自己的，沒好氣地看他一眼，只當沒有問過。

過一瞬，她忽然說：「我想看他後悔。」

長孫信一怔，繼而心如明鏡。

神容不是普通人，自小到大備受寵愛，又天賦過人，一身盛眷如處雲端，從未有人給過她挫折。除了山宗，他是唯一敢把她從雲上扯下來的人。她嘴裡說著不在意，哪可能真不在意。何況他至今還屢屢不讓她順心，連番惹她。

長孫信忽然懷疑他們二人剛才在此地是不是又發生了什麼。他想了想，問：「便是真叫他後悔了又如何？」差點要說還能跟他再續前緣不成？

神容思緒飛轉，眼波微動，輕輕笑起來：「真到那時便像你說的那樣，我去再逢一春，找個比他好千百倍的男人再嫁了。」那個夢裡的男人絕不可能是他。

她站起來，一手撫了撫鬢髮，又是那個意氣風發的長孫神容了。

山宗倚著樹站著。

一邊是剛巡完附近回來的胡十一和護送長孫信而來的張威。

「頭兒怎麼親自來了？」張威悄悄問胡十一。

胡十一小聲：「我哪知道，那金嬌嬌去了一趟軍所，他就來了。」

嗯？張威一臉狐疑地往那兒望。

山宗忽的朝二人招了下手。

兩人趕緊閉了嘴過去。

「怎麼了，頭兒？」

山宗說：「將這山下我們所設的障礙都與他們知會一下。」

胡十一瞄張威，還沒吱聲，忽有女人的聲音自後傳來：「你不妨自己與我說。」

山宗回頭，神容就站在身後。他打量著她，看她神情自若，先前跑那麼快的模樣倒是沒了。

「那就叫他們告知令兄。」聽她說話的語氣，山宗都快覺得這裡做主的人是她了。

「誰還能有你清楚？」神容朝他微微挑眉，彷彿在提醒他先前是誰帶她過了那泥潭。

山宗忽然發現她的眼睛靈動得出奇，瞳仁又黑又亮。剛才她貼在他身前時，看他的也是這樣一雙眼。

說話間，長孫信到了跟前。

世家子弟裡，他因家族本事曾頗有名聲。洛陽有山氏和崔氏，長安有長孫氏和裴氏，他們這些家族子弟年少時沒少被外人放在一起比較過。

山宗最耀眼，被比較多了，長孫信難免有了幾分較勁的意味，直到後來他成為自己妹夫。再後來他與妹妹和離了，等同銷聲匿跡，再無任何消息。如今情境變換，身分變換，正面相見添了許多微妙，更別說剛又聽了妹妹那一番話。

這回長孫信沒擺官架子了，彷彿從沒罵過山宗眼神不好，負著手，幫寶貝妹妹的腔：「有勞山使，告訴阿容和告訴我是一樣的。」

山宗看他一眼，又看神容，沒說什麼，從懷裡摸出張地圖，一甩展開。

神容走近一步，牽起地圖一角。

他抬手，在當中一座山的周圍三處各點了一下。正是他們眼前的這座「土山」，不過在這張軍用地圖上標的名稱叫望薊山。

二人相側而立在一起，另一頭胡十一和張威看著看著，不知不覺湊到一起。

胡十一：「我怎麼瞧著頭兒跟金嬌嬌站一起還挺……」

張威悄聲：「般配？我也覺著。」

胡十一暗暗稱奇，雖金嬌嬌脾氣傲、惹不起，可屬實是個難得一見的美人。山宗就更別提了，他們一群大老爺們兒都覺得他們的頭兒瀟灑英俊，這二人在一塊兒還真是搶人的眼。

地圖上，山宗的手指只點了那三下，再看神容，她已不看地圖了，而是在看她自己手裡的書卷，卻只是飛快地掃了一眼就捲了起來。

那卷書被收入錦袋裡時，卷首的書名自他眼前一閃而過：《女則》。她平常都看這個？他不禁又看神容一眼。

「我記住了。」她收好書後說。

「是麼？」他懷疑她根本沒仔細看。

「自然，清清楚楚。」不然方才她看書卷做什麼，正是為了對應位置。

山宗聽了懶洋洋一笑。隨她意，到時候別又困在什麼地方叫人幫忙才好。

哪知她下一句卻說：「就算記不住也可以再找你啊。」

他的笑一斂，抬眼掃去，她已朝長孫信走去，彷彿方才那句不是她說的，連看都沒看他一眼。

長孫信牽頭，帶著人往望薊山深處走去。

張威左右是要護著他們的，直盯著瞧，疑惑：「難道這位長孫侍郎覺得這座山裡有礦？」

胡十一剛把方才那點奇思妙想收起，一口否定：「說笑呢，這地方我們待了三年，要有什麼早發現了。」

山宗提刀從旁經過，掃他一眼：「這麼能，換你去工部？」

胡十一嚇一跳，不知他何時走近的，可千萬不要知道他們方才嘀咕他跟那金嬌嬌的話才好。

「頭兒你瞧啊，」他努嘴：「難道你信那裡頭有礦？」

山宗又朝那一行看去，最搶眼的還是神容。長孫信原先是帶頭的，此時卻已走在她身後。

他再看了看，奇怪地發現，不只長孫信，其他人全部都是跟著她的。

山風掀動神容披風，她緩步走在山下，一雙眼轉動，將四周都看了一遍。

「山勢坐北，往東傾斜，斜坡走角百丈，其後應當有河。」她一手順著山勢劃出一道，下了判斷。

話音剛落，東來帶著兩人自遠處快步而回，垂首稟報：「少主，山東角有河。」

長孫信舒口氣，笑道：「全中。」

祖傳書卷裡留給他們指示的，永遠都是有用的山川河澤。現在她能一字不差地將之與此地對應上，那這裡必然有什麼。

神容臉上也輕鬆了許多：「撿風吧。」

探地風，探的是山川地理。撿風，撿的自然就是此處地理的外在產物。

東來帶人跟上來。

神容走走停停，一路往東角河流而去，偶爾停下，會用腳尖在地上點兩下，有時點的是一塊石頭，有時是一株草。

東來便領著人將那些東西取了帶著。

這一通耗時很久，等神容忙完，時候已經不早。她往回走，一邊遙遙朝來時的方向望，沒看到山宗。

胡十一和張威在原地等了至少有兩個時辰，才看見那一行人返回。

那些隨行的護衛竟然是帶著東西出來的，好些人手裡提著布袋。他們也沒見過找礦，面面相覷，都覺得新奇。

神容依然走在最前面。到了跟前，東來牽來她的馬，她坐上去，不經意般問：「就你們兩個了？」

胡十一道：「是，就我們兩個在。」心裡卻在想，兩個人領了兩隊人馬護在這裡，還不滿意？這不是金嬌嬌，是天上的天嬌嬌了！

張威比較實在，回得詳細：「頭兒去巡關城了，他說這裡與他沒什麼關聯，他想走就走了。」

說話時回憶起山宗臨走前的場景，其實他當時看了許久他們在山中走動的情形，最後走時嘴裡還低低說了句：有意思。

張威並不知道他在說什麼有意思，這些便不好告訴這位貴女了。

神容抓著馬韁，臉色冷淡，但隨即想起自己下的決心，不禁露出絲笑容。走就走吧，來日方長，他還能跑了不成。

幽州的秋日有些特別，雖晴朗居多，偶爾卻會伴隨凜凜大風。

官舍內，廣源扶起一棵被吹歪的花木，一邊朝內院張望。長孫家僕從有條不紊地穿梭忙碌其間，伺候著他們的主人。他到現在都覺得意外，這裡住入的貴人竟會是以前的夫人。

前幾日，他親眼看著他們一行幾乎全部出動，與軍所的張威一同入了山。直到城門快關時浩浩蕩蕩返回，居然又多出了胡十一帶著的另一隊人馬。這幾日倒是沒出門，也不知在忙什麼。

廣源正暗自想著，廊下腳步聲輕響，女人的身影款款而來，衣袂翩躚攜風。他忙低頭迴避，知道這是誰。

腳步聲很快沒了，他想應是過去了，一抬頭，又趕緊垂頭。

神容就站在廊柱旁看著他：「廣源。」

廣源只得抬頭：「是……」差點又要脫口喚一聲夫人。

神容指了指院子：「這裡他回來的多麼？」

廣源一下就意識到她問的是誰，悻悻道：「郎君回來得不多。」

何止不多，幾乎不回。其實那間主屋是廣源按照山家陳設特地布置的。他追隨山宗多年，豈會覺得郎君就這樣和離別家不可惜？本希望能勾起郎君舊念，最好能令他回心轉意，再重回山家。但他反而不回來了，把軍所當家，一住就是三年。

神容對這回答毫不意外，否則那男人又豈會是那日軍所裡所見的模樣。

「那便是說……」她悠悠拖長語調：「這裡還沒有過新女主人了？」

廣源愣住，尚未回答，一道婦人笑聲傳了過來：「女郎在說什麼主人不主人的，既住了這裡，妳就當自己是這裡的主人便是。」

神容轉頭，原來是趙進鐮的夫人何氏來了。

她無言地抿住唇，原是想摸一下那男人的底來著，也不知何氏聽了多少，這本是客套的一句忽就變了意味。

何氏笑著走到跟前來：「女郎辛苦了。」

神容不禁奇怪：「我有何辛苦的？」

何氏道：「聽聞長孫侍郎前兩日入山妳一直跟隨著，可不是很辛苦？」

神容心下了然，又不免好笑，外人哪裡知道她入山是有必要的，說不定還以為她是跟去遊山玩水的。

不等她說話，何氏又道：「也是我怠慢了，未能盡到地主之誼，才叫女郎要往山裡去散心。今日特地來請女郎一聚，還盼千萬不要推辭才好。」

她話已說到這個份上，倒不好直接拒絕了，神容便點頭應下了。

廣源素來機敏，馬上說：「貴人要出行，我這便去備車。」

何氏看他離去的身影一眼，詫異道：「廣源向來只有山使才能使喚得動的，難得對女郎竟如此周到服帖。」

「是麼？」神容心想這有什麼，好歹曾伺候過她半年呢。何況多半是因為當初那封和離書是他親手送到她跟前的，如今心有惴惴罷了。

紫瑞和東來一左一右跟著神容出門時，廣源果然已備好了車。

何氏看他不僅辦得周到，人還站在車旁守著，愈發生奇，乾脆說：「我看廣源對女郎夠盡心的，不如一併帶著伺候好了。」

廣源又是一愣，但還是馬上給神容放了踩腳的墩子。

神容看了看他，不置可否上了車。

倒是紫瑞和東來默默對視一眼，覺得古裡古怪，這情形彷彿跟以往還在山家時一樣了。

何氏今日是做了準備來的。趙進鐮早叮囑過她，要她閒暇時多陪伴這位長安來的嬌客。她便選了幾個去處，只叫這位貴女打發打發時間也好，總好過再往深山裡跑。

她陪神容乘車同行，一面介紹城內有趣之地，只可惜一路下來沒能說出幾處，後來漸說漸偏，倒說起了幽州的過往——

「畢竟這裡地處邊關，免不得遭遇戰火，城裡好多地方是重建的，不如以往玩處多了。我不曾親眼見，只聽夫君提過當年吃戰多虧山使領著他那支什麼軍來才平息的，那後來他就成了這裡的團練使。」

神容聽她忽然提起那男人才稍稍留了心，回憶一下說：「盧龍軍。」

「對，是叫這個！」何氏一下記起，隨之意外：「女郎因何會知道？」

神容當然知道，山氏一門世出良將，練兵用兵都是出了名的厲害。據說山宗十五入營起就開始自己練兵，到十八歲成為領軍時，手上握著的正是一支喚作盧龍軍的親兵。這支兵馬隨他各處任命，就連先帝都側目器重。現在應當就在幽州軍所裡了。

「有過些許耳聞罷了。」她隨口說。

何氏點頭：「也是，女郎自是見多識廣。」她本是順口說到戰事，卻見眼前神容絲毫沒有懼色，如道家常，不免刮目相看，心道真不愧是長孫家的，如此年輕就一副見過大風大浪的派頭，倒不像那等足不出戶兩耳一閉的高閣閨秀。

恰好外面傳來一陣馬嘶聲，何氏探頭看了一眼：「真巧，軍所今日例行巡街呢，與女郎出行倒更放心了。」

神容也朝外望，先看見廣源快步往街尾去了，順著他去的方向一瞧，只見幾匹馬停在街尾巷外，巷口裡若隱若現的一道黑衣人影。她又往旁看，是間挺精緻的鋪子，問：「那是賣什麼的？」

何氏一看，原來是家香粉鋪子，難得她喜歡，便提議：「不妨去店內看一看好了。」

神容說：「也好。」

於是車停下，二人下車進店。

櫃上的光是見到一大群僕從便知來客身分不凡，特地請貴客入雅間內試香。

何氏積極推薦神容試一試，其實是想待會兒好買來送她表表心意，也好再拉近一層關係。

神容視線掃過店牆上掛著的個魚形木牌，又朝裡面的雅間看了一眼：「那便試試吧。」

紫瑞陪同她入內，她邊走邊瞧，瞅準一間進了門，以眼神示意紫瑞在門口候著。

雅間桌上已擺好一排香粉盒子，何氏還嫌不夠，在外間說笑著要再挑新的。

神容並沒試，而是走到窗邊。

窗戶剛好開了道縫，外面就是巷道。巷子裡站了幾個人，一邊是三人一起，為首的滿臉絡腮胡，正是前些時日在驛館裡那嘴欠的大鬍子，身旁是他的兩個同伴。

他們的對面是山宗，黑衣颯颯地攜著刀在那兒站著，在與他們低低地說著什麼。

神容就想看看方才那身影是不是他，才留了個心眼入了這雅間，沒想到還真遇個正著。

她可無心窺探什麼，素來不喜那等藏頭露尾的行徑，剛要轉頭，忽覺他們的低語聲沒了。

再扭頭一看，山宗的臉朝向了這邊，雙眼如電，似能穿透這道窗縫發現她。

神容想了想，乾脆大大方方推開窗，看向他：「咦，真巧。」

發現是她，山宗的眼神稍緩，抱著刀踱近兩步：「真是巧，不是偷聽？」

神容施施然在桌後一坐，手指點了點桌面，將那上面的香粉盒子指給他看：「誰偷聽你，我忙著呢。」

他瞄了一眼，蓋子都沒開，真是連謊話都不會說，「忙什麼，忙著偷聽？」

神容想翻白眼，傾身到窗前，揚眉說：「那好，我都聽見了，抓我去軍所啊。」

山宗還沒說話，大鬍子吱了個聲：「山使，要不哥兒幾個先走？」

他朝幾人歪了歪頭。

大鬍子瞅了瞅神容便往外走，走出巷口前又停下問了句：「您交代的那事還要繼續辦嗎？」

山宗「嗯」了一聲。

神容朝三人瞄了一眼，大鬍子穿一身粗布短打衣裳，額纏布巾，腰別匕首，與在驛館裡的模樣很不同。她心裡回味了一下，有了數，看了看那男人：「你辦什麼事，竟要用這群人？」

山宗直接跳過她前面的問題：「哪群人？」

神容朝大鬍子離去的巷口瞄了一眼：「那幾個，是綠林人。」說好聽點是江湖俠客，說難聽點就是打家劫舍殺人放火都敢幹的亡命之徒。難怪在驛館裡時那麼囂張，一口一個狗屁貴人。

山宗看她的眼神動了動：「誰告訴妳的？」這好像不像是她會知道的東西。

「看就看出來了，那等裝束顯而易見。」她打小研究山川河澤，各色人等也見多了。何氏說得一點不假，這男人還真將黑場上的鎮住了，居然連綠林人士都能為他所用。

山宗越發仔細打量她，大約是他小看她了。

神容幾乎半邊身子倚在窗邊，一手托起腮說：「堂堂團練使，竟跟黑場上的混在一起，還允許他們入住驛館，真不知道這偌大幽州，法度何在。」

山宗看著她晶亮的雙眼，好笑，「威脅我？」他的聲忽然放沉：「如何，我就是幽州法度。」

神容稍稍一怔，抬頭看著他臉，明明生得劍眉星目，偏偏滿眼不善，好似在威嚇她。真是個張狂的男人。

「那便巧了，」她眼珠輕轉，托腮的手指在臉頰上點啊點：「你知道的，我這個人偏愛挑戰法度，尤其是……你們幽州的法度。」

山宗眉頭一動，漆漆的兩眼盯住她，聽出她話裡有話。

外間何氏一無所覺，帶著笑問：「女郎選著可心的沒有？」

神容伸出手揭開香粉盒蓋，指尖一沾，遞出去，挑到他跟前：「香麼？」

粉屑輕飛，山宗鼻尖幽香縈繞，看了她蔥白的手指一眼，又朝她身後看一眼，緩緩站直：「問妳自己。」

何氏已過來了，神容坐正回頭，笑著揚聲回：「選好了。」再往窗外瞥去時，毫不意外，已不見男人身影。

巷口外，廣源來見郎君，被胡十一截個正著。

他方才看見香粉鋪門口停著的馬車，還有那金嬌嬌身邊的護衛東來了，拽著廣源問：「怎麼回事，你怎麼也伺候起那金嬌嬌來了？古怪，我瞧著頭兒也很古怪，初見這女人就讓了步，往後說不護她，還是送她進山了，你說他以往讓過誰啊！」

廣源嘴巴張了又閉，推開他就走：「你不懂！」

胡十一瞪著他的背影罵：「這不是屁話，懂我還問你啥！」說完就見山宗走出巷口，邊走邊一手拍著衣襟。

胡十一快步過去，一吸鼻，湊近看他：「頭兒，你身上怎麼有香味兒？」

山宗扯了下衣襟，那點味道不過停留了一下，竟還未散盡。他餘光瞥過巷口：「你聞錯了。」

第四章　望山

日暮時分，神容作別何氏回去，臉上還帶著笑，一身幽香。

進了主屋，卻見長孫信正在屋裡坐著。長孫信抬頭就看見她的笑，好奇道：「看來與刺史夫人出去一趟很高興？」

神容臉上的笑頓時收起：「沒有。」方才不過是回想起那男人在窗外時的情形罷了。

長孫信也沒在意，嘆息一聲：「我倒正愁著呢。」

「怎麼？」神容問完就回味過來：「莫不是撿風結果不好？」

長孫信點頭：「不只，長安還來信了。」他自袖中取出一封信函遞過去。

神容接過來看，信是寫給長孫信的，父親趙國公的親筆。

長安在他們離開後不久就又有重臣出了動靜，中書舍人也獲罪落了馬，新君毫不留情，判了他千里流放。

趙國公特地寫信來，便是叫長孫信知悉此事。長孫信通透得很，父親表面說這個，無非是想提醒他尋礦之事要加緊。

反正全家都寶貝妹妹，自是不會催她的，便點名寫給他。可這急不得，光提醒他又有何用，還不是得看神容，何況眼下還不順。

神容看完了，將信還給他：「撿風結果到底如何？」

長孫信搖頭：「一無所獲。」

撿風之後連日都沒出門，他們便是在驗那些「撿回的風」。草石對山川河澤而言如同標誌，有一些會給人以指引，揭示下面藏著的到底是什麼礦。可神容萬萬沒想到，他現在竟說一無所獲，那豈不是等同說沒有礦？

她蹙眉：「怎會呢？」祖傳書卷不可能有錯，她認定那地方該有東西才對。

長孫通道：「我也覺得不該，可那些帶回的草木確實無甚特別。」他又嘆氣，「那山裡怕是連個銅鐵屑子都沒有。」

神容在旁坐下，靜靜思索著。

長孫信忽想起一事：「對了，父親在信尾提及裴家二表弟問起了妳，他還不知道妳來了幽州，可要回個信給他？」

裴家也是長安大族，是他們母親的娘家，家中子弟自然就是他們的表親。長孫信口中的裴二表弟，神容得叫一聲二表哥，喚作裴少雍，與長孫家走動算頻繁的。

神容遠行之事並未對外透露，除了家裡人之外，沒人知道她已在千里之外的幽州。這位裴二表哥與他們親近慣了，平常對誰都很關切，會問起她來倒也不奇怪。

神容被打了個岔，根本沒放在心上，搖搖頭：「免了吧，眼前這事還得好生處置呢。」

長孫信往她那兒挨了挨：「那妳打算如何處置？」

他這般心急，神容倒笑了起來：「再去一回就是了，天還沒塌下來呢，我可不信這事我們做不成。」

長孫信看她眉目舒展，不禁心下一鬆。不怪全家都寵她，有她在，從來都是天清氣朗的。她可不是個愁悶自苦的人，也向來是不會認輸的。

神容立即起身去準備，一面朝外喚了聲紫瑞：「記得把消息送去軍所。」

隔日一早，軍所裡如常操練。

山宗聽兵卒來報：官舍內來了人傳信，說是長孫侍郎一行又要入山。他從演武場裡出來，叫了聲張威。

胡十一小跑過來：「頭兒，張威早就去了，我倒是聽見那傳信的說，長孫侍郎指名要你去，說是有事要問你呢。」

「長孫信？」山宗隨手套著護臂，心想難道今日長孫神容沒去了？

胡十一剛從城裡值守過來，告訴他說：「我方才出城時碰著張威了，眼瞅著他們已經奔往山裡，好似與上次不大一樣，還帶著器具。」

山宗想了一下，提起刀，往外去了。

胡十一也不知他到底是什麼安排，只好帶了自己的人跟上。出軍所的時候才反應過來，這才幾回啊，怎麼就跟習慣了似的，又要去伺候金嬌嬌一行了？

儘管深山連續來了幾趟大隊人馬，山道卻並沒有過度踩踏的痕跡。

山宗打馬入山時特地看了一遍，有些沒想到，長孫家這幾次進山，倒像是很熟悉一樣，可他們應當是沒有來過幽州的。

山裡已經有了影影綽綽的人影。他在馬上看到長孫信帶來的人浩浩蕩蕩地直往望薊山去了，確如胡十一所言，都帶著器具，像是要來就地挖山。

直到過了當日那道泥潭，山宗勒住馬，視線掃了一圈，忽而頓住，看見女人迎風而立的身影。

她還是來了。他笑一下，忽就明白指名叫他來的是誰了，心照不宣。

神容站著，紫瑞正在為她解下披風，她朝山道處望去，就見到那提刀立馬的男人。

「好了？」她催。

「是。」紫瑞麻利收好披風退開。

神容朝那頭走去。

山宗正好下馬，一轉頭就看到了她。

「這回倒捨得自己來了？」她又穿上了胡衣，束著窄窄的袖口，收著纖細的腰肢，亭亭站在他跟前。

「來看看你們是不是掉進了泥潭裡。」山宗的目光掃過她身上，拋開馬韁：「別到時候救不過來。」

「小瞧我……」神容嘀咕，心想有她在，那幾個地方早就避開了。卻又忽然問：「他們若真掉進去了，你要怎麼救？」說著有意無意瞄了他的腰帶一眼。

山宗看到她的眼神，提起唇角：「該怎麼救怎麼救。」都是男子，怎麼救都行，她當都是對她那樣的？竟有些好笑她在想些什麼了。

「聽說令兄有事問我。」他開門見山。

神容說：「是我有事問你。」

山宗抱刀臂中，早猜到了，也就不意外：「問。」

神容指了個方向：「那些泥潭不是天生的，是不是原本那一帶就很濕軟？」

「嗯。」正因如此才會用作陷阱。山宗看她一眼：「妳問這個做什麼？」

「你猜呢？」她睜大眼看著他，一張臉在山風裡豔豔生輝。

山宗多看她一眼，轉開眼，哪有那個閒心：「以後要問這些就去問張威。」

「我偏就想問你。」

他掀了掀眼，被她理所當然的語氣弄笑了。待再看過去時，卻見她已在跟前輕輕走動起來，似在沉思什麼，胡衣的衣角被她捏在手指裡，一下一下地輕撚著。

不多時，她又看到他的臉上來：「你等等。」說完自他跟前過去了。

山宗看著她過去，隨即手扯上了轠繩。叫他等等，等她回來幹什麼？

「崇君！」忽有人叫他。

遠處有慢馬徐徐下了山道，趙進鐮帶著一行隨從過來了。

他下馬近前，大約是看出山宗想走，攔了一下：「尋礦是大事，你我都得幫襯著，否則我可無法向上頭交代。」

山宗指了一下前頭守著的張威和胡十一：「我這還不算幫襯？」

趙進鐮在他跟前低語幾句。前日趙國公府來了封書信至幽州官署，關切一下幽州民生，臨了卻問了幽州山勢是否太平。他便有數，是點撥他多幫著尋礦大事。

「我打算去信趙國公，告知有你在此鎮守，料想可叫他安心。」趙進鐮道。

山宗把玩著刀柄：「我勸你最好別說。」

趙進鐮一愣，剛要問為何，隨即想起之前長孫信當眾說他眼神不好的事了。他心裡一回味，怕是二人有過節，背後生汗，心想還好尚未下筆。

「你這脾氣也該改一改。」趙進鐮嘆氣，直覺是山宗年輕氣盛時惹下的麻煩，誰叫他本身就是個天不怕地不怕的主。說完朝身後擺擺手，帶來的隨從們往裡去給長孫信的人送茶水熱湯去了。

「你們之間須緩一緩，抬頭不見低頭見，你還是一方鎮軍之首，往後還要不要往上爬了？」趙進鐮又嘆，直搖頭。

山宗竟笑出聲來，他還真沒想過往上爬。

「你笑什麼？」趙進鐮奇怪。

「沒什麼。」

「算了，明日你到刺史府來。」趙進鐮說罷提著官袍，深一腳淺一腳地親自往裡去找長孫信了。

山宗本要走，忽而想起上次的情形，想想又停步看了神容一眼，繼而雙眼一睇，抱起雙臂。她依然是領頭的那個。

神容遠遠看了前方的泥潭一眼，又看了看眼前山嶺。

幽州地處北方，山嶺錯落，就連裡面的地貌也千變萬化，居然還會有這樣一片濕軟的地帶。

長孫信走過來問：「如何？」

「只探地風肯定不夠了，」她說：「得鑽地風才行。」

長孫信點頭，轉頭叫人來。

東來當先過來，護衛們皆是俐落打扮，手裡拿著他們來時帶的器具，山鐽鐵鍬，都由上好精鐵打造，這還是用他們以往找出的鐵礦造的。

鑽地風便是叫人挖地三尺往下深探，但一定要挖對地方，才可能收效。神容取出書卷又看一遍，收起來說：「跟著我。」

她順著泥潭方向緩步慢行，慢慢計算著距離，站定後說：「在此處掘三尺，一路往望蓟山山眼走，至那山東角的河邊，河岸往下再掘三尺，有任何東西露出來，都要來報。」

東來稱是，眾人立即動手。

長孫信上前替她擋了擋灰塵：「這風不是一時半會兒能鑽出來的，妳定了方位就好，莫在這裡受累。」

正好遠遠看見趙進鐮找來了，神容便沿原路返回，想起她方才還叫那男人等著呢。臨走時長孫信已上前招呼，她聽見趙進鐮隱約的話語：「明日我府上設宴，請二位賞光露面……」

山宗在這頭看到此時，察覺自己看得實在有些久了。

但神容已經翩翩然走到面前：「我還以為你不等了呢。」

他問：「等誰？」

她故意瞄瞄左右：「這裡還有別人？」

山宗臉上忽然露了流裡流氣的笑，也不說話。他知道什麼時候該說話，什麼時候不該說，譬如此時。

神容沒等到他言語，只看到他笑，心想笑什麼笑，一臉壞相。

山宗這個人，不只壞相，有時行事也叫人摸不準路數。他笑著笑著，忽然指一下天說：「勸你們早點走，晚上山裡不太平。」

神容稍稍一怔，往忙碌著的東來等人看去。

尋礦通常用探地風就夠了，鑽地風不常用，可一旦用了，少不得得要耗上幾天，畢竟不是大開大合地掘，需要小心。今日他們的人來了便是準備要在山裡留上幾日的。

神容隨之回味過來，他這麼清楚，想必是早就看著了。可等她回頭，就只有馬蹄陣陣，男人戰馬如風，穿山似電，說走就走。

她看向那頭守著的兩人。

胡十一和張威已瞧見山宗跨馬離去，兩個人還感慨了一下：今日頭兒在這兒留得夠久啊。

轉眼神容就到了跟前。

她問：「這山裡晚上不太平？」

胡十一莫名其妙：「什麼不太平？」

神容知道張威老實，直接問他：「你說。」

張威道：「除非關外的能潛進來，但咱們防衛嚴密，來了也不懼。」

神容心道果然，就知道姓山的是故意的！她扭頭就走了。

胡十一和張威面面相覷，一頭霧水。

鑽地風左右都是要等，長孫信也急不得。趕在城門落下之前，他將山中全權交給東來，護著神容回城。

因著趙國公來信，趙進鐮分外盡心，特地慰問了一番不說，還一路與二人同行至官舍。

在大門外作別時，他又提起在山中說過的話：「明日府上設宴我也請了山使，侍郎是溫雅之人，應當不會介意，就當給我個薄面，一定要出席。」

神容剛走入府門，聽到這話停下來回頭看。

長孫信正朝她看，可見也有些詫異。

她想了想，對哥哥點了個頭。這有什麼，他的地方都住了，不就一場宴，有什麼好扭捏的。

長孫信乾咳一聲，便答應了：「刺史客氣了。」

趙進鐮鬆口氣，彷彿看到了化干戈為玉帛的曙光，和顏悅色地笑著告辭。

軍所內，山宗進屋卸刀，天已黑了。

白天在山裡耽誤了許久，導致他忙到現在才回來。扯下護腰時，他又想起了山裡的情形，自己也覺得不該。

沒事捉弄長孫神容做什麼？他真是閒的。大概是被她的言語弄的，她近來很不對。

「太囂張了，長孫神容。」他抹過下頷，自顧自笑了聲。他的話算是白說了，叫她聽話，她當耳旁風。

「頭兒。」外面有兵卒求見。

「進來。」

兵卒進門，將一份奏報放在案頭，又退了出去。

山宗拿到眼前翻看了一下，放下後剛卸下的護臂護腰重新穿戴上，拿刀出門。

朝光穿透窗櫺，小案上鋪著一張黃麻紙。

神容捏著筆在上面一筆一筆勾描著望薊山脈嶺，聽到旁邊紫瑞欲言又止的吸氣聲，才想起筆上蘸了螺黛，她本是要描眉的。

趙進鐮太周到了，今日一早又派人來請了一次。何氏還遣人送來那日在香粉鋪裡選過的香粉。她本準備好生妝點一番再赴宴，剛才想著尋礦的事，卻分了個心。

「算了，不描了。」她乾脆擱了筆。

紫瑞說：「少主姿色天生絕豔，哪裡再用得著多描畫，您就是那東家之子。」

神容從小到大滿耳都是好話，聽得多了，毫無感覺，也從不當回事。她最當回事的還是錦袋裡的書卷，起身時好生收入懷裡，哪怕去赴宴也不能離身。

長孫信已經在外面等她。

神容走出內院，迎頭遇上廣源，他和以往一樣，恭謹地退避到一旁讓路。她已走了過去，忽又停了步。

「廣源。」她斜睨過去，問：「你是不是總是難得一見你家郎君？」

廣源猶豫了一下才說：「是。」

每次見到山宗他都一副八百年沒見過的樣子，神容早就發現了。她說：「那你今日跟著我，或許能多見他幾眼。」

廣源意外地抬了下頭，她已逕自往外去了。他連忙跟上，一邊瞄她的背影，實在沒忍住，小聲問：「往日的事……貴人不怪小人了嗎？」

一旁紫瑞立即瞪他，怪他嘴上沒門，真是哪壺不開提哪壺！

神容聽得清楚，頭沒回，腳下也沒停：「沒你就沒那和離書了？一人做事一人當，跟你有何干係？你家郎君都知道一人承擔。」那是她跟那男人的事。總見他垂頭耷耳地迴避，才叫她不舒坦，像是總在提醒她和離的過程。

廣源放了心。他以往在山家時就看出來了，夫人雖然看起來一身驕傲矜貴，但從沒有蠻不講理，只要不惹到她，萬事都好商量。

「不過你也別高興的太早，」神容又說：「指不定你今天根本見不著他。」她也不知道那男人會不會來。

刺史府裡已準備妥當，趙進鐮與何氏就等著貴客登門了。

不多時，外面車馬轆轆，夫婦二人自廳內出來，就見長孫家兄妹由管家引著路，風姿翩翩地入府而來。

趙進鐮去與長孫信客套，何氏便主動去和神容說話，一路帶笑地請她進廳。

下人奉了剛煮好的熱茶湯進來，神容端了茶盞，沾了沾唇便放下了。太濃太苦，她只飲淡的。都說河朔之地粗獷豪邁，自然沒長安那般講究。不過她也不介意，來幽州本不是來享福的。

她藉著飲茶看了一下，沒有見到那男人的蹤影。

趙進鐮在旁和長孫信相坐談笑，眼見著時辰一點點過去，漸漸有些坐不住了：「山使定是有事耽擱了，」他笑得有些勉強，「我已派人去請，料想很快就會來了。」

長孫信假笑敷衍，朝妹妹瞥一眼。

神容有一下沒一下地撥著茶盞玩兒，彷彿沒聽見他們在說什麼。

何氏見快要冷場無話了，便朝丈夫遞眼色：「我們先行開宴也無妨，山使不會在意的，他一定也不想怠慢貴客。」

趙進鐮贊同，下令擺宴。

隨從們魚貫而入，設案奉菜。

神容被請去長孫信身邊落座，趙進鐮夫婦一座，在對面作陪，眼下已經只能談尋礦的事來熱絡了。

可惜長孫信正因這事心煩，臉上假笑更濃，愈發敷衍。

紫瑞正給神容布菜，她擺了擺手，忽聽廣源的聲音遙遙傳來：「郎君。」

趙進鐮頓時起身出去了。

她瞄著門口，聽見外面低低的說話聲——

「不是叫你今日要來，怎麼弄到現在？」

山宗的聲音懶洋洋的：「昨夜京中有犯人送到，連夜叩城，我忙到現在，半路還被你的人攔住請了來。」

「來了就好，快進來。」

男人挺拔的身影自門外走入，隨即腳步一停。

山宗的目光從廳內坐著的兄妹二人身上掃過，看了趙進鐮一眼，他可沒說是這個安排。

但趙進鐮已推他入座。

神容恰在他正對面，看他坐在那兒擱下刀，接了下人遞上的帕子不緊不慢地擦了兩下手，垂著眼，微帶倦意。

趙進鐮這才放開說笑，比先前輕鬆了許多：「崇君，你來遲了，得敬長孫侍郎一杯。」

長孫信假意擺手：「不必，那如何擔得起。」

「侍郎不必客氣。」趙進鐮向山宗頻頻暗示。

山宗掃了對面一眼，一手拿了酒壺斟了滿杯，端起來，朝長孫信舉了一下。

回應他的卻不是長孫信，旁邊的女人衣袂輕動，神容端著酒盞朝他舉了起來。她雙目盈盈有光，低頭輕抿上杯口時，眼神還落在他身上。

山宗手指摩挲了下酒盞，沒有動。

趙進鐮只顧著盯他，轉頭看到神容剛放下酒盞才意外：「女郎爽快。」

長孫信笑說：「阿容心疼我，代我喝的。」

好在算是緩和了山宗晚到的氣氛。

何氏總覺得多虧長孫信溫和好說話，這場宴才算穩下來。借著酒過三巡，閒聊正濃，她說笑道：「侍郎真是謙謙君子，若我家中有適齡姊妹，定要搶著許給你攀個親戚，可惜沒那個福分了。」

長孫信溫言溫語：「夫人高抬我，等我哪日尋到礦了再想這等好事吧。」

何氏訝異，本是捧他，這才知道他竟還沒婚配。

其實長孫信早該成婚了，可惜原定的未婚妻早夭，家裡一時沒選出他中意的，拖了一拖，三年前倒讓神容這個當妹妹的搶了先。

外人哪裡知道這個。何氏很快便看向神容：「看來女郎也還沒許婚了，那我真恨不得家中也有個適齡兄弟了呢。」說完自己先笑起來。

神容下意識看對面，山宗竟也看了過來，二人目光無聲一觸，又各自轉開。

宴罷，何氏請神容去花廳小坐，好給他們幾個男人說話。

神容坐夠了，藉口要在園子裡走一走，只帶了紫瑞，避開她的陪伴。

等她轉完一圈，遠遠看見趙進鐮露了個身影，似在找人。她走到廊下，又見廣源守在一扇院門外：「你在這兒做什麼？」

廣源小聲：「郎君在。」

神容朝裡看了一眼，留下紫瑞，獨自走了進去。

廣源沒攔。

難怪趙進鐮在找人，偏院亭中，山宗靠柱倚坐，雙臂抱刀，閉著雙眼似已睡著。

神容輕手輕腳走進去，看看左右，在他旁邊坐下。

他一條腿還架在亭欄上，結實修長。她的衣擺被風吹著，一下一下往他馬靴上掠。

神容看他沒有醒的跡象，心想真睡著了？眼睛左顧右盼地瞄到他的右臂，因為抱刀，他的袖口上提，露出一圈手腕，上面有青黑的紋樣。

她不禁靠近，伸出手指想去撥他的衣袖看清楚，冷不丁聽到一句：「妳手往哪兒伸呢？」一抬眼，與他的視線撞個正著。

山宗睜著眼，正盯著她，清醒得彷彿根本沒睡過。他身上胡衣腰身緊束，俐落齊整，半邊領口卻隨意敞著。

神容傾著身，手還伸著，手指看著更像是要從領口探入他的衣襟。她收手撫過耳邊髮絲，挑眼看他：「你居然敢刺青。」雖沒看清，但她猜就是刺青。

從未見過這樣的男人，出身貴胄，是震懾一州的軍首，卻一身邪痞，連不合禮法的刺青也敢紋。

她身上穿著高腰襦裙，人還傾著，山宗垂眼就看到她雪白的脖頸，離得近，身上淡淡的幽香往他鼻尖鑽。他往後仰了仰，一手拉下袖口，遮住了：「那又如何？」

神容看著他張揚的眉眼，如他那日說自己是幽州法度一般的肆意。她忽而輕聲：「那時候就有了？」

山宗看她：「哪個時候？」

她的手指在他的袖口上扯了下，傾身更近：「我嫁給你的時候。」

山宗眼裡漸漸幽沉，她彷彿刻意提醒那段過往。

「誰還記得，我早忘了。」

神容不做聲了。

他動一下腿，笑：「別人以為妳還沒嫁人呢，妳這樣，不怕以後嫁不出去？」

神容眼神轉冷，坐正，衣袖從他身上拂過又抽離：「這還勞你操心不成？」她冷淡地丟下一句，起身就走。

山宗看了她離去的背影一眼，心想愈發囂張了。

打從刺史府裡回來，廣源就有點懷疑自己是不是辦錯了事。總覺著夫人，不是，貴人在刺史府裡進了一下郎君所在的院子後，回來就一直臉色冷淡。

但他往內院裡伸了下頭，也沒看出有什麼動靜。再想想那日郎君走時的情形，好似沒什麼兩樣。

神容看著眼前的字。

書卷停在首頁《女則》的卷名上，她臨窗倚榻，將這兩個字翻來覆去看了又看，抬頭問：「東來在山裡這麼久了，還沒消息送來？」

一旁紫瑞道：「沒有。」

她又問：「我哥哥呢？」

「郎君今日一早就去山裡了，他正著急，怕趙刺史再請他去赴宴走動，說是端著架子太累了，又是對著……」紫瑞及時打住。

對著那男人。神容不鹹不淡地輕哼一聲，想到那日他張狂的眉眼。她將書卷一收，不想再想起那身影，起身說：「給我更衣，我也要入山去看看。」

紫瑞忙去準備。

今日天氣不算太好，日光薄淡，凜凜有風。

神容換上胡衣，戴了帷帽防風，拿了根柄頭包綢的馬鞭，打算騎馬上路。

剛出大門，廣源跟出來問了一聲：「貴人這模樣是不是要入山，可要我支人去通知軍所？」

紫瑞這才想起張威的人馬已隨郎君去山裡了，她們眼下只能帶家中護衛，但少主今日居然沒發話。

神容牽了護衛送來的馬，踩鐙坐上去：「走就是了。」

紫瑞便朝廣源搖頭，跟著騎了一匹矮馬，帶上護衛出發。

城中今日有些特別，沿途不少屋舍院頭的高處都插著花草，好似是什麼節日一樣。

快到城門口時，紫瑞老遠就看見一行人馬停在城下，個個甲冑齊整，馬壯鐙亮。她打馬往前跟緊些，低聲提醒：「少主，那是軍所人馬。」

神容帷帽只掀了一半在帽檐，轉頭才看見那隊人，好巧不巧，一眼看到隊伍後方，黑衣獵獵的男人走出來。她轉開眼說：「直接過去，我現在不想看到他。」

紫瑞稱是，不敢多話。

神容轉頭看著另一邊，快到城下，忽然叫停：「等等。」

紫瑞連忙叫護衛們停下。

神容扯著韁繩調轉馬頭，往路邊看。路邊有個藥材鋪子，開著大大的窗，裡面的藥櫃一格又一格，滿滿當當。

她看的卻是門口立著的直竿，竿上挑著鋪面招牌，這沒什麼奇特的，奇特的是最頂上還綁著一把似蔥非蔥的草。

神容下了馬，走到門口，掀著帽紗抬頭接著看。

鋪裡櫃上的跑出來：「客人可是想看什麼藥？」

神容舉鞭指一下竿頭：「那也是你們鋪子裡的藥材？」

櫃上的搭手：「是。」

「拿下來我看看。」

櫃上的訕笑：「貴客定然是從外地來的，那不是賣的，今日時日特殊，幽州各家掛花掛草，是討個避戰禍的好兆頭。」

神容朝紫瑞看一眼。後者會意，馬上掏錢。

「不不，」櫃上的見狀婉拒：「這真不好賣。這是咱們店裡封山前采到的最後一把，掛上去取下來不吉利。」

神容本還懷疑是外地運來的，聽說是封山前采的，甚至走近了一步：「取下來，若不是我要的，我再給你掛上去就是了。」

「這……」櫃上的覺得不大好，可看她身後一大群護衛，不敢隨便說不。

神容耐心漸無，總仰著頭看，脖子都疼了，餘光忽然瞥見身側出現了幾個兵卒，一轉頭，身旁多了道身影。

櫃上的像是嚇了一跳，趕緊躬身見禮：「山使。」

神容的視線從他裹著馬靴的小腿往上，掠過緊束的腰身，直看到他的下巴，仰著頭，覺得被壓了一頭，別過臉，一把拉下帽紗。

山宗剛才就看到她了，本身她這樣站在人家店鋪前也顯眼，搞得像要為難人家。此時看到她的舉動，不禁牽了嘴角，想起那日刺史府上的情形。她自己那麼囂張，反而還挺有理的。

他抬眼掃過竿頭：「妳想幹什麼？」

「買草，不行麼？」神容語氣輕淡，他管天管地，要管她嫁不嫁人，還要管她買把草不成，就是幽州法度無法無天也沒這個道理。

山宗沒做聲，歪著頭看那竿頭。

櫃上的上前來，小聲小氣地跟他說明情形。

神容又瞥去一眼，帽紗下瞥見他一隻手搭在刀柄上，食指一下一下地點著，漫不經心的架勢。她腹誹：刀如其人，軟硬不吃。

「嗯。」他聽完了，揮退櫃上的，轉頭過來問：「妳要這草幹什麼？」

「我有用。」神容說：「說個價就是了，給我弄出這許多理由來，我也不過就是看一眼的事。」

「把馬鞭給我。」他說。

神容莫名其妙，還沒開口，他方才按刀的那隻手一伸，劈手奪了她手裡的馬鞭。

她一驚，一下揭開帷帽，就看他將纏繞的馬鞭拉直，手臂一揚，揮鞭如影，仗著身高優勢，精準地抽到竿頭上，頓時那把草掉落在地。

「也不是掛個草就能嚇住關外的，拿就拿了吧。」他對櫃上的說。

「是……」櫃上的唯唯諾諾。

山宗將鞭子繞回原樣，遞過來。

神容的眼神在他身上慢慢轉了一圈，在想他是什麼意思，不接。

山宗低笑，聲音更低：「往後在我跟前少囂張一些，多聽話一些，我也是挺好說話的。」

神容頓時沉了臉，搶過鞭子，一把拉下帽紗。

櫃上的撿起那把草雙手送過來：「一把吉角頭而已，貴客想要便直接拿去吧。」

神容接過來，翻來覆去看了兩三遍，將那根莖鬚葉細細看了一遍，說：「這叫什麼吉角頭，這是薤！」說完就轉身上馬。

山宗走到那頭隊中，看到她騎馬直奔出城，就知道她可能進山去了。又是這般上路，膽子還是這麼大。

「上馬。」他翻身上馬，下令：「都跟我走。」

神容直奔進山時，長孫信已經收到消息，趕過來與她碰頭。

「怎麼來得這麼急？」一見面他就問。

神容騎馬太快，帷帽有些歪斜，她抬手扶一下，「叫東來掘時注意草根，遇到了就深掘。」

她想了想，從懷裡取出錦袋裡的書卷，展開到需要的地方，看了看：「只掘山眼那裡。」

長孫信雖奇怪，還是命人趕緊去吩咐了，回頭又問：「怎麼了，妳就這麼來的？」

話音未落，聽到張威聲音：「頭兒又來了？」

胡十一聲音小：「肯定是那金……」

後面沒聽清。

神容往那頭走了幾步，看到山宗提著刀慢悠悠地走過來。她看看他：「又怕你的軍所擔責？」

山宗說：「妳知道還用問什麼？」

神容拉下帽紗擋住了臉，轉頭便走，心想到底誰囂張。

胡十一從林子裡鑽出來：「頭兒，你怎麼那金嬌嬌了，她好像跟你槓上了？」

山宗掃他一眼：「忙你的。」他怎麼長孫神容了，還能跟他描述一下不成。

張威跟著過來見山宗：「他們在這兒挖了這麼久，什麼也沒挖到，我還道要罷手了，現在居然還挖得更起勁了。」

山宗聽了不禁朝裡看了一眼，又往裡走去。

胡十一搖頭，「我早說那地方沒礦，他們非挖個什麼勁兒啊。」說著推一下張威：「走，咱也去瞧瞧。」

自泥潭處往望薊山，再到河岸，按照神容吩咐，已掘了多處，但什麼也沒有。現在東來已領著人全往山眼那一處深挖去了。

神容站在山道上看著，一轉眼又瞥見山宗的身影。

他並不接近，迎風而立，閒閒抱臂，彷彿就是來看他們作為的。

她當做沒看見。

山宗看了片刻就覺出不對，好像又待久了，撥了下護臂，不再多看，轉身要走。

「少主！」遠處東來忽喚。

他一路快步走去神容跟前，渾身泥塵，手裡拿著個削下的石頭，遞過去：「我們挖到了這個。」

紫瑞拿了送到神容手裡。那是一小塊焦黑的石頭，像被火烤焦了一樣，尾端泛黃。

長孫信挨過去，不自覺皺著眉：「如何？」

神容剝了一下石頭尾端，忽然看向和張威站在一旁看熱鬧的胡十一，把石頭遞過去：「你來咬一口。」

胡十一愣住：「啥？」

長孫信急著要結果，負手看過去：「怎麼，百夫長都能違抗命令了？」

胡十一下意識看山宗，懷疑這金嬌嬌是不是聽到他說沒礦，故意整自己。

山宗遙遙看他一眼，不動聲色，在想長孫神容到底要做什麼。

胡十一接到他的眼神，只好脹紅了臉慢吞吞過來接了，捏著那黑乎乎的石頭看神容：「真要咬？」

「只咬尾端，又不是叫你吃。」神容說。

胡十一打算敷衍地碰碰牙，碰到就愣了：「嗯？軟的？」

神容忽然轉身往山眼走。

長孫信快步跟上。

所謂山眼，只是神容定下的一個中心位置，一頭是泥潭，另一頭是東角河岸。她站在剛叫東來掘出碎石的地方，往坑裡看了看，回頭長孫信已經到了跟前。

「那是紛子石。」神容說。

長孫信滿眼驚訝：「當真？我們以往可從未找到過這個。」

神容聽說那把薤出自山裡時，就猜到可能有紛子石。她靜靜站著，捋著思路：土山，薤，石黑如焦，下端黃軟。

書卷裡只給了位置，這些卻是剛剛連起來的。她看長孫信一眼，輕聲問：「可還記得當初那首長安童謠是如何唱的？」

「長孫兒郎撼山川，發來金山獻……」長孫信及時閉了嘴，看著妹妹。

神容笑起來：「我就說了，不信這事我們做不成。」這裡的確有礦，還是個意料不到的大礦。

遠處，山宗遙遙看著，轉身走了幾步，又回頭看了一眼。神容站在那裡，風掀帽紗，露出她臉上的笑，志得意滿。

他又看了看這片山，忽然意識到，她數次進山好像是有緣由的。

第五章 典獄

山中出大礦，卻沒有任何消息傳出來。

到了次日，趙進鐮入了官署，收到長孫家護衛送來的消息，才得知此事。他整一整官袍，立即就要趕去山中一探究竟，出門之際，卻見已有車馬在官署大門外候著。

車周環護著長孫家護衛，趙進鐮還以為是長孫信在車內，上前笑道：「我剛聽聞這好消息，真是可喜可賀，長孫侍郎這下可是立下大功了啊。」

車簾掀開，出來的是神容。

趙進鐮有些意外，復又笑道：「原來是女郎。」

神容看紫瑞一眼：「家兄正忙於上書京中，我受他委託而來，想請刺史幫個忙。」

紫瑞上前，躬身垂首，將一封簡涵雙手呈上。

望薊山高達千丈，礦雖尋到了，不代表就此可以開採，需要多方準備。其中最重要的一項就是人力，僅靠長孫家帶來的護衛是遠遠不夠的。長孫信寫的簡涵內容便是問趙進鐮借幽州人力。

趙進鐮看完道：「這不是難事，待我下令州中徵發民夫，不日即可進山。」

神容卻搖了搖頭：「這礦非同一般，民夫不行，最好是無法走漏風聲的那類人。」

趙進鐮還不知道他們尋到的是什麼礦，一般說到礦山所出，不是銅即是鐵，雖寶貴也不至於要嚴守風聲，他不免疑惑：「那二位的意思是？」

「我想去幽州大獄一趟。」

趙進鐮便懂她的意思了：「女郎是說要用犯人？」

神容點頭：「用犯人過了最難採的一段，不易走漏風聲。後面自有工部著手安排，之後冶煉運送諸事也能更順暢，這是最好的。」

趙進鐮還是頭一回聽說採礦還分階段的，不禁多看她一眼。

神容也不進官署，就這般挽著輕紗站在大門前，貴女之姿，豔豔奪目，偏偏能對這些山礦之事如數家常，讓他訝異。

他又想了想：「這也不是不可，只不過幽州大獄是山使所管，女郎何不去找他？」

神容幾不可察地撇了下嘴，那男人不是善茬，去跟他說，哪有跟趙進鐮這樣的老好人來得容易，多半又要氣她。何況她還有餘氣未消呢。

她淡淡一笑：「我是想親自去挑人的，這等重活要活也不是隨便調了犯人來就能做。」

趙進鐮乍見她的笑容，只覺周遭生輝，也跟著笑起來：「既然如此，我親自帶女郎去一趟，免得侍郎擔心。」說罷命人去著手安排，暗中還是叮囑了一聲要通知山宗，畢竟那是他的地盤。

軍所大院裡，胡十一這會兒手裡還揪著那個小石頭。

他難以置信地嘀咕：「怎會呢，他們還真發現礦了？」

張威湊過來扒拉一下那尾端，胳膊肘抵抵他：「你覺不覺著，這黃不溜秋的好像金子啊？」

雷大嘴裡塞了半個餅，也湊過來看。

眼前冷不丁飛過來一柄刀鞘，胡十一眼疾手快地拋了石頭接住刀鞘，抬頭就見山宗走了過來。

他正好出來，直接擲鞘打斷了幾人，一邊緊著護腰一邊說：「幹好自己的事，山裡的事上頭沒風聲你們就當不知道，那麼多廢話，兵練得怎麼樣了？」

雷大第一個溜了。

胡十一也閉了嘴，雙手把刀鞘送過去。

恰好有兵卒快步送來了趙進鐮的消息。

山宗歪頭聽完，拿過刀鞘，插刀而入，什麼也沒說就走了。

幽州因地處北方邊關，大獄也不同於尋常監獄。獄中高牆以巨石壘築，足有兩層樓塔高。獄內又分割出幾大片域，重犯、流犯，甚至是關外敵賊，都分押其間。一路走來，森森守衛皆是軍人。

這樣的地方，忽然多出個女人，自然引人注目。獄卒們在前引路，總忍不住往後瞄。

神容襦裙輕逸，進來前特地罩上披風，戴了兜帽，將紫瑞留在外面，跟隨趙進鐮腳步，邊走邊看。

這種地方她也是頭一回來，但這回找出來的是金礦，責任重大，在沒有真正現世之前，有必要守著風聲，畢竟這裡地處邊關。

軍所倒是比民夫嘴嚴，但軍人身負重責，拉來做這種苦役不合適，料想那男人也不會答應。用犯人的主意，其實是神容跟長孫信出的。

趙進鐮走在前面，擔心她會害怕，有心說笑：「其實女郎說一聲，我去與山使調度也可，何必親自入這晦氣之地。」

神容隨口說：「趙刺史都能親自前來，我又豈能說這裡晦氣。」她親自來挑人當然還是為了礦，就連這次隨行來幽州的長孫家護衛都是她親手挑選的。

話說完，進了一處空地，這一片牢房裡的犯人都被押了出來，垂頭跪在那裡。

神容將兜帽往低拉了拉，掩了口鼻，掃過那群犯人，搖搖頭。

大多蒼老瘦弱，只怕進山沒幾天就要出人命，哪裡能用。

趙進鐮見狀朝獄卒擺擺手：「那便算了吧，女郎替兄前來已經難得，後面我命人再擇一遍，送由令兄定奪就是了。」

神容沒做聲，看著獄卒將那群犯人押回去，再看一遍還是失望。

忽覺那群犯人裡有人看著自己，她看過去，發現是個形容枯槁的中年人，穿著囚衣，兩頰凹了進去。

眾犯人都不敢抬頭，唯有他敢盯著自己，神容不免打量起他來。哪知這打量之後，對方竟撲了過來：「妳是……妳是長孫家的小女兒！」

神容見他竟認得自己，眉頭微動，隨即也認出他來。

前些時候她父親來信說中書舍人落了馬，被新君毫不留情地定了個千里流放，沒想到居然流放到了幽州。眼前這人不就是中書舍人嗎？

中書舍人柳鶴通，先帝在世時是受寵心腹之一，神容認得他。

趙進鐮忽見有人冒犯，斷然吩咐：「按住！」

柳鶴通被兩個獄卒按著跪在地上，還努力往神容這邊探，手上鎖鏈敲得哐哐響：「姪女！我乃柳舍人啊！妳幫幫我，我那夜被押來時見著山家大郎君了！妳快幫我與他通融一下，我要上書聖人，我要翻案！」

他張口就叫姪女，叫趙進鐮都愣了一愣。

神容抿唇，那日山宗在刺史府上提到個連夜押來的京中犯人，原來就是他。

柳鶴通在朝為官時認得許多權貴不稀奇，但她連話都不曾與他說過，竟就成他親戚了，還叫她去與山宗通融，真是病急亂投醫。

「我如何與他通融？」她蹙起眉。

柳鶴通急道：「自然能通融，妳是他夫人啊！」

神容臉一僵，拂袖就走，留下一句：「你才是他夫人！」

獨留下趙進鐮，一臉愕然地看了看柳鶴通，懷疑自己是不是聽錯了。

柳鶴通回了神，懊惱捶地：「是了，我竟忘了他們已和離了！」

神容穿過這片牢房，才察覺趙進鐮沒跟上。她往前看了看，發現裡面還有很大一片，叫旁邊獄卒帶路，想去看看。

越走越深，逐漸幽暗，獄卒停步：「貴人小心，這裡是底牢了，山使有令，不准人接近。」

神容往前走了幾步，看到一扇漆黑的大門，關得嚴嚴實實。什麼也看不到，她剛要轉過頭，裡面忽然嘭的一聲巨響，直蔓延到門邊。

轟隆一聲，門被撞出一聲巨響，她後退一步，驀然一條手臂伸過來，重重在她身側一拍，抵住了門。

神容回頭，正對上男人繃緊的肩。她抬頭，看到山宗的臉，有些訝異：「那什麼聲音？」

山宗垂眼看她：「底牢關的肯定都是窮凶惡徒，逞凶鬥狠都有，這點聲音算什麼？妳離這裡遠點。」

神容回味過來，才發現離他很近，他的手撐在她身側，像是圈住她一般，稍一轉頭就對上他下巴，他一雙唇薄薄輕勾。

剛聽完柳鶴通那番胡言亂語，現在他就在跟前。她盯著他翻折的衣領，上面有細密的暗紋，眼神動一下：「你什麼時候來的？」

山宗穩住了門，鬆開手：「我還要問妳，進山也就算了，現在都能入牢了，妳膽子一直這麼大？」

神容咬一下唇，盯住他下巴：「這算什麼，我還有更大膽的時候，你想看看麼？」

山宗與她對視，離近了，又聞到她身上淡淡的幽香，聲略低：「那妳就收斂些。」

神容心想她偏不收斂。

遠處，趙進鐮的身影過來了。

她抬手捋過鬢髮，走出去前朝他微微挑眉笑：「你也知道我剛做成了什麼大事，以後可要對我客氣點。」

衣香人動，山宗側身放她過去，眼睛還盯在她身上。隨即心裡過了下，她說那是她做成的大事。

他又看神容的背影一眼，示意獄卒守好，往外出去。

趙進鐮在那頭客氣地送了神容幾步，回頭朝他豎了下手，「你等等。」他摒退左右，低聲道：「我本以為你跟長孫侍郎是有過節，今日才知道不對，難怪我總覺得山家與長孫家有些關聯……」

趙進鐮與胡十一等人不同，那些都是山宗離開山家後才追隨在他左右的，不太清楚他的過往。他要知道的多些。他記得山宗出任團練使正是三年前，那時他已與新婚嬌妻一拍兩散，還離開了洛陽大族。

彼時未曾細探，只因是他的家事，如今被柳鶴通一番鬧，才想起他當初的妻家好像正是長孫家。可那日在刺史府上，還笑談這位貴女尚未婚配……

越想越發毛，趙進鐮摸了摸短鬚，虛虛地問：「是不是我記錯了？趙國公……有幾個女兒啊？」

山宗也不瞞他了，往那前方歪了下頭，還能看見那道女人纖挑的身影：「不用問了，她就是我前妻。」

神容一直走到大獄門口，回頭看一眼，山宗和趙進鐮還沒出來，也不知在耽擱什麼。

紫瑞卻已急匆匆過來，遞了早備好的帕子給她，生怕大獄內的污濁沾染了她。

待她慢慢擦完了雙手，才見趙進鐮和山宗一前一後地出來了。

「可還有其他牢房能看？」她問。

趙進鐮臉上掛著勉強的笑，到了跟前說：「這大獄不是常人能待得住的地方，女郎不可久待，挑犯人的事不妨改日再辦，大不了我還是去請令兄來定奪。」

神容知道他是覺得她一個女子操持這些沒必要，想想對今日所見的那群犯人也不是很滿意，眼往山宗身上瞄：「那就不急在一時了，反正山使已經到了。」

趙進鐮乾笑，此時只覺尷尬，還有一點後知後覺的無奈，實在不想再夾在這一對分飛的勞燕跟前。他轉過身悄悄在山宗跟前低語：「早不告訴我，人我帶來了，你好生送回去吧。」說完回頭，又堆著笑與神容客套一句官署還有事情要忙，神色訕訕地先行走了。

等他走了，神容看向山宗，這裡只剩他們了。

山宗說：「趙進鐮走了，我送妳回去。」這裡是大獄所在，靠著他們軍所不遠，可離幽州城還有段距離，送她本是理所應當。

神容有些意外地看他。

山宗伸手牽馬，轉頭看她沒動，問：「難道還要我請妳上車？」

神容這才提衣登車，看似沒什麼，轉頭時嘴角卻有了絲笑。剛說了要他客氣點，看他的確還算客氣，先前那點氣勉強算消了。

山宗是獨自來的，連一個兵卒都沒帶。待車上了路，他打馬接近窗格，朝裡面女人的側影看了一眼：「妳想挑什麼樣的犯人？」

神容看出去的目光正好落在他的腰上，他坐在馬背上，緊束的腰身繃得緊實平坦。她眼轉開，又轉回來，才想起要回話：「要年輕力壯、耳聰目明的，應急的反應要有，還要跑不掉的。」

山宗莫名笑了：「怎麼聽著不像是找犯人。」

神容眉心一皺：「你消遣我？」

「沒有。」

「你分明就是在消遣我。」

他似笑非笑：「沒有。」

神容還要再說，覺得嗓子好似有些乾澀，抬手摸了摸喉嚨，低低乾咳一聲。

外面山宗說：「現在只是嗓子乾，再在大獄裡待久點，妳還會更不舒服。」

神容摸著喉嚨，澀澀地問：「什麼意思？」

「妳當幽州大獄是什麼地方？」他說：「那四周壘石而築，底下鋪了幾層的厚厚黃沙，獄卒有時還會特意生火炙烤，或者放風乾吹，長此以往，乾燥無比，進去的人不出三日就得乾得脫一層皮，否則趙進鐮何必勸妳早些走。」

其實趙進鐮帶她去之前已經命人安排了一番，不然還會更難熬。這種地方，她這樣的怕是連聽都沒聽過，還敢直奔而去，說她膽子大，哪裡冤枉她了。

聽他的語氣輕描淡寫，如隨口一提，神容卻搓了搓胳膊，皺著眉又低低咳了一聲，心想難怪那柳鶴通枯槁到兩頰都凹陷下去了。

她想著柳鶴通的憔悴樣，再想想倘若這金礦沒有尋到，或許有朝一日那種災禍就會淪落到他們長孫家頭上，愈發地不舒服。轉而想那底牢的情形，才將那些拋諸腦後：「如此說來，我倒覺得底牢裡關的人挺不錯了，都那樣了還能逞凶鬥狠。」

山宗又看過來：「那些人妳都敢想，妳還真是膽大包天了。」

神容隔著窗紗看他，扶著脖子挑眉：「怎麼，不還有你在麼？你又不是鎮不住他們。」

「再怎麼說都沒用，入城先去找個地方潤潤喉，然後就回去待著，以後少往那種地方跑。」山宗說完手在窗格上一拍，彷若警示，一錘定音。

神容微怔，看著他那隻手自眼前抽離，撇撇嘴，奈何嗓中乾澀，只好暫時忍住。

紫瑞聽到少主在車內數次低低清嗓便留了心。很快入了城，她看到路頭邊有家小酒館瞧著沒幾個人，算安靜，趕緊叫停了車，下去問了一聲說是可以賣茶水，又出來請神容進去。

神容入內坐定，紫瑞很快端著碗茶水過來。

她剛要去接，聽到山宗說：「去換成清水，喝什麼茶，越喝越乾。」

紫瑞一愣，趕緊端了那碗茶過去找夥計換了。

神容看看他，他自門外進來後就近坐了下來，只在門口，不與她同桌，二人之間隔著兩張方木桌的距離。

紫瑞又換了碗清水來，神容端了，低頭小抿了一口，終於覺得舒坦了一些。

山宗眼一睨，看見她飲水的模樣。即便覺得難受，她身上的大族儀態依舊端雅十足，與他截然不同。轉眼看到酒館櫃上的後面走出兩個塗脂抹粉的賣唱女，大約是剛結束了生意，此時停了步朝他這頭望。

撞到他的視線，二人有些畏懼地齊齊矮身見了個禮：「山使安好。」隨即卻又捋了捋頭髮，相顧怯怯地朝他討好地笑。

他移開眼，屈起一條腿，閒閒地把玩著橫在懷間的刀鞘。

神容抿了兩口水，抬眼看到那兩個賣唱女的模樣，眼神一飄，又看見山宗那一副無所謂的架勢。

酒館裡的夥計此時方看到他，忙不迭地過來向他見禮。他擺了下手，對方立即退下。

幽州好似人人都怕他，只有她不怕。她端著碗施施然起身，朝他那張桌子走過去。

山宗看著她在自己右手側坐下來，還沒說什麼，聽到她低低問：「那樣的招你喜歡麼？」

她說話時眼珠朝那頭一動，那兩個賣唱女見到她坐了過來，馬上就出門走了。

山宗停了玩刀的手，眼簾微垂，看來有些不懷好意：「妳問這個做什麼？」

「隨便問問。」神容手指搭著碗口，真像隨便問問的樣子，只不過眼神是斜睨著他的。他提和離時不是說婚後與她沒有夫妻情意，連相對都覺得勉強，那他喜歡什麼樣的，什麼樣的不叫他覺得勉強？

「妳大可以自己猜。」山宗一笑，坐正：「水喝完了？喝完就走。」

神容見他岔開話題，心想當她在乎才問的不成？又看了看那碗，她喝得慢條斯理，到現在還剩了許多。她忽而眼睛掀起來，低低說：「喝不下了，你要喝麼？」

「妳說什麼？」山宗的聲音不自覺壓低，剛問完，就見她端著碗，低下頭，在碗沿抿了一下，放下後，朝他推了過來。

正對著他的碗口沾了唇脂，描摹出她淡淡的唇印。他臉上的笑意漸收，坐著巋然不動，朝她臉上看：「妳讓我這麼喝？」

神容對上他黑漆漆的眼，忽笑起來，說悄悄話般道：「堂堂團練使，怎能喝我喝過的水，我是打趣的。」說完手指在碗沿一抹，抹去唇印。彷彿一切都沒發生過。

立在櫃檯那邊的紫瑞問了句：「少主還要水嗎？」

神容站起了身：「不了，走吧。」

山宗看著她出去了，才撐刀起身，覺得她方才那舉動簡直是一齣欲擒故縱。以往夫妻半年，寥寥幾次相見，還真沒發現她有這麼多花招。

一路至官舍，二人一在車中，一在馬上，沒再有過言語。

到了官舍大門前，神容下了車來，轉頭看一眼，山宗坐在馬上，在馬車後方跟了一路。

看到她看過去，他眼神沉沉地笑了一下，彷若識破了她的念頭。

她神色自若，轉過頭搓了搓手指，指尖還沾著自己的唇脂。

忽有幾人快馬而來，神容聞聲看去，是大獄裡見過的獄卒。其中一個低低在山宗跟前稟報了幾句，他便提韁振馬，立即走了。

幽州大獄裡，在他們離開後不久，柳鶴通又鬧了。這次他要自盡。

山宗快馬而至時，他已被獄卒們潑水潑回來，奄奄一息地靠在刑房裡，頭上青紫了一大塊。

但看到刑房大門打開，有人走了進來，他便立馬回了魂，心急地往那頭奔：「山大郎君！山大郎君！你救救我，我與你們山家有舊交啊，你豈能見死不救！」他一連嚎了好幾遍，整個刑房裡迴盪著他不甘的哭嚎。

山宗就在那兒站著，看了看左右的刑具，眼神都沒給他一個。

刑房四周通天窗，凜凜大風倒灌，比外面更乾，久了還森冷。等到柳鶴通已經再沒聲音嘶喊，只能哆嗦，山宗才開了口：「今日他是不是鬧事了？」

獄卒一五一十報：「回山使，他當著刺史與那位貴女的面胡謅她是您夫人。」

山宗隨手扔了剛拿起的一個鐵鉤：「按章辦事，鬧了兩回，該用什麼刑用什麼刑，別叫人死了就行。」

獄卒應命。

柳鶴通傻眼了，好半天才想起要乾嚎：「我要翻案！我要呈書聖人！」

但山宗已經頭也不回地走了。

刑房實在太過乾冽，到了外面，獄卒立即端來一碗清水給山宗，請他用。

山宗端在手裡，看了一眼，忽而想到了那個碗口的唇印，低低一笑，一口飲盡，將碗拋了回去。

深秋已重，窗外大風烈烈。長孫信再來主屋裡找神容時，她正捏著筆桿，專心致志地描畫著望薊山的礦眼位置。

等神容留心到跟前多了個人，抬起頭，才發現哥哥已在跟前站了許久，皺著眉一臉愁容。

自打尋到了礦，他連日來整個人都輕鬆得很，談笑風生不在話下，對誰都眉眼帶笑，那日還特地賞了全部隨從，今日卻是稀奇了。神容還以為他憂心的是眼前的事，寬慰道：「放心好了，挑犯人的事我會辦好的。」

「不是這個。」長孫信負手身後，嘆了口氣：「長安來消息了，工部著我回京一趟，稟明詳細，再帶人過來接手。」

他送消息去長安已有段時日，去信趙國公府又上書朝中，今日才終於收到回信，就收到這個命令。

神容意外：「這麼說你要回去了？」

長孫信點頭：「部中還要我儘早上路，催得很急。可我回去了，這裡獨剩下妳怎麼行。」

礦是有了，可礦多大，脈多廣，一無所知。若是往常那樣的礦，長孫信直接留給趙進鐮這樣的本地官員照看就行了，這次的礦卻難得。他不放心礦，可又不放心獨留神容在此，便左右為難。

神容問：「父親如何說？」

「父親得知妳尋到這樣的大礦，自然更相信妳的本事，還說有妳坐鎮他十分放心。」整個趙國公府眼下正高興著呢，想來他父親母親如今可以長鬆口氣了。

神容便笑了：「既然父親都如此說了，那我留下就是了，望薊山的事你不用擔心。」

長孫信左右看看，見紫瑞不在，走近一些：「我擔心什麼妳不知道？父親不擔心是因為不知道姓山的在這裡！」

神容心中一動，她早想到了，故意沒說破罷了。確實，他若走了，就只剩她在這裡面對那男人了。可那又如何，那男人還能把她吃了不成？

她想了想，認真地點點頭：「你說得對，父親母親還不知道，那你回去後可要嘴嚴一些，千萬不要告訴他們。」

長孫信詫異：「妳還要替他瞞著？」

「若你叫父母知道了，他們出於擔心，少不得要將我叫回去，這裡可怎麼辦？」神容捏著筆桿，朝眼前勾畫了一半的圖點了點：「還是你有其他合適的人選能取代我？」

長孫信一看到那圖的詳致就攏唇乾咳了一聲：「沒有。」

「那不就是了。」

其實長孫信也說不上來擔心什麼，終歸是有些不大放心，可也沒有兩全之策。現在聽神容都這麼說了，也只能這樣了。

不日，東來將長孫信要暫回都城覆命的消息送至刺史府。

趙進鐮一番意外，本想立即安排餞行，卻又聽東來說不必，他家郎君這就要上路啟程了。

趙進鐮一聽就知道是長安命令不得拖延，便下令叫官署裡所有官員都去送行。軍所很快收到消息，只因長孫信走得早，城門要開，就得過軍所這關。

一大清早，胡十一從城頭上下來，看到山宗自軍所方向遠遠打馬而來。他搓著手上前道：「頭兒，那長孫侍郎忽然說要回去一趟，莫不是要回去領功？那咱們護了他這麼久，有沒有功領？」

山宗一躍下馬：「有，賞你今日領隊護送他們百里，去吧。」

胡十一美滋滋地扭頭走了一步，反應過來了：「這不還是伺候他們……」

遠遠的，聽見馬蹄車轍聲接近而來。胡十一收心不想好處了，去叫人將城門開大。

山宗往城裡看了眼，今早來報信的是廣源，只說了長孫信要走，長孫神容卻沒有消息。

長街尚無人影，一大群官員騎著馬，跟隨著趙進鐮先後到了城下，後方是長孫家的車馬。

趙進鐮已看到山宗站在城門外，若在以往，少不得又要覺得他這是隨性慣了，只在這城下露了個臉，也不說去官舍一路送行過來。現在知道緣由了，當然什麼都不說了。

他回頭看看坐在馬上，正跟其他官員一路閒談而來的長孫信，下了馬，走去山宗跟前，低聲道：「我已問過了，長孫女郎不回去。」

山宗不禁抬眼，長孫信後方的馬車剛停下，門簾掀開，神容踩著墩子走了下來，雲鬢垂挽，襦裙繁複，確實不像出行的模樣。難怪廣源來報時隻字未提。

長孫信打算就在城門口與眾人作別，已經下了馬來。

神容下車後便站在他身旁，忽朝這頭看了一眼。

眼下不過天光青白之際，她的眉眼竟沒被掩去半分，身姿出挑地站在那裡，風撩臂紗，只這一眼，也叫人過目不忘。

趙進鐮看見，扶一下官帽，再看山宗，竟搖了下頭：「我現在明白為何長孫侍郎要那般說你了，那樣的人物，天底下能有幾個？你竟也捨得說斷就斷？」

山宗眼神從那抹身影上劃過，回道：「或許是我口味刁。」

趙進鐮被他這大言不慚的語氣震住了，默默無言。但想想他一直以來的作為，張狂狠厲的勁兒沒少過，這事擱他身上也的確做得出來。奈何彼此地位平起平坐，這些話不好直言。

那頭長孫信風度翩翩地與眾人客氣了一番，看了看天已大亮，應該要出發了。他轉了身，卻沒急著上馬，而是朝山宗這邊走了過來。

「我有幾句臨別贈言要留與山使。」他清俊斯文地笑著。

趙進鐮見狀有數，將地方留給他。等回去那頭官員們中間，還看了看二人。

山宗朝那邊的神容看了一眼，她似乎沒想到，也正朝這裡看著。他側身讓開一步：「請說。」

長孫信走到他跟前，身背過眾人，臉上就沒笑了，一臉嚴肅地道：「阿容可是我們家的寶貝，如今留在你的地界上，若有半點閃失你脫不了干係！」說完不等他回話就退開，挺身看著他，又笑著搭了搭手，「山使客氣，不用遠送了。」

山宗抱一軍禮，嘴邊有笑：「謝你贈言。」

兩個人虛情假意地幾句話說完，長孫信文雅地整一整披風，上了馬背，臨了不忘再去妹妹跟前說幾句話。

「我儘快回來，妳在此可一定要照顧好自己。」他特地強調了儘快二字，往山宗那裡看了看。

神容點頭：「知道了。」

長孫信還是掛念，又各自囑咐了東來和紫瑞一番。哪怕只是他離開的這段時日，也要顧著妹妹一切都好，否則回去了要被父母念叨。

稍作耽擱，長孫信終於啟程。

胡十一沒法，京官返都，例行的禮數也是要軍所送行的，他只能帶著自己隊裡的人老老實實地跟上去。

待長孫信的身影已遠，視野裡只剩下那一行隊伍踏過的長煙，神容慢慢走到山宗旁邊。

「他剛才與你說什麼了？」她朝哥哥離去的方向遞去一眼。

山宗笑：「沒什麼。」

她眼神狐疑：「真的？」

「他都說了是對我的臨別贈言，妳問了做什麼？」山宗抬手抹了下嘴，忍了笑。長孫家全家都當她是寶貝，他豈能不知道？長孫信特地跑來與他說這些，弄得像是他會欺負她。

神容沒問出什麼來，低語了句：「不說算了。」

天色尚早，大風仍烈。她朝哥哥離去的方向看了一眼，被迎頭一陣大風吹得瞇了瞇眼，忙抬袖遮擋，拿下時臂彎裡的輕紗已勾在了一旁。

山宗動了下手裡的刀，那紗掛在他的刀柄處。他看她一眼，還是因為彼此站得太近了。

餘光瞥見趙進鐮和那群官員都在看著這裡，他手腕一轉，刀柄繞開，腳下走開一步：「人已送完，妳也該回去了。」

神容察覺，眼神一飛，輕輕白了他一眼。這裡這麼多人，又不是那小酒館，她還能做什麼不成，就這麼避之不及。

山宗已看見了，拎著刀在手裡，問她：「妳那是什麼眼神？」

神容學他方才的語氣：「沒什麼。」

山宗好笑，真是有她的，還會見縫插針了。

神容回去車邊時，趙進鐮剛遣了眾官員回官署。他閒話幾句，送她登了車，轉頭見山宗站到此時，這才回到城門內。

馬車轆轆自跟前過去，山宗看了一眼，旁邊趙進鐮卻在看他。

「我看你們在那頭站了許久，倒像是一同送行的一般。」趙進鐮摸著短鬚道。

山宗只當他玩笑，反正他歷來臉皮厚，並不在意，開口說：「我近日要帶兵去轄下巡視，他走得算巧，晚了我也送不了。」

趙進鐮點頭，想起年年都有這軍務，倒也不稀奇，只不過以往從未在他跟前報備過：「怎麼與我說起這些？」

山宗朝剛駛離的馬車指一下：「我不在時，她就由你擔著了。」

趙進鐮竟覺意外：「你這時候倒還挺上心了。」

山宗笑了一笑，長孫信的「臨別贈言」還言猶在耳，想不上心都難。他反問：「長孫家的，你敢不上心？」

趙進鐮一想也是，還道他是對前妻有幾分顧念，看來是自己想多了。

第六章　獄變

長孫信走後，官舍裡只剩下神容。

午間，廣源走在園中，看見了那群剛去內院伺候貴人用飯的僕人們，竟沒怎麼見少，可見貴人依舊在家中受寵得很。

正巧，神容從內院出來了，恰好穿過園中，看到他：「你這是拿的什麼？」

廣源手裡捧著件黑厚的胡服，上面壓著條一指來寬的革帶。他垂頭回：「是剛做成的冬服。」

神容看了看天，頭頂天藍雲白，秋高氣爽：「哪裡到冬日了？」

廣源解釋：「貴人有所不知，幽州前陣子總起大風，這就是冬日要提早來的兆頭。」

神容原本只是隨口一問，聽到這句臉色頓時認真起來：「當真？」

廣源點頭：「真的，我在此三年，早聽人說過，後來發現確實如此。」

神容心覺不妙，若是這樣，那留給他們開礦的時間就不多了，得趕在冬日前將最難的一段掘出來才行。她轉頭吩咐：「去準備，我要即刻去問刺史借人。」

紫瑞應下，去備車了。

神容又看了看那件胡服，分明是軍中式樣，心裡有了數：「這是給他做的？」

廣源稱是：「是給郎君做的，他正要去轄下巡防，很是偏遠，或許能用上。」

他要去巡防？神容此時才知道這消息，這麼巧，還是馬上出發。

紫瑞回來了，手裡拿著她的披風：「少主，現在便走嗎？」

神容又瞥了那胡服一眼，那男人可能沒嘴，都不知道留個信的，當她不存在一樣，真不知是不是存心的。她點頭：「走。」

入車後，神容先派了個護衛去請趙進鐮。她知道幽州城門關得早，此時已過午，離大獄又遠，不好耽擱，便先行上了路。

一路順暢，東來護車在旁，快到大獄時，眼睛敏銳地看到了後方趕來的一行人馬，向車中稟報：「少主，刺史親自趕到了。」

車在大獄外停下，神容搭著紫瑞的手下來，往後看，果然來的又是趙進鐮本人。

剛到跟前，他便道：「女郎說的緣由我已知曉了，看這架勢，冬日確實會提早來。」他自馬上下來，接著說：「此事我一直記著，近來也差人安排了，本打算交由令兄定奪，如今他既然回都去了，那就還是請女郎看吧。」

神容稍微放了心，還好這位首官辦事牢靠，點頭說：「那再好不過。」

值守獄卒出來迎接，神容仍留下紫瑞，只帶東來隨行。

趙進鐮與她一同進去，看了看她的神情，提了句：「只是今日不巧，山使正要出去巡防。」他這回又親自來，還不就是因為山宗把人托給他了。

神容邊走邊抬手攏著披風，抿抿唇，將兜帽也罩上，只「嗯」了一聲，什麼也沒說。直至進了大門，她停了一下，想起了那日的乾澀不適，才問：「這裡面是不是得先灑些水？」

趙進鐮料想肯定是山宗跟她說過大獄的情形了，笑道：「獄卒們會料理的。」

她這才往裡走。

大獄裡確實在料理，所有通風高窗皆閉，地上有澆過水的痕跡，但隨著走動，很快就乾了。後面還有獄卒拿著桶跟著澆，這才能維持那點痕跡。

沒多久，他們便又到了之前去過的那一片牢房外的空地上。這空地本就是個高牆圍住的院子，穹頂嚴密，裡面也澆過了水，四周豎著火壇，裡面火光熊熊，照得四下透亮，正方便挑人。

趙進鐮點了個頭，吩咐說：「去把人帶出來吧。」

獄卒們分頭行事，先將他們進來的那扇兩開的大門關上，又有序地去牢房裡提人。之前被挑過的那些人已被移走，這次是另一批人，有許多是從另一片牢房帶過來的。

神容特地留心了一下他們過來的方向，經過了一條長長的過道，正是之前她去底牢的那條道，想來一定也是一批重犯了。

犯人們分列被押了過來，在獄卒泛著寒光的刀口下，挨個跪下，竟烏泱泱地跪了一大片，一眼望去，漆黑的一片頭頂。

趙進鐮道：「這回能帶出來的都在這裡了。」

話音未落，卻見神容已經邁步，竟親自上前去看。他暗自驚異，這位貴女的膽識可真是異於常人。

火光照著，各色犯人都有，比之前要好很多，神容看到不少壯年。她取了塊帕子在手裡，輕掩口鼻，腳下緩慢地在犯人當中走著，一步一看，凡是覺得不行的，便朝身後東來看一眼。

東來接到示意便伸手拽住對方囚衣後頸，將之拽到一旁。

不多時，被篩出來的人就一大群了，獄卒們將他們押回去。

神容從最後兩列人當中走過去，發現他們披頭散髮，看不清臉，手上不僅有鐐銬，腳上也有腳銬，但看身形都很壯實。

她走回去，拿下帕子，低聲問趙進鐮：「那最後兩列是關外的？」

趙進鐮看了一眼：「正是。」

難怪是這般模樣了，神容剛才看著覺得眼熟，因為在驛館裡見大鬍子們捉的就是這樣的人，說不定他們當日抓的那幾個就在其中。

「關外的不行。」神容不放心，哪怕他們明擺著能用，但敵寇就是敵寇。

趙進鐮認同：「確實，先前安排時只叫他們將身體好的都拎出來，身分卻也要緊，關外的自然不行，山使也不會鬆口。」

神容聽他提到那男人，不自覺算了下時辰，料想他此刻應當走了。

軍所大門外，此時整隊待發。

送完長孫信回來的胡十一這次也要隨行，他手裡拿著廣源送來的那身胡服交給後方行軍收納，轉頭看前面：「頭兒，咱這回還是夜巡？」

山宗站在他那匹高頭大馬旁，纏著護臂，緊緊一繫：「嗯。」

夜巡是最出其不意的巡防，以往沒有，屯軍所建起來後才開了這先河，眾人都認為這是他獨創出來應對關外的軍策。

否則他們早已出發了，何必到午後日斜才動身。

準備妥當，山宗上馬：「都安排好了？」

胡十一道：「軍所有雷大，張威會去伺候那金嬌嬌，都已妥當了。」

說到金嬌嬌，他倒是想起一茬：「對了，刺史派人來送行，順帶捎了個信，那金嬌嬌今天又去幽州大獄裡挑人了。」

廣源來送了衣服不久，刺史的人就到了，他趕著上路，就全打發了。

山宗一手扯了韁繩，想起先前那麼警告她不要再去，居然還是去了，還真是沒個聽話的時候。

「去把這幾日送到的獄錄拿來我看看。」他忽然說。

胡十一都準備上馬了，聽了這話，只好回頭去軍所取獄錄來。

獄錄記述幽州大獄諸事，主要是為了監視犯人行動。

山宗坐在馬上，接過來翻看，近來太平無事，尤其是柳鶴通，被用完刑後老實得很，再也沒有過鬧事舉動。他將獄錄丟回去：「那些關外的呢？」

胡十一接住：「他們？料想是被咱們抓怕了，聽說進牢後一直安分著呢。」

山宗冷笑：「關外的就沒安分過。」

胡十一愣了愣：「啥意思啊頭兒？」

「當時驛館裡收到五個關外的，緊接著巡關城就又抓到幾個，他們來得頻繁了些，倒像是刻意在送。」山宗手指抵著腰間的刀，慢條斯理地說。

幽州大獄那種地方，關進去有動靜才是正常的，越順服越不對。不知道他們如此忍耐，是不是在等機會。

「女郎可選好了？我們進來已久，怕是天色已晚，回城都要叩城了。我擔著責，可不能叫妳久待。」大獄裡，趙進鐮看著身旁披風籠罩的身影，在這大牢裡明顯出挑的格格不入。

神容轉頭看來：「刺史擔了什麼責？」

趙進鐮驚覺失言，撫須而笑：「沒有。」

神容也沒在意，轉過頭去，又看向空地裡挑剩下來的人。似有視線投過來，她順著看去，只看到最後那兩列跪著的人，但他們披頭散髮的，夾在眾多人當中，並不能看清，或許是她看錯了。

她對東來道：「將那後兩列的先帶下去，剩下的再看。」

東來領命，去向獄卒傳話。

幾個高壯的獄卒立即邁著虎步過去，提刀呵斥：「起來！走！」他們對其他犯人還算公事公辦，但對關外的分外嚴厲。畢竟是敵方，若非要留著他們的性命盤問軍情，敢這麼潛入關內，早該殺了。

那一群人被連拖帶拽地提起來，緩慢拖遝地往那通道走，要回到那幽深的牢房裡去。一個獄卒嫌他們走得慢，上去就踹了一腳，被踹的犯人一頭撲倒在道口，忽就不動了。

神容本已去看其他人，聽到動靜朝那裡看了一眼。

「少他娘的裝死！」獄卒上前去扯，手剛伸過去，那地上的一躍而起，手鐐一套，扣上他的脖子，撲上去就咬住他的耳朵。

獄卒痛嚎，這個瞬間，另一個披頭散髮的衝向他的下盤，他手裡的刀一鬆落地，便被第三人奪了去。

混亂乍起。這一番動作迅疾如同演練過百遍，在場的犯人頓時全跟著亂了。

東來快步近前，護著神容後退。

趙進鐮大驚失色，一面招手喚獄卒，一面擋在她前面急喊：「快！通知山使！」

已有獄卒跑去開門，但隨即他想起來，山宗已經走了，臉瞬間白幾分。

神容愕然地看著眼前劇變，一手下意識地緊按懷間書卷。眼前已成鬥獸之地，重犯狠戾，似早有預謀，獄卒撲壓，人影翻躥，滿耳都是嘶吼之聲。

忽聞轟隆馬蹄之聲，如雷震地。

她轉過頭，聽見一陣昂揚馬嘶自外捲來，緊接著驀地一聲巨響，大門乍破，當先一馬衝入。馬上的人一躍而下，黑衣烈烈，凜步攜風，一手抽出刀。

後方眾騎齊下，抽刀而上。

剛殺了一個獄卒的犯人認出了他：「山……」

山宗一刀揮出。

鮮血濺到鞋尖，神容後退一步，睜大眼睛看著那男人。

山宗仗刀往前，腳下停都沒停一下，刀尖鮮血淋漓：「動手的留頭。」

披頭散髮的關外敵賊們砍開鎖鐐，四處衝殺獄卒。鮮血慘嚎刺激著其他重犯，惡膽一壯，罪心復起，暴亂形勢瞬間擴大。彷彿這樣就能有機會脫離這無間煉獄時，就聽到了這森冷的一句——動手的留頭。慣常軍令，鬧事者格殺勿論。

山宗一直沒停，人過刀落，見亂即殺，毫不留情。混亂廝殺的局面像被撕開了一角，那一角在他腳下延伸，刀影揮掠，過處無人站立。

渾水摸魚的重犯裡有人一看到他出現就起了退縮之心，但手裡刀沾了血，迎頭對上那黑衣人影，喉上已寒，直直倒地。

活著的兩股戰戰，冷汗涔涔，乾脆豁出去衝殺而上，迎接他們的是他身後緊隨而來的軍所兵戈。

胡十一率人跟隨在後，隊伍應命散開，沒有隻言片語，只有手起刀落。

「團練使饒命！」終於有人忍不住丟刀求饒，也戛然而斷。

軍所兵卒練兵千日，一句軍令就各司其職，行兵如陣，遊走在四角，偌大的空地上像是被悶上了一層罩子，再混亂的局面也狠不過一刀斃命。

山宗根本不給任何喘息之機，制亂狠絕，以暴制暴。

神容被擋在後方看著那幕，呼吸微窒，第一次見他這般模樣。

東來察覺不對，回頭看她。

她輕輕說：「先離開。」

大股獄卒自通道內湧來，趙進鐮在退避中已被獄卒隔散，難以顧及到他們。甚至有重犯還在往他那裡衝，或許是想挾持刺史做本，卻又被軍所的刀口逼退。看架勢也會有犯人往他們這裡來。

東來毫不遲疑地抽刀，護送神容往外。

神容邊走邊攏著披風回看一眼，山宗雷霆鎮壓，眼裡只有暴徒。

殺紅了眼的犯人不斷衝向他，又接連倒下，他只不過是被劃開了一隻護臂衣袖，鬆散了袖口，連髮絲都沒亂，手中直刀早已血浸刀柄。

又是一人朝他砍去，他回身一刀，繼而驀地一把扯下那隻礙事的衣袖，連帶中衣衣袖也撕去，纏住刀柄，露出整條右臂，肌理賁張，青黑盤繞，赫然滿臂刺青。

「少主小心。」東來低低提醒一句，護著她退入牆側暗影。

神容回過頭，仍心如擂鼓。

被破開的大門在前方百步之外，門口的火壇被馬蹄踏翻，傾覆而滅，一片昏暗，只能隱約看見外面有持刀把門的軍所兵卒。

對面邊角裡忽閃過幢幢人影，那裡不知何時倒了兩個獄卒，神容再側頭時看到那群披頭散髮的敵賊仍在衝殺，負隅頑抗。

他們忽然發難，必然早有預謀，她忽然想起先前那若有似無看她的視線。

「能否殿後？」她看東來一眼。

東來訓練有素，迅速應對：「能，請少主先行。」

神容一手始終緊護在懷間，一手解開披風：「千萬小心。」

廝殺聲中，她循牆疾走，往大門而去時，對面有人影衝了出來。

火光映著刀影，場中漸漸沉寂，殘風捲入，吹開四周的血腥氣。

最後一個披頭散髮的敵賊被一刀斷命，只剩下沒來得及暴亂和不敢暴亂的犯人們蹲在一起，哆嗦不止。

山宗立在場中，腳邊是滴答淋漓的刀尖瀝血聲。他一手撩起衣擺，擦了刀身血跡，掃視一圈，如看困獸：「清場。」

兵卒散開，清查是否有餘孽藏匿。

獄卒們無聲上前清理屍體，僅剩下的犯人們被連拖帶拽地帶回牢房。

趙進鐮被獄卒們擋在空地邊角的一處壇火邊，身前是倒了一地的重犯屍首。雖臉色未定，但身為刺史，他仍要穩定局面，轉眼四顧之際，忽然一聲驚呼：「女郎！」

山宗掀眼。

斜角暗影裡，走出三個披頭散髮的身影。為首的手鐐已砍開，腳鐐卻沒來得及斬斷，無法疾跑，只能一步一沉地邁著遲緩的腳步而來，一手持刀，手裡挾持著披風罩身的女人。

左右都是兵卒，他不近前，散髮下露出一雙閃爍不定的眼：「姓山的，放我們走。」

山宗垂刀點地：「費這麼大勁，就為了營救你這樣的廢物？」

那人是去年落入他手裡的一個契丹小頭目，連名字都不記得了。如今被大獄削去了幾層皮，早已不成人樣，但至今還撐著，又有人來營救，想必是探到了軍情，送不出去也要拼殺出去。

「少廢話，老子一定要回去！」那人喘著粗氣，手裡的刀一抬，迫近手裡女人兜帽下的脖子，忽然陰惻惻地笑起來：「聽說這個曾經是你的女人，你屋裡頭的前夫人。」

一旁持刀相向的胡十一正嚴陣以待，聽了這話一愣，甩頭看向山宗。什麼意思？那被挾持的不是金嬌嬌嗎？金嬌嬌是誰屋裡頭的前夫人？

山宗刀尖離地，冷眼看著他，目光一轉，看向披風下的身影。她到現在沒動彈過，兜帽壓著，頭一直深深低垂，一隻手緊緊拉著披風下沿，只露出幾根手指。

他忽然提起嘴角笑：「你都說了是曾經的女人，誰還當回事？」

那人怒道：「你少給老子裝模作樣！先前那老東西鬧騰的時候已有人看到了，我打聽得很清楚，這不僅是你的前夫人，還是個有來頭的，我倒要看看，她橫死在你面前，你能不能脫了干係！」

山宗點頭：「那你就試試，看是你的刀快，還是我的快。」

在場的人鴉雀無聲。別說那幾人，就連趙進鐮和胡十一都驚住了。

山宗忽然下令：「動手！」

胡十一下意識就要動作，卻見那人挾持的金嬌嬌披風一掀，刀光一閃，隔開了對方的刀。

那人只凜神防範著山宗會不管不顧地出手，猝不及防刀被隔開，就見眼前寒芒逼近，一側閃開，再回身，胸口一涼。

山宗的刀自他胸口直貫而過。

幾乎同時，胡十一帶人上前解決了剩下的兩人。

遠處的趙進鐮這才看清情形，長鬆一口氣。

山宗上前，抽了自己的刀，在對方身上擦了擦，看向一旁的東來：「身手不錯。」

他恭謹垂首：「是少主信任。」

披風裡的人是東來。神容身形高挑，他勁瘦而年少，被寬大的披風遮擋，幾乎看不出有異。

山宗是看到他露出來的手指才有所察覺。長孫神容的確會挑人，一個近前護衛，抵得上他軍所裡一個練成熟手的兵，還能隨機應變，難怪能被她信任。

他轉頭：「她呢？」

東來說：「少主警覺，已經出去了。」

方才在神容問他能否殿後時，便已有了決斷，就是為了防止暗處藏匿的人影是衝她而去。果不其然，東來剛披上她的披風走出那片牆側暗影，就有人衝向了他。

山宗提刀出去。

守門的兵卒提前領了軍令，在此把門，寸步不離，看他出來才算結束。領隊的告訴他，目前為止只見長孫家女郎一人出來，直往大獄大門而去，或許已經回城去了。他們知其身分貴重，未曾阻攔，還幫她擋了門內風險。

山宗「嗯」一聲，往監獄大門外走。

外面早已暮色四合，長孫家的車馬還遠遠停在道上。那是因為他們之前飛速行軍而來時令其避讓的緣故。此時車前挑著一盞燈火，守著長孫神容侍女的身影。說明她還沒走。

他慢慢邁步，看向大門兩側。大獄乾燥，到了門外才能看見草木蹤跡，還只能種活耐乾耐風的風棘樹，一叢一叢茂密地發到他腰高處。

山宗走到一處樹叢旁，敏銳地掃見一截輕紗衣角。

他腳步更緩，在旁徘徊踱步，盯著樹叢說：「看來還有漏網之魚跑出來了，我數三聲，若不出來，休怪我就地正法。」說著手中刀架在肩頭，開始數數：「一、二……」

樹叢未動。

他笑，故意把刀尖伸出去：「三！」

出口的瞬間，草叢一動，神容的臉露了出來。昏暗裡，她雪白的下頜微微抬著，正對著他伸出的刀尖，眼睛一眨不眨地盯著他。

他收回刀：「早出來不就好了。」

神容看著他，背後天地昏沉，他立在眼前，長身高拔，一身血氣盛盛尚未散盡。

「裡面都解決了？」她問。

山宗說：「嗯。」

「東來也沒事？」

「嗯。」

她輕輕舒出口氣，摸了摸懷裡書卷。

山宗一直在看她，可能連她自己都沒察覺，這兩聲問話裡夾雜著些微的聲顫。

「被嚇到了？」被嚇到了也不奇怪，她這樣被捧在手心裡的嬌女，此生本不該見識這樣的場景。但她比他想得要機靈多了。

神容抿抿唇：「沒有。」

他心想還挺嘴硬，刀指了指樹叢：「那妳還不出來？」

神容看他一眼，緩緩站起身，邁步時衣擺被叢枝刮住，牽牽扯扯。

山宗伸手抓住她的胳膊，拉了一把。

她愣一下，看到他握著她的那條滿臂刺青的手臂，繃緊的線條如刀刻出，心頭莫名地突跳兩下，抬頭去看他的臉。

山宗對上她的視線，才發現她臉色微白，那雙唇在眼裡輕張，是在她身上從未見過的憐態，聲不覺放低了些，又問：「吐了？」

神容馬上回：「沒有。」

他臉上又露出笑，鬆開手，就當沒有好了，轉身要走。

神容看到他那笑就覺得氣悶，她急於出來，是為了防範對方詭計，不能落入對方手中，否則只會叫在場的人投鼠忌器，可能還保不住書卷。都這時候了，他竟然還取笑她。

她盯著他的背影，心說壞種一個，永遠就沒有低頭溫軟的時候，他日定要叫你……

山宗霍然回頭：「還不走？」

神容眼神動了動：「我冷得不想走，不行麼？」

身上一沉，山宗剝了胡服拋了過來，雖然缺了右臂的袖口，但仍然厚實，只是血腥味仍濃。

「不行，馬上走。」他換手拿刀，轉頭先行。

天亮時，紫瑞端著碗熱湯，快步走向官舍主屋。進門後她放緩了腳步，生怕驚擾了裡面的少主。

神容此時正倚榻坐著，膝頭搭著厚厚的貂皮。淡白的朝光從窗戶照進來，覆在她臉上，終於又見了血色，只是還帶著些許的倦意。昨晚從幽州大獄返回，到現在一夜過去，她根本沒怎麼睡好，乾脆早早起了身。

紫瑞端著湯近前來，心裡先念了句「老天保佑」。她昨夜已經聽東來說了，那大獄裡竟然出了那樣凶險的事，她們當時候在外面居然一點動靜都沒聽到。還好少主不要緊，否則她得自責死，也無法向回都的郎君交代，更無法向國公府交代，這可是長孫家的心頭肉啊。

「少主，用些湯吧，昨晚自大獄回來到現在您都沒吃什麼。」她輕聲說。

神容端過去，低頭輕抿。紫瑞特地煮的寧神湯，入口溫甜，只是從大獄回來後到底還是覺得乾，寧願飲清水，喝了兩口就不喝了。

轉頭之際，忽而看到紫瑞輕手輕腳地在一旁案頭收拾著胡服，正是昨晚山宗剝下來丟給她披的那件，上面還能隱約看出塊塊乾涸成褐色的血跡，她想想問了一句：「他昨晚何時走的？」

昨晚他叫她走，之後領了一隊軍所人馬送她和趙進鐮回到城裡，到了官舍門口她便沒見到他了。

當時官舍上下一見到軍所來人個個浴血，特別是團練使還只著了中衣，赤露一臂，形如修羅，頓時一片忙亂。她被僕從們急急請回房去，的確什麼也顧不上。

紫瑞看她看著那衣服就知道是問誰，不自覺往外看了一眼，有些猶豫不知該不該說的模樣：「其實……」

其實山宗就在官舍。客房裡，廣源正在伺候他更衣。

昨晚返城時城門已關，為了送神容和趙進鐮的車馬返城，他親率人馬回了趟城。趙進鐮拖著受驚的身軀也要堅持先送神容到官舍。

結果一到官舍，廣源出來看到他衣衫不整的模樣吃了一驚，非要他留下來住一晚，伺候好了再回軍所。趙進鐮也勸他，大獄暴亂已平，他暫歇一下也應該。

他看著左右瑟瑟發抖不敢看他的一群下人，覺得自己那模樣確實不太像樣，便答應待一晚，在客房裡睡了一宿。

廣源替他換上一身乾淨的中衣，正要給他穿胡服，山宗自己伸手拿了。

他已經習慣不用人伺候了。

廣源看著他熟練地掖上衣領，收緊腰帶，不免想起曾經他身邊僕從環繞的情形。想他曾經也是衣錦貂裘的貴公子，袖口一根金線足夠尋常人家吃上半年的，哪裡是現在這樣。

「郎君這三年真是把這一輩子沒吃過的苦都給吃了。」

山宗看他一眼：「少嘰歪這些，像個女子一樣。」

「我只是覺得可惜。」廣源看看窗外，湊近小聲說：「郎君，您看貴人現在來了幽州，這或許就是天意安排，您跟她……」

「我跟她什麼？」山宗眼斜斜看他，手上理著袖口。

廣源默默閉了嘴，只怕說錯話，到時候他更不回來了。

外面有人來報，胡十一來了，正要求見山使。

山宗說：「叫他進來。」

廣源便只好先出去了。

胡十一昨夜留守大獄，今早回了趟軍所沒見到山宗，才得知他回官舍了，又趕了過來。

他進門時特地看了看這是客房，又看看山宗，沒好意思問他怎麼回來這裡了，直到山宗看他，才將胳膊裡夾著的獄錄拿出來：「頭兒，我來報一下善後的事。」

山宗伸手接了獄錄，就這麼站著翻了一遍。死了五個獄卒，已經妥善安置了後事，賠償了家人，受傷的也著人醫治了。

他合起來，點了個頭。見慣了生死，這種時候沒什麼可說的。

胡十一看看他的臉色，黑臉上一雙眼動來動去，又伸出根手指撓撓下巴：「頭兒，我就問問，昨天那契丹狗死前說的可是真的？就那啥，你跟那金嬌嬌以前真的是一對兒？」

山宗看他的模樣，恐怕這話憋肚子裡一晚了，事已至此，也不好遮掩：「嗯，就是你聽到的那樣。」

胡十一又撓下巴，這次是驚駭的，他琢磨著這是怎麼一回事，琢磨來琢磨去倒是一下回味過來了。

難怪打一見面，金嬌嬌讓道歉他就讓步道歉了！是他前夫人可就說得通了，以前的枕邊人，那不多少得讓著點兒。

山宗看他在跟前悶不吭聲的，就知道他在瞎琢磨，手在他頸後一拍，嚇了他一跳。

「聽過就算了，叫昨天那些兵都嘴嚴點，沒事少在外面說三道四。」

胡十一摸著後頸，眼瞪大了一圈：「不能說？」

山宗的眼往他身上一掃，沉眉：「你已經說了？」

胡十一語塞，他也不是有心的，就是一大清早回去，先進營房將張威踹醒，問他可曾聽說過這回事。張威自然一頭霧水，反而把隔壁的雷大吵醒了。偏偏雷大是個大嗓門兒，一聽就咋呼了，然後就……

他訕笑：「我還是先去守大獄了。」

山宗說：「去守底牢大門，那兒沒人跟你廢話。」

守底牢，那還不如賞他一通軍法呢！可胡十一不敢多話，只能抱拳領命，收了獄錄出去了。

到了外面，正好看到廣源在，他想起先前的事了，臨走不忘到他跟前數落一通：「你小子，上次問你非不說！早告訴我不就好了！」

廣源已經聽到裡面的話了，看著他垂頭喪氣地走了，嘀咕一句：「就這樣，早告訴你也是早受罰。」不過看這架勢，郎君對他還算好的了，至少沒罰他。

還沒想完，山宗從屋裡走了出來。剛站定，他眼睛就越過廣源看了出去。

廣源往身後看，隨即退開幾步讓路。

神容走了過來，襦裙輕紗曳地，看著山宗：「頭一回見你在這裡留宿。」

山宗聽了好笑：「這裡不是我的官舍？」

神容回味過來了，這裡是他的官舍，怎麼說得好似她反客為主了。她眼珠動一下：「嗯。」

廣源見山宗手裡拿上了刀，似要走了，想留他一下，趕緊道：「郎君還是用了飯再走吧。」說完看看神容，「貴人定然也還未用飯，是否叫人一起準備了？」

神容無所謂道：「我隨意，這裡不是我的官舍。」

山宗眼睛不禁看過去，原來她現學現用也是一絕。

「那就備吧。」他先往前廳去了。

廣源一聽，馬上跑去安排了。

有長孫家隨從在，即便是清早，吃的東西也精緻豐富。

廳中擺了兩張小案，案頭擺的都是京中權貴家才吃得上的精細糕點。潔白的瓷盤裡托著如雪的膏泥，淋了西域才有的果子醬，鮮紅點點，若雪中綻梅，居然還升騰著白霧般的熱氣。

神容進來入座時，山宗已經在案後坐著了，換了一身乾淨的胡服也是黑的，襯得眉目間英氣洌洌。

她在他身旁那張小案後坐下，問他：「你昨日突然趕到，是早就看出他們的詭計了？」

「算是吧。」山宗看過來：「我若是他們，要動手也是選妳去的時候。」

神容低低說：「那我有什麼辦法，到底還是要去的。」

他聽到了：「有什麼必去的理由？」

「當然是為了儘早開礦。」

她說得理所當然，山宗卻上下看了她好幾眼：「妳懂礦？」

神容對上他的視線，忽然笑了一下：「你在打探我？」

山宗想想，確實有幾分打探意味在裡面，咧下嘴說：「算了。」

神容斂了笑，心想算了就算了，她還不想說呢，一面拿起筷子。

山宗並沒怎麼動筷，這甜膩之物本不是他所好，看旁邊一眼，神容倒是吃得端莊細緻。上次在刺史府上不過只是對面而坐地用飯，像這樣近在一處，就連做夫妻時都不曾有過，未免有點過於親近了。

他很快放下筷子，拿了刀。

神容也正擱下筷子，拿了帕子拭唇，看見便知道他要走了：「要回軍所還是繼續去巡防？」

山宗停步：「都這樣了，還巡什麼巡？」昨天晚到點都不知道會怎樣，還巡什麼。他說：「去刺史府看趙進鐮。」

神容聽了就說：「那我跟你一起去。」趙進鐮堂堂一州刺史，也是因為要陪同她入大獄才會經此一難，她理應去看看。

山宗沒說什麼，他心裡所想大同小異。若不是他叫趙進鐮擔著長孫神容的安危，昨天那場面他也不會在。

廣源守在外面，見二人一前一後出來，又一同往大門外走去，還伸頭看了一眼。

刺史府裡也是一番驚駭剛定。

趙進鐮主要是在以為神容被劫持時著實驚了一下，如今休息了一宿，已回緩過來，還能與妻子何氏親自出來見客。

入了廳中，卻見山宗和神容都在，就在他廳中相對站著，有些出乎意料地看了看二人，隨即才想起來要說話：「女郎沒事就好，否則我真不知如何向令兄交代。」

何氏也跟著點頭。

他又嘆氣：「只可惜犯人是沒的選了。」

神容聽到這個也有些憂慮，但這也是沒辦法的事。

山宗忽然問：「妳當時選到人了？」

神容說：「現在沒了。」

都已是他刀下亡魂了。

「只能再想辦法，崇君看呢？」趙進鐮看他，眼神傳話，這就是在問他意思了。

山宗不表態，直到他快開口直說，才終於點了個頭：「我知道了。」

趙進鐮便笑著對神容道：「女郎放心，崇君會替妳想辦法的。」

神容看他：「真的？」

他漫不經心道：「辦的成再說吧。」

反正趙進鐮已鬆了口氣，此事還是托給他穩當，誰能在他手底下翻天。

何氏也在旁笑，又時不時看著神容笑。

神容忽然發現她今日出奇地寡言少語，與往日大不相同，只是站在丈夫身邊作陪。

直至離開刺史府時，她走到大門外，悄悄問了身旁的男人一句：「他們是不是都知道了？」

山宗瞬間就笑了：「妳發現了？」

難怪何氏那般模樣。神容面上只「嗯」了一聲。

山宗問：「就只是這樣？」

「不然我該怎樣？」

他意有所指地說：「別的女子應該會刻意避嫌。」

神容毫不在乎，她又不是別的女子。「你倒像是有經驗，連別家女子如何都能一清二楚了。」

山宗摸過下頜，笑著反問：「妳又怎知我沒經驗？」

神容一怔，他已走出去了。

第七章　前妻

幽州大獄裡，胡十一果然乖乖站在底牢大門外守著。

這底牢幽深，如在暗籠，外面當真一個人都沒有，平常就連獄卒都不想接近這種地方。他守著的時候若非能聽到裡面偶爾傳出幾聲駭人響動，大概會懷疑這大獄裡只剩下他一個人了。

又是一陣可怖的動靜，胡十一搓了下臉，連他一個軍中出身的高壯大漢都覺得怪嚇人的，這裡面到底關了群什麼樣的人，怪物吧！

正胡思亂想，通道裡響起腳步聲，一步一步熟悉的馬靴踏地之聲，山宗自外走了過來。

胡十一如見親人，快走幾步到他跟前：「頭兒，怎麼忽然親自來了？」他心想莫不是要饒了他不用守這兒了。

山宗掃周圍一眼：「有事。」

胡十一頓時洩氣，合著並不是要饒了他。

山宗來這兒是為了刺史府裡的那番話。在長孫神容跟前玩笑歸玩笑，她要為開礦選人已是勢在必行。他既然在趙進鏞跟前答應了下來，就得找出一批人來給她。

他問：「如今大獄裡是否還剩有壯力？」

胡十一想了一下：「看這情形是沒了，就是有也被咱們嚇成軟貨了。」

「嗯。」山宗摸著手中的刀。按照長孫神容的要求，的確是出自大獄裡的才最合適。但如今的大獄，剩下能用的犯人，他只能想到一個地方有。

他抬眼，看向前面底牢那扇高聳漆黑的大門。

胡十一還有點蔫巴著，忽然聽山宗說：「去叫人來開門。」

他一愣，沒反應過來：「開哪個門？」

山宗說：「底牢。」

胡十一大驚失色，看看他，又看看那扇大門，不敢相信。

「去。」山宗已是下令口吻。

他這才小跑著出了通道。

一群獄卒很快跟在他身後趕來，有一個雙手托著鐵盒。

胡十一打開鐵盒，裡面露出一把長達一尺的鑰匙，看不出來以什麼灌注。他兩隻手伸進去，用了點力氣才拿出來。

「頭兒，真要開嗎？」胡十一還是有點不確定。

他記得打他到軍所時起，這底牢的門就沒開過。獄卒送飯以荷葉包裹，送水以瓦罐密封，皆塞入邊角四處一掌見方的小洞，任裡面自搶自奪，誰知道這裡面是什麼鬼樣。

山宗聲音低沉：「廢話怎麼這麼多，快開。」

胡十一只好托著鑰匙上前，獄卒們去幫忙。

就在大門上齒孔抽動的哢哢聲傳出來時，山宗走到門前，一手抽出刀說：「待我一進去就把門關上。」

胡十一詫異地看他：「頭兒你要一個人進去？」

昏暗中他只看見山宗眉宇間綽綽一片陰影：「對。」

大門轟然開了道縫，頂上灰塵如雨飛落，獄卒們下意識退一步，抽刀防護。

山宗衣擺撩起，往腰間一掖，側身閃入。

大門又轟然關上。

直到這時候，胡十一才想起來，居然沒問頭兒進去是要幹什麼。

官舍裡，神容正站在廊下抬頭看天，也不知還有多久就要到冬日了。

廣源從旁經過，停下向她見禮：「貴人先前去了趟刺史府，好像不久就回來了。」

神容回頭看他一眼，心想刺史夫婦都已經是那般尷尬模樣，他們當時待得就算久了，臨走還跟那男人一番唇槍舌劍。表面只說：「沒什麼，只是看一看刺史的情形罷了。」

廣源稱是，悄悄看看她才告退。當時看她跟郎君一起走的，特地打聽了一下才知道他們是一起去了趟刺史府，但看這樣子，估計二人也沒能在一起待太久。他竟覺得挺可惜的，明明都一起用了飯。

神容看了會兒天，又算了下哥哥回都的日子，在他帶人回來接手之前，這一段難辨的礦眼一定要掘出來才行。也不知道山宗能不能給她找到人。

她蹙眉想了片刻，喚了一聲東來：「通知軍所，我要入山去看看。」

紫瑞聞言立即去著手準備。

神容如往常一般換上胡衣，戴上帷帽，走出府門時，匆匆返回的東來上前低語了兩句。

神容往外看，跟隨東來一路趕來的人是張威。

這回倒不是山宗不來，東來說沒見到他，軍所裡的人也沒見到他，今日他根本不在。

神容想起離開刺史府後便沒見到他了，都說了巡防取消了，總不可能是真要與她避嫌。她踩著鐙子坐上馬背，又回味了一下才上路。

自城中一路直行過去，與往日並無不同，只是今天跟隨她的那隊兵馬有點奇怪。神容隔著帽紗往左右瞄，總覺得似有目光落在她身上。

直到快到城門處，街上人聲小了些，她隱約聽見城下一個守城的兵伸頭問了句：「那就是咱們頭兒的前夫人？」

她一偏頭，那兵嗖一下脖子縮回去了。

怪不得，居然全軍皆知了。神容目光一轉，落在張威身上，他也在朝她身上瞄。

她問：「你看什麼？」

張威一愣，趕緊說：「我看貴人的速度，好跟上。」

神容輕哼一聲，心想少見多怪，轉頭拿著馬鞭一抽便衝了出去。

張威被嚇一跳，這位前夫人可別被自己瞎扯的一通傷到哪兒，那就要倒楣了。

哪知就要衝出城時，神容忽勒停了馬。

張威帶著人追上來，剛鬆口氣，卻見她打馬退回幾步，停在城下，掀開一半帽紗，指著前方問：「那是不是你們頭兒的馬？」

張威定睛一看，城門下緊挨城牆的屋舍都是守城官值守住的地方，有一間的門口掛著個「醫」字牌，那是士兵們免費就醫的官家醫舍。此時門口停著匹高頭大馬，皮毛黑亮，鬃毛一撮泛白，還真是山宗的馬。

「正是。」他又指一下旁邊的棗紅馬：「還不只，那個是胡十一的。」

神容下馬：「去看看。」她將帷帽解下，連同馬鞭一同遞給身後的紫瑞，先行走入那間屋子。

裡面不大，只擺了簡單的胡椅小桌，一進去就聞到一股藥味。神容捂了下鼻，發現裡面還有一間，往裡走。

裡間門口垂著個簾子，她剛走到那兒，簾被一掀，面前多出男人高拔的身影。不是山宗是誰。

她差點貼到他身上，收住腳，抬頭看他：「你在這裡做什麼？」

山宗垂下眼：「我還要問妳，妳到這兒來做什麼？」

神容沒說他忽然不見了，只說：「我剛好經過。」

山宗看到門口伸頭伸腦的張威，就近拎了桌上的瓷壺，自己給自己倒了杯水。

這地方太小，他走動幾步，神容就必須得跟著走幾步，彷彿在隨著他動。

他看到了，偏頭看了她一眼，轉頭一口灌完了水。

神容就在他側面站著，發現他的胡服肩頭破了一道，好似是被什麼抓破的，還沾了灰塵，又看他的臉，他眼垂著，看起來就像那日在大獄裡剛剛鎮壓過暴徒後的模樣，甚至有些倦怠。

她上下看了看：「你受傷了？」

「沒有。」山宗放下杯子。

「那你在這裡做什麼？」

山宗指了下裡間，還沒說話，裡面傳出胡十一的低嘶：「哎哎輕點兒、輕點兒……」

神容看了一眼，聲音放輕：「他這又是怎麼了？」

裡頭胡十一可能沒在意外面動靜，還在哼哼唧唧的。

山宗聲也放低，笑了一聲：「他自找的。」

叫他在底牢外面就這麼關門等著，他不信。山宗從底牢裡出來時，一開門，他竟還想到門口幫忙，不知被裡面什麼東西砸了個正著，當場就捂住了肩，所幸被山宗一把拽了出來。來這兒的時候還齜牙咧嘴，這會兒算好的了。

「那你這裡又是怎麼回事？」神容朝他肩頭抬抬下頜。

山宗掃了一眼，毫不在意：「沒什麼。」

她看著他的側臉，這樣看愈發顯得他眉眼朗朗，偏偏又是這副裝束模樣，好似染了些危險的氣息。她忽然傾身湊近，輕輕嗅了嗅。

山宗只察覺到若有似無的呼吸拂過脖子，一轉頭就對上她臉。

她眼睫纖長，輕輕一動掀起，黑亮的眼盯著他，離得近，眼珠裡能看見他的臉，她的唇幾乎要碰到他的肩。

山宗不自覺繃住肩，目光落在她那雙唇上。

「妳幹什麼？」他低低問。

「你身上有味道。」她覺得那味道很難形容，可能是沾了血，又夾雜了別的，直覺他跟人動了手。

山宗聲更低：「那妳就能這樣，不知道左右都有人？」

神容的眼珠動了一下：「人在哪兒？」

裡間垂簾忽然被打起，有人出來了。

神容轉頭，看見裡面走出來個穿青布衣衫的老大夫，正朝他們倆瞧，默默別過臉。

山宗的肩才鬆了，似笑非笑地看她一眼，轉身問：「好了？」

「是。」老大夫又進去一趟。

胡十一揉著肩膀被扶了出來，有個女子跟在後面，幫老大夫抱著藥箱和針灸盒子，是替他幫忙的。

胡十一才看到外面的神容，張威聽到動靜也跑進來了，張口就問他：「你這是怎麼了？」

他頓時一張臉臊紅了：「你們怎麼都在？」合著他剛才叫疼全被聽見了？

山宗說：「行了，傷了就回去躺著吧。」

胡十一這才算舒心了些，好歹不用去守底牢那破地方了。

老大夫擺擺手，那女子放下藥箱，把準備好的藥送過來：「喝完了再來換一副。」

胡十一接過去，又揉揉肩，逞強說：「其實也沒什麼，我不喝藥也行。」

張威說：「你少吹吧。」

山宗轉頭，見神容還站著，往外走了一步。就這點地方，擠進來這些人，她只好走一步。

張威趕緊給二人讓道。

神容慢慢走了出去，山宗緊跟在後，矮頭出去。剩下的人全看著他們。

直到他們走遠了，老大夫才問了句：「那位就是……」

胡十一點頭：「對，就是她！」

外面，山宗出來，一看到路邊那些張威的人馬就有了數：「又要進山？」

神容剛被那老大夫打斷了一下，現在才看他：「嗯，都說了我是經過。」

山宗被她的語氣弄得看過去：「那妳不用去了。」

「為何？」她不禁側目。

「現在去了又沒人能開礦，何必跑這一趟。」他說：「過幾天，等時候到了妳去山裡等我。」

「等你？」神容歪著頭看他：「等你幹什麼？」

山宗說的時候不覺得有什麼，被她這語氣一吊，忽的就覺出幾分旖旎。她眉梢輕挑，好像他說的不是去山裡等他，是去山裡幽會。他抱臂，幽幽地笑：「妳也可以不等。」

神容早聽出他大概是有什麼安排，哪知他時刻都是一肚子壞水，油鹽不進，暗暗在心裡嘁他一聲。

還沒說話，屋子裡的人陸續出來了。

山宗吩咐張威：「把人帶回去，今日不用進山了。」

張威聽了下意識看神容，她也點了個頭。

胡十一揉著肩膀過來：「既然得閒了，那咱能去吃飯了不？我到現在一粒米未進，就快餓死了！」不僅餓，在底牢那一遭也被嚇得不輕，現在緩了過來，餓上加餓。

山宗看他：「不是叫你回去躺著？」

胡十一拉過老大夫：「我這不是得謝謝老軍醫，他老人家給我用了一通好藥，我得請他老人家吃頓酒去。」

老大夫擺手推辭：「不必不必，你現在也不能飲酒。」

山宗說：「行了，老軍醫是我叫來的，這頓就算我的。」

胡十一頓時雙眼放亮：「謝謝頭兒！」聲音洪亮得都不像有傷。

張威叫自己的隊收伍回去，過來湊熱鬧。

老軍醫向山宗道了謝，旁邊的女子跟著向山宗福了福身：「多謝山使了。」

胡十一早想好了地方，扶著肩膀上路，剛要走，看見旁邊還站著的金嬌嬌，頓時腳步就猶豫了，看看山宗，這尊大佛在，是請還是不請？

神容在一旁站著，一句話沒有。

山宗經過她身邊，停了一下：「妳要是不嫌棄就一起來。」

她朝他身上看了一眼，示意那邊紫瑞和東來等著，才跟上去。

到了地方，是一家再尋常不過的酒肆。眾人一進門，夥計就迎上來見禮，恭請山宗入內去坐。

此時剛過午，不在飯點，肆中原本有幾個人，見到進來的人是山宗，居然匆匆離座而去了。

山宗眼睛都沒抬一下，在夥計的一路恭請中，坐了下來。

神容因是女客，被請著坐在旁邊一桌。在外飲食不講究，都是這樣一張一張的方木桌，過於粗糙，也難怪方才山宗會那樣說。

她坐下時，有意無意地說：「難得，我竟又與你一起用飯了。」

山宗的臉往她這邊一偏：「這可比不上妳平日吃的那些。」

她輕語：「我又沒說什麼。」

他扯了下嘴角，臉轉過去了。

胡十一和張威推著老軍醫在他那桌坐下，幾人好似在瞄他們，她便什麼都不說了。身旁衣裳輕響，那個跟著老軍醫的女子坐了下來。她此時才看了對方一眼，是個樣貌很清秀的姑娘，穿一身素淡的襦裙，兩手放在膝頭，看舉止很幹練，看面相卻又很柔順。

發現她看過去，對方稍稍欠了欠身。

神容覺得看年紀她似要比自己略大一些，卻如此客氣，微微頷首，算作還禮。不認識，自然也就無話可說。

旁邊那桌倒是熱鬧許多。老軍醫與他們都熟，大約是準備要退隱歸田了，端著杯子，以茶代酒地向山宗敬了敬，說了幾句玩笑話：什麼在山使麾下行醫三年，就被嚇了三年，如今年老體弱，實在禁不住嚇了，還是趕緊回去享幾年福吧。

胡十一道：「你走了，豈不是就留下她一人了？」他指神容身邊的女子。

老軍醫笑道：「那也沒辦法，她還得嫁人呢，難道還能給我打一輩子下手？」

胡十一點頭：「也是。」

神容並不餓，也就一直沒動筷，聽他們你一言我一語的閒談，喝了幾口茶。

旁邊的姑娘笑著說：「你們別總打趣我了。」

那邊傳出幾聲笑。

神容看山宗一眼，桌上無酒，他手裡端著的也是茶，除了偶爾對老軍醫「嗯」一聲，到現在沒說什麼挽留的話。

她心想真是個冷情的男人，好歹人家是在跟他告別。

飯到中途，東來忽然走了進來，遙遙幾步，垂手而立。

神容看到，猜想是有事，見那桌他們說得正歡，不動聲色地起身出去。

山宗察覺她從身後經過，側頭看了一眼，沒說什麼。

神容走過去，東來立即跟著她出了門。

她想著應是不好直言，一直走到了牆角處，才停下問：「何事？」

東來自懷中取出一封信來：「長安剛送到的，送信的方才入城要去官舍時正好被我遇上，便直接給少主送來了。」

聽說是長安來信，神容拿在手裡拆得快了些，打開一看，是她哥哥長孫信寫來的。洋洋灑灑好幾頁，內容大多是問她在幽州如何，叫她照顧好自己。又說了京中工部已在安排接手礦山事宜，一切順利。

翻了兩頁，才見他以小字寫了句：放心，沒有把山宗在幽州的事告知父母。

隨後接道：不過裴家二表弟登門碰見他時，又問起她了。

長孫信扯了個謊說她近來身體抱恙，就在長安遠郊的驪山休養，不好相見。叫她看過二表弟的來信後就配合著裝一裝，回封信回家，他們好拿去回給裴家二郎，別弄得她好似無故失蹤了一樣。父母也是這個意思，金礦沒現世，不太樂意將她在幽州的事情傳揚出去。

神容這才知道為何這封信有這麼多頁，原來還附帶著她那位裴二表哥的來信。她暫時沒看，收起信塞進袖中，撇撇嘴：「真是麻煩。」

東來恭謹地垂著頭。

「不是說你。」她吩咐說：「替我回封信給哥哥，就說開礦的事還在準備，二表哥的信回頭再說。」

東來稱是。

神容返回酒肆，剛到門口，卻見山宗站在櫃上的那用木板搭著的檯面前，長身直立的一道身形，胡服烈黑，凜凜一身英氣，一手搭著直刀斜斜收在腰側，一手按了碎銀給櫃上，先把飯錢結了。

有另一道身影從後方過來，喚他：「山使。」

山宗回身。

是那老軍醫身邊的姑娘。她兩手抄著，自袖中取出一個小紙包，遞給他：「這個藥山使記得回去用一用。我瞧你肩上破了一道，若是傷了皮肉，不大不小也是個傷。」

山宗沒接：「沒事。」

「還是帶上吧。」她兩手托著送過來。

山宗看了一眼，隨意接了，往懷裡一收：「有勞。」

「山使不用客氣，就當答謝你這頓飯了。」她的手這才收回去。

神容不自覺間已走到門側面，眼斜斜往裡瞄，看著山宗什麼也沒說地走回去了，那姑娘隨後也跟著回去了。

她這才提了衣擺，緩步進去。

胡十一和張威還在跟老軍醫你一言我一語的閒扯，時間不長，桌上是一片風捲殘雲的狼藉。

山宗走過去，屈指敲敲桌子：「差不多就行了，城門關得早，你們想一直耗在這兒？」

二人立即收心：「是，頭兒，馬上走了。」

老軍醫撐著腿站起來：「確實，還有人等著我過去問診，我也該走了。」

姑娘上前扶他，向山宗福身，快到門口時看見了神容，也福了福身，禮數周全。

神容目送著幾人陸續離開，轉頭山宗已到了跟前。

他笑著說：「以為妳已走了，看來妳只能自己吃了。」

「無妨。」神容語氣淡淡。

山宗早留心到她一口未動，料想她這等身嬌肉貴的也受不了這等地方，八成是嘴硬，提了刀出去。

神容跟在他後面，隔了一兩步的距離，忽然問：「那姑娘叫什麼？」

山宗回了下頭：「哪個？」

「這頓飯除了我，還有哪個？」

他了然，頭轉回去，繼續走：「趙扶眉。」

神容挑眉：「姓趙？」

山宗說：「她是軍戶出身，全家都戰死了，趙進鐮憐惜，收她做義妹，所以改姓趙。」

「哦。」

他忽又停步，回頭看她：「妳打聽人家幹什麼？」

「隨便問問罷了。」神容越過他往前走了。

這回換山宗跟在她後面了。

很快，回到山宗拴馬的地方，那裡已經沒人，胡十一和張威不敢耽擱，率人趕回軍所去了。

那間掛著醫字牌的屋門也落了鎖，老軍醫不知去哪裡問診。只有東來和紫瑞還牽著她的馬守在路的另一頭。

「妳的馬在那邊。」山宗走過去解馬，提醒她一句，下一瞬，一隻手搭住他的胳膊。

「你等等。」

神容就在他面前站著，一旁是高頭大馬，擋了她大半身形，在她身上投下一層暗暗的薄影。

他站定，看那手一眼，又看她一眼：「又怎麼？」

神容的眼睛看著他，另一隻手伸向他懷裡，他穿得不厚，隔著一層中衣的薄布，指下結實。從未直接觸碰過男人的胸懷，她不禁頓了一下，拿出來時手中是那包藥。

「既然有藥了，不如我幫你擦吧。」她撕了個小口，手指伸進去沾了一點，按到他肩頭，透過那道被抓破的痕跡，抹進去。

他如往常一樣，只是看著，從容不迫，絲毫不驚訝她會知道他身上有一包藥。直到她手指在他肩頭緩緩抹了兩遍，忽然他手一抬，一把抓住她的手。

神容不禁抬頭看他。

「我要是不打斷妳，妳就一直這樣？」他的聲音低下去。

她臉色未變，淡淡說：「幫你擦藥是好心。」

山宗忽然低頭，藉著馬背遮掩，幽幽說：「其實我早就知道妳想做什麼。」

神容一怔，看見他嘴邊微微上揚，露出那抹熟悉的笑，既痞又邪。

她想叫他低頭。他一直都知道，只是不說罷了。

神容暗暗咬唇，臉上卻沒什麼表露，手腕一動，抽回了手，繼而將那包藥往他懷裡一塞，繞過馬就走：「不要我擦就算了。」

山宗直起身，看著她走遠，手上還留有抓她的溫熱，拉了下衣襟，順帶就蹭去了，懷裡那包藥隨手一拋，扔進路邊草叢。

幾日過去，大風又吹了好幾番。秋陽輾轉，自窗外一直照到桌案上，陽光裡，幾頁信紙正攤開著。

神容端坐案後，剛看完信，拿著筆寫了一番客套話，停下後又看了看信紙。裴二表哥的信拖了好幾日，直到現在她才終於看了。

紫瑞在旁邊為她研墨，看到她握筆的手背上有一點紅印，問道：「少主的手怎麼了？」

神容聽到這話，翻過手背看了一眼。她一雙手細白，被山宗抓過後難免留了點痕跡，居然好幾日了還未褪掉，不想竟被看見了。

紫瑞不知情，還有點擔心：「莫不是不慎磕到了，可要取藥來？」

「不必，又不疼。」沒什麼感覺，她記得那男人當時沒用太大力，但就是制著她動不了。人壞，招也多。她暗暗想完，撫了一下手背，繼續回信。

裴家二郎這封信寫得挺長，卻沒什麼實際的事。無非是叫她保重身體，好好休養，若有可能，再給他描述一下驪山盛景就最好了。

神容托腮，想嘆氣，驪山山脈地風她倒是瞭若指掌，但景色還真不曾細看過，她哪次入山是去看風景的，分明都是有事才會去的。偏偏她哥哥還叫她裝得像點，這要如何裝？她根本就不在驪山。憑空捏造，只怕反而叫人生疑。

她抬頭問紫瑞：「驪山風光妳可還記得？」

紫瑞皺著眉回答：「奴婢哪裡注意過那些，都不曾記得有沒有去過了。」

神容乾脆擱下筆，起身走出房門，去廊下把東來喚過來，將同樣的問題又問了他一遍。

東來垂頭站在她跟前，也搖頭。

她擰擰眉，忽聽廣源的聲音冒了出來：「貴人，我倒是知道一些。」

他從東來身後走出來，垂著兩手，邊想邊道：「我記得驪山有一處景致頗佳，尤其是這時節的傍晚，夕陽一照，美不勝收。」

神容見他知道，便問細了點：「哪一處？」

廣源一愣，繼而訕訕地笑：「隔了太久了，那還真不記得了。」

「南片的斷崖上。」忽來一道聲音，沉沉打斷了幾人。

神容循聲轉頭，前幾天才在她跟前耀武揚威的男人正從廊下走過來，刀夾在臂彎裡，馬靴踏地有聲。

廣源一喜，迎上前去：「郎君來了。」

「嗯。」他停下腳步，看著神容：「那一處在南片的斷崖上，聽到了？」

神容淡淡看他：「你去過？」

山宗笑：「我哪裡沒去過？」

神容一想就回味過來了，廣源會知道，肯定是當初在山家時隨他去過。

那裡是皇家權貴才能去的地方。但當初先帝十分倚重他，山家又有地位，據說連山中溫泉的泉眼都賞給山家用，那種貴族奢侈享受的地方，他會去過一點都不稀奇。

山宗也不近前，隔著幾步說：「大白天的，人在幽州，想著驪山？」

神容微抬下頜：「那又如何，我寫信要用便問了。」

山宗聽了也沒問寫給誰，就只是笑笑。

她忽然看他：「你怎麼來了？」總不可能是特地來告訴她驪山景致的。

山宗收斂了笑：「我只是經過，來知會妳一聲，稍候去山裡等我。」說完又轉身走了，腳步很快，看起來的確只是經過。

廣源追去送他了。

神容想了起來，應該是他那天說的時候到了，他說過到時候要她去山裡等他。

山宗已澈底不見人影。

她回到屋裡，坐去案後，照著他剛才說的寫了幾句，很快停了筆：「行了，這樣差不多了，二表哥歷來好說話，敷衍些也沒事，就這麼回信吧。」

一旁紫瑞幫她收信入封，一邊附和：「確實，奴婢就沒見過比裴二郎君更好說話的人了。」說完屈了個身，出門找人去送信了。

她走了，神容便著手入山，叫東來立即去準備。

也不知山宗來去匆匆的到底是又去了哪裡，只留了一小支人馬在官舍外面，剛好可以用來負責護送她入山。

神容繫上披風出門，帶著東來上路。

從城中一路馳馬而過，出城時，她忽然瞥見一抹熟悉的人影，馬速放慢了些。

對方也看到了她，退在道旁向她福了福身。是趙扶眉，一個人站在城門口，仍然穿著那日初見時的一身素淡襦裙。

「真巧，在這裡遇到了貴人。」她微微笑著說：「我正好送老軍醫返鄉，人剛走。」

神容朝遠處看了一眼，看到馬車遠去的蹤影。彼此還算不上熟絡，神容也不知該與她說什麼，便點了個頭，時刻要走，也就沒下馬。

趙扶眉倒沒什麼離別情緒，看起來很豁達的模樣。她站在馬下，仰頭看神容，忽然笑起來：「山使先前也是從這道門出去的，貴人這是又要去找他嗎？」

神容不禁看她一眼，只因覺出她語氣裡那個「又」字有些古怪，彷彿她不該去一樣。隨即笑了一笑，點頭：「妳說得對，我是要去找他。」說完直接扯韁馳了出去，餘光裡只見趙扶眉又退讓了幾步。

趕到山裡時，竟然已經有人馬先到了。從入山口，到望薊山而去，一路上都是兵甲齊整的兵卒。

神容下馬，走到山道上，看見還在養傷的胡十一居然也出現了，他和張威一左一右分列兩邊，今日全都一絲不苟地穿著甲冑，拿著兵器，好像十分防範的模樣。她古怪地問：「你們這是做什麼？」

張威道：「頭兒吩咐的，叫咱們帶著軍所的精銳來這裡守著。」

神容左右看了看，更覺周遭肅殺：「軍所精銳？難道他把盧龍軍調來了？」

胡十一莫名其妙：「什麼盧龍軍，咱們叫幽州軍。」

神容留心到他們的刀鞘上鑄有篆體的「幽州」二字，心想八成是改名了，也沒什麼好奇怪的，國中兵馬大多以地名來命名。只是不知他們為何要搞這麼大陣仗，她轉頭看了看，往望薊山走去了。

山宗還沒來，果然是叫她等他。她迎著山風，走到發現紛子石的山眼處，如今在她這兒叫礦眼了。往下看，只看到黑乎乎的一片，那山石間似出現了細微的裂紋。

她抬頭看看天，秋季到了末尾，這時候能開出來是最好的，再拖是真拖不下去了。

左右等了又等，天光暗了一分。她轉頭問：「人還沒到？」

東來在另一頭站著：「是。」

神容輕輕扯著手裡的馬鞭，在礦眼附近來回踱步。

直到又過去許久，她都快懷疑那男人是不是在玩兒她，終於聽到了動靜。

一馬長嘶，山宗直奔而入，躍下馬，朝她這裡走來。

神容一路看著他到了跟前，他的黑衣上不知從何處沾了灰塵，衣擺掖在腰間，一手提刀，走動時，長腿闊邁，步步生風。她看著他：「我等了你快兩個時辰了。」

山宗竟還笑：「那還不算久。」

神容掃過他肩頭和衣袖幾處沾上的灰塵，又看看他那緊收的腰身。本是探尋，往下再看他胡褲裹著的兩條修長的腿，又覺得看的不是地方，轉開眼，抬手捋過耳邊髮絲，會意地說：

「和那日我見你的模樣差不多，料想你是去了上次一樣的地方。」

山宗不自覺看了看她的眼睛。神容的眉眼出色是出了名的，眼瞳黑亮，眼角微微帶挑，一顰一笑都透著她身上獨有的氣韻。他覺得這雙眼睛有時候實在過於厲害了點。

「沒錯。」他刀一收，說：「我給妳找人去了。」

神容一怔，又看遠處赫赫威嚴的兵卒：「你給我找了什麼樣的人，需要這樣嚴密？」

「妳馬上就會看到了。」山宗轉身，臉上沒了笑，只餘肅然：「帶上來。」

山林間傳出一陣陣奇怪的聲響，那是鎖鏈拖動，掃過林間山石樹木的聲音。

兩列兵卒持刀，押著一群人緩慢地自山道上過來，遠看如同押著一條蜿蜒的黑色蚰蜒，古怪又荒誕。等到了近處，才發現那群人渾身被黑布罩著，一個一個，足有幾十人，看身形個個都是男子，如獸靜默。

神容莫名覺得這群人不是善類，轉過頭時聲音低了一些：「這是幹什麼？」

山宗看著那群人：「他們太久沒見天日了，需要緩緩。」

她忽然反應過來：「你給我找的莫非是……」

「底牢的。」他直接說了，看著她的臉，像在看她的反應。

神容只覺震驚：「不是你叫我別起動這些人的念頭麼？」

他笑了一下：「那不是妳說有我在，就能鎮住他們？」

她的確說過。

山宗又看向那群人，一手按在刀上，就這麼看了許久，放話說：「揭開。」

黑布接連揭去，被罩著的人紛紛暴露在天光下。

神容忽然後退半步。

山宗偏頭，看到她站在身側，穿著胡衣的身形更顯纖挑，一雙手的手指捏著馬鞭，眼睫微動，朱唇飽滿，輕輕抿著。他的眼睛移開時不禁低聲說了句：「不用怕。」

神容說：「我沒有。」

她沒怕，只是從未見過這樣一群人罷了。

第八章　望薊

黑布揭去的瞬間，那群人被刀背壓住後頸迫使著跪下——一群被絞短了頭髮，口鼻被黑罩綁住的男人。大多瘦削，卻並不虛弱，跪在那裡還梗著脖子，碎髮下面露出一雙雙陰駭的眼，口中不時發出一聲一聲沉悶的怪聲。彷彿嗜血的猛獸，若非被縛住了口舌，隨時都會衝上來咬斷人的脖子。

神容過往從未見過這樣的人，甚至有點懷疑這樣的還能否算是常人眼裡的人。尤其是在這山野之間，這群人身上更顯得獸性勃發。

「不用詫異，」山宗說：「這已經是打理過的樣子了。」

所以本來的面目還要更可怖？神容攥緊馬鞭：「他們怎肯聽你的話打理？」

山宗忽然笑了，聽不出什麼意味：「這一批共有八十四人，我事先進去制住他們當中的四個，綁在底牢深處，今日又轉移了地方。那四個成了我的人質，餘下的八十個不得不聽我號令。他們是一體的，當初一同入底牢，講義氣得很。」

他說得慢條斯理，稀鬆平常，彷彿幹的不是件虎口拔牙的事，而是如穿葉拂花般閒逸。卻已激得那群底牢重犯裡的一人猛撲了出來，被兵卒死死按住，只能狠狠瞪著他，露出左眼上一道指長的白疤，拉扯得那隻眼變了形，猙獰異常。

山宗毫不在意，拖著刀走出一步，在他們前面緩步走動：「就算是底牢重犯，也要言而有信，應了命就好好在這裡幹，否則我可以讓你們見天日，也可以讓你們上路。」

這下不只那人，幾乎所有人都死盯著他，但好歹沒有妄動了。

山宗擺下手，轉身走開。

眾兵卒早得了命令，著手將這群人的手鐐鎖鏈放長，為能讓他們苦勞做準備，又在每個人頸上套上掛有代號的木牌。

神容看到此刻，心裡全明白了。她走去山宗身邊，小聲問：「你說這裡的八十人會聽話，確定麼？」

人都有私心，何況是一群窮凶極惡的重犯，難保不會在見了天日後丟下那四個被扣做人質的同伴脫逃。

「確定。」山宗語氣篤定。

她的眼神將他渾身上下看了一遍，輕聲說：「難怪這般模樣，你這和馴獸有何區別。」

山宗看她：「妳是想說我比他們還危險？」

神容心想難道不是？臉上只動了下眼珠：「我可沒說，是你自己說的。」

他低笑：「那妳何不離危險遠點？」

神容斜睨過去，他已回頭去查那些人的準備了。

那頭，胡十一挨在張威跟前嘀咕：「我現在才知道頭兒進底牢是去幹什麼的，他竟這麼幫著金嬌嬌啊。」

張威道：「畢竟做過夫妻，你沒聽過那什麼，一日夫妻百日恩嗎？」

胡十一點頭，正好看到那兩人自一處不知說了什麼又散開，忍不住又道：「你別說，單論模樣，他倆做夫妻真是有點配。」

張威認同：「配，配。」

手鐐放長，腳鐐卻又多加一道，只給允許勞作的自由，想跑難上加難。

山宗抬手揮一下，胡十一和張威停了私下閒扯，馬上各帶人手散開，去周圍各處設好的點布防守衛。之後會定時輪換人來看守，望薊山周圍如罩鐵桶，密不透風。

山宗轉頭，看向離他幾步之遙的女人：「妳若想緩緩再用他們也行。」

神容心想小看她不成？她已經接受了這批人，沒什麼好緩的，從懷裡取出一張黃麻紙說：「不等，馬上就開。」說著將圖紙交給東來，「拿去給他們認一認門路。」

山宗看著東來將那張黃麻紙展開，露出裡面一幅描畫的山形圖。蜿蜒曲折的勾勒，清清楚楚，當中標注了礦眼，甚至下鏟處的字眼，眼又看向神容。

那是神容早就在描畫的礦眼位置圖，便是為這一日準備的。東來拿著那幅圖走去那群人前面，舉起緩緩走動，確保每人都能看到。

那群人已被允許站起來，黑罩還在口上，偶爾的幾聲怪聲，如嘲如笑。

直到山宗手一動，鏗然抽了一截腰邊的刀，又一把按回去，彷若警告。

長孫家的隨行護衛都有經驗，神容讓東來帶著人先去按圖定點下鏟，之後苦力再由這群人承擔。

沉重的鎖鏈拖過山石，那群人在剛見到天日沒多久後就開始了首次苦勞。

一隊兵卒拿上鞭子跟著巡視。

東來帶著護衛們在礦眼附近幾十步的地方鑿了一鏟，然後讓開，去定另一處。

那群人被分做幾小股，隔開，用來分鑿各處定下的點。

起先沒有人動，那個之前想撲出來的白疤男人甚至在拿到開山鑽孔用的鐵釺時，沉沉轉頭看了山宗一眼。

不巧，山宗抱著胳膊早已盯著他。

隨之白疤男人的旁邊終於走出一個男人，先下了第一釺。

有人帶了頭，陸續就有人動了。最後白疤男人也不得不下了釺。

鐵鍊沉重，他們每一下都要用三份的力，很快就喘粗如牛，汗濕囚衣。

神容遠遠看了一會兒，再看天色，頭頂天光又暗一分，山中的時間總是過得很快。

身邊腳步聲響，山宗走了過來，對她說：「走。」

神容跟上他的腳步。

經過胡十一和張威跟前時，二人不約而同地向山宗抱拳。只因早有軍令，他們會在他不在時留在山裡鎮守。

山宗走下山道，一手扯了馬韁：「可以回城了。」

神容也牽了自己的馬，回看山裡一眼。

「放心。」他翻身上馬，說了這兩個字。

她也不知他從哪裡來的這麼篤定的底氣，但看模樣的確是鎮住了那群人，點點頭說：「那好吧。」踩鐙上馬的時候，東來和護衛們也出來了，不過都只騎上馬在遠處跟隨，並未上前。

護送神容來的那隊人也留在了山裡，只有山宗一人騎著馬和她同行。

神容本以為他會半道轉向去軍所，誰知他一直走的是回城方向。

到進了城，他勒停了馬，一躍下來說：「等他們過來，妳和他們一起回官舍，我還有事。」

神容心想難怪和她同行了一路，還道是好心要送她。

後面東來還沒跟上來，山宗先進了城頭下一間開著門的屋子。

裡面沒人住，有兩個守城兵在休息，見到他就抱拳出去了。

神容下馬跟進去，他已經坐下，此時才發現了身上的灰塵，拍了兩下，將腰間掖著的衣擺拿下來。

神容與他隔著一臂寬的小案坐下，他忽然轉頭過來，看住她。

她不禁問：「做什麼這樣看我？」

山宗說：「妳從哪兒學來懂礦的本事？」從看到那幅圖的時候起他就確信了，她應當懂行。

神容不料他突然問起這個，手指玩著馬鞭說：「你不是不打探了麼？」

他的手臂在案邊一搭，坐隨意了，扯扯嘴角：「隨妳，妳也可以不答。」

明明問話的是他，倒好像能牽人鼻子似的。神容擱下馬鞭，側過身正對他，故意往他那兒傾了傾：「其實我真正懂的不是礦。」

山宗的臉又轉過來。

她伸著根手指隨意指了下門外：「是山川河澤，尤其是山，你信不信？」

他既不說信，也不說不信，只是盯著她：「山？」

神容一手支腮，賣關子似的，眼神瞄著他，如鉤輕扯：「或許有一日，你這『萬山之宗』，也會被我懂得透透澈澈呢。」

他黑漆漆的眼落在她臉上，嘴角一抹若有似無的笑，有一會兒才說：「恐怕沒那一日。」不等神容說話，他忽就坐正，朝門口看去，有人來了。

神容抿住唇，也收手坐正。

從門外進來的是趙扶眉。她手裡提著一摞捆在一起的藥紙包，先看了神容一眼，轉而向山宗見禮：「山使，你先前交代的藥我準備好了。」

山宗頷首：「放著吧。」

趙扶眉過來將那一摞藥放在案上，又向神容欠身：「貴人也在，先前遇到山使出城，他交代說有一批久未見天日的犯人出來服苦役，有些帶著傷病，怕誤了正事，叫我備些藥給他們。」

藥就堆在手邊，快堆滿整個小案。神容拿了馬鞭站起來：「有勞妳。」

趙扶眉溫笑，轉頭又對山宗道：「老軍醫走了，我跟著他老人家三載也只學了些皮毛，這些藥怕是配得不好。」

山宗「嗯」一聲，看起來很無所謂：「能用就行了。」

趙扶眉低頭從袖中取出紙張：「這是用法……」

神容聽著她在那裡說著話，注意到門外東來早已到了，在她馬旁等著。她瞥山宗一眼，又看趙扶眉在他跟前疊手身前一眼，溫順的模樣，卻想起了幾個時辰前，對方在城門口問她那句是否又去找他的話，竟輕輕笑了笑。都是女子，有些小心思心照不宣，她又不傻。

山宗聽著趙扶眉的幾句話，雖沒抬眼，也留心到了一截披風下擺自眼前輕輕而過的動靜。水青的披風下擺掩著女人的小腿，轉身如旋，自他眼底劃過，朝向門外。

「山使自己的傷是否已好了？」趙扶眉忽然問。

「嗯。」山宗看時候差不多了，拿了藥，起身往外走。

趙扶眉看他要走了，餘話不再多言，在他身後福身說了句：「山使慢走。」

山宗出門，將藥紙包扣上馬背，翻身而上，要走之前左右看了一眼，四周已無人影。

神容剛才自他眼前悄然出了門，東來和護衛們都不在，原來已經一聲不響地回官舍了。

這回居然說走就走了。他沒來由地想完，韁繩一扯，策馬反向出城。

廣源忽然發現，官舍裡竟又開始進進出出的忙碌了，倒與先前長孫侍郎還在時一樣。

他也不知貴人在忙碌什麼，但想起先前郎君叫貴人入山去等他，料想忙的事二人會常在一處，暗地裡還有點欣喜。

早上，城門開啟的鼓聲剛響過，他就目送神容帶著護衛們又入山去了。不想他們走了沒多久，刺史府的一個下人就來了官舍，送來份帖子。

廣源身為管事去接下，聽說是給神容的，且要即刻送到，便揣著帖子趕往山裡去送一趟。

時候尚早，山裡秋霧繚繞。因著守衛嚴密，廣源到了也沒能進去，只在入山口。

恰好雷大帶隊來換崗了胡十一的人，後者打著呵欠出山，兩廂撞個正著。

一見到他，胡十一就說：「你怎麼來了，這裡可不是隨便能進的，要不是看你是頭兒的下手，還沒進山你就被摁下了。」

廣源從懷裡拿出刺史府的帖子：「那你幫我把這交給貴人就是了。」

胡十一嘀咕他小子伺候金嬌嬌可太盡心了，哪像是對自家郎君的前夫人，拿著帖子回頭去送了。

廣源伸頭看了山裡一眼，什麼也看不清，只聽見哐啷作響的鑿山聲，也不知裡面是什麼情形，貴人忙的事情還真是有些奇特。

神容身罩披風，戴著兜帽，站在樹影下，正看著那群人開鑿。

拿著鞭子的兵卒跟隨得分外戒備，時刻巡視不停。

那群人仍是那副如獸如鬼的模樣，拖著沉重的鎖鏈，一小股一小股地圍繞礦眼散開，重複著拖滯的抬臂落下，抬臂落下的動作，竟然真的沒有人跑。

她看了一遍那些開鑿出來的孔洞，覺得他們真是有些異於常人，大約也是用過了藥的確有用，如此繁重嚴苛的勞作居然速度也能跟上，難怪被關在底牢裡還能那樣逞凶鬥狠。

胡十一拿著那份帖子送了過來，旁邊的東來攔他一下，先接了才送到神容手裡。

他心裡嘰歪，這些高門望族真是規矩多。

神容打開看了一眼，原來是幽州要行冬祭了。這是幽州每年的大事，今年因大獄裡出了場亂子，趙進鐮就將此事提了前，因而遞了帖子來請神容。

她合上，問胡十一：「冬祭請我做什麼？」

胡十一恍然大悟道：「我道是什麼事，合著是要冬祭了，刺史一定是想請貴人去熱鬧熱鬧唄。」他心想天底下哪個女子會天天待在山裡，有這種事不用請都去了。

神容明白了，看看左右，山宗今日沒來。她只在心裡過了一下，收起帖子，吩咐東來：「你留在這裡，替我盯著他們。」

東來稱是。

神容走出樹影，恰好一小股搬石的重犯過來。

一股五六人成一縱，看到她，幾乎全都甩頭看了過來，尤其是打頭的，綁著口鼻的黑罩下怪聲沉沉，眼神狠戾得像是要吃人。這種地方有個女人，總顯得分外軟弱可欺。

神容察覺，之前山宗在時他們沒能造次，猜他們是趁他不在想嚇唬自己，但她又不是第一回見他們的時候了，早已不懼。她乾脆停下，扶一下兜帽，冷冷回視回去。

緊接著是兵卒揮鞭子抽去的聲音：「亂看什麼！」

那群人挨了抽，臉才陸續低下去了，為首的那個大概是覺得沒嚇到她，低頭時黑罩下又出了一陣怪聲。

神容看了那個打頭的一眼，就是之前左眼有道白疤的男人，留心了一下他脖子上的木牌，上面的代號是未申五。這一定是裡面最凶狠難馴的一個。

她轉頭出去。

廣源還沒走，見她出來，見禮道：「貴人可是接到帖子要回去了？」

神容點點頭。

他立即問：「不等郎君來？」

神容看他一眼，反問：「他需要我等什麼？」

廣源一時無話可說。

神容今日入山來時沒帶紫瑞，現在把東來留在山裡監督開礦，坐上馬時說：「你跟我走一趟。」

廣源提提神，爬上馬背跟著她。

冬祭對幽州來說確實是件大事，官署裡，諸位官員在刺史帶領下祭拜祈福；城中則也會跟著有些活動，商販買賣自然也積極，因而很熱鬧。

這些趙進鐮在帖子裡都寫了，他是請神容去官署觀禮的。帖中說既得知山宗已然帶人入山，祭拜時理應一併祭告上蒼，祈求保佑開礦順利。這麼一說，神容倒不得不來了。

然而入山時城裡還沒開始熱鬧，再回城已有官差在街頭騎馬敲鑼的將冬祭消息傳開，陸續湧出了人。

道路有礙，神容領著廣源騎馬趕到官署時便晚了。官署裡祭禮已畢，大門口車馬頻動，官員們已陸續散去。

廣源路上才知道是冬祭提前了，進了官署大門便下意識地找郎君，可一路進去沒看見他人影。也是，往常他就不愛湊這個熱鬧，這回未必會來。

早有小官差去裡面通報了，神容沒走幾步，何氏便帶著人出來了。

她今日穿著莊重的厚錦襦裙，愈發顯出幾分富態，笑著迎上來道：「還以為女郎不來了，都怪我們請得晚。」

其實是因著她跟山宗的事有些尷尬，何氏和趙進鐮特地商議了一下要不要請，這才決定晚了。

神容掀去兜帽，並不在意：「不必客氣，我近來正好也忙。」說完忽然發現何氏身後還跟著趙扶眉。

大概也是來觀禮的，她穿了身對襟襦裙，一襲水藍，也有些鄭重。

何氏怕她們不認識，介紹了一下：「這是扶眉，是我與夫君收的義妹。」

趙扶眉笑道：「我與貴人早已見過幾回了。」

何氏聽了很高興，「也是好事，那就多個人陪伴女郎了。」接著又提議道：「好在城裡剛開始熱鬧，倒比剛才的祭典有意思多了，女郎現在來了，不妨一起去城中看看。」

趙扶眉也說：「便請女郎賞光同行吧，否則常去山中，也是無趣。」

神容笑笑：「山裡其實很有趣。」說完沒提答不答應同行，轉身先行出去了。

何氏對趙扶眉笑道：「瞧見沒，長孫女郎其實也是個愛說趣的人。」

趙扶眉跟著笑了笑，要走時注意到今日在神容跟前伺候的不是之前見過的侍女，也不是那個少年護衛，而是廣源，多看了好幾眼。

何氏看見她的眼神，壓低聲：「妳也發現了？我先前還奇怪廣源為何對長孫女郎如此盡心，如今才知道緣由了。」

趙扶眉點頭：「嗯，聽說她與山使做過夫妻。」

「正是了。」何氏輕語完，便示意她不要說了。

城中比來時更熱鬧了。

神容的馬暫時騎不得，交給跟隨的護衛牽著。一隊軍所兵卒照例護送她返城，此時才離去返回山中了。

神容將兜帽戴上，步行在喧鬧的大街上。

四周都是護衛，還有刺史府的僕從，沒有路人能近身。

神容走慢了點，便聽見後方何氏的低語：「……我與妳義兄都在計畫著了，老軍醫既已走了，妳年紀實在拖大了，會儘快給妳找個好人家的。」

趙扶眉小聲回：「我知道了，多謝義兄義嫂。」

神容只當沒聽見，左右與她也沒什麼關係。

忽的身側廣源一動，竟越過她往前小跑過去了：「郎君！」

神容抬頭，看見原本人來人往的街道往兩側分散如破潮，山宗提刀跨馬，一個兵卒也沒帶，就這麼現了身。

看到廣源的時候他就發現了神容，又見她穿著胡衣，外罩披風，便知道她是從山裡來的。

他下了馬，廣源立即為他牽住。

何氏已笑著走過來：「山使今年也來晚了，否則祭典你該與夫君一起主持才是。」

山宗說：「軍所要練兵。」

何氏就知道又是這理由，習慣了，他不想來，還有人能勉強不成？她也不過是客氣罷了，說完瞄瞄神容，便無話可說了。

趙扶眉如往常般向他見禮。

山宗點了個頭，看了神容一眼。

她正好緩步走到跟前，腳下沒停。

他轉身，邊走邊問了句：「趙進鐮請妳來的？」

「嗯。」神容放低聲，雖如常言語，但下意識就是不想叫後面的何氏和趙扶眉聽見：「我也來晚了，第一次聽說幽州還有冬祭。」

大約是因為剛在演武場裡練完兵的緣故，山宗的嗓音低下時略啞：「以往幽州受關外侵襲多在秋後入冬，這幾年太平，就有了冬祭。」

神容想了想就明白了：「所以幽州才每到秋冬季就加強戒嚴是麼？」

「嗯。」

兩個人雖然說著話，彼此卻又目不斜視，尤其是山宗，離神容大概有一臂距離。若非聽到些寥寥字音，後面的何氏和趙扶眉幾乎看不出二人是在交談。

神容瞥了彼此中間空著的位置一眼，不知為何，居然很想看看後面趙扶眉的神情。先前她先行離開了那間城下的屋子，回了官舍，不知道他們後來還說了些什麼。她有些漫無目的地想：只說藥麼？

「郎君。」廣源喚了一聲，指著前方道：「既然已來晚了，那裡有百姓們放河燈祭祀，不如去看看，便也不算是空跑一趟了。」

何氏聽見了，正好覺得走的有些乏了，點頭說：「挺好。」

神容不置可否，旁邊山宗也沒說什麼。

不知不覺到了地方，古樸的石橋下，是條不長不寬的城中河流。

民間百姓行冬祭，大多是放河燈，從早到晚的放。此時河邊兩岸有不少人，甚至有人在河邊現做河燈賣，水面上漂出一盞又一盞各色燈影。

神容站在河邊看了看，以前這裡受過不少戰事之苦，她還記得先前有個掛花掛草求避戰禍的日子呢。想到這裡，她不禁看山宗一眼。他在這裡鎮守，雖然百姓們對他畏懼得很，但何氏也說過，幽州內安外防都要靠他。

山宗明明直視前方，但她兜帽一動，就敏銳察覺：「妳看什麼？」

神容暗想太機警了，一邊說：「看你要不要放啊。」

他笑一下：「這是祭祀親人和戰死將士的，我從沒這個閒心。」

神容想起他在大獄裡手起刀落的冷硬模樣，心想他的確不會有這種閒心。

何氏和趙扶眉走了過來。

廣源守在那兒，躬身道：「這面河岸人多，對岸人要少些，刺史夫人不妨去那裡，免得被推擠衝撞。」

何氏倒不介意這活動，來這裡是陪趙扶眉祭奠一下親人。何況山宗和神容在這頭，她這知情的在旁也不自在，便叫趙扶眉道：「那我們便去對岸。」

趙扶眉隔著護衛們的身影朝岸邊看了一眼，應一聲，跟著何氏上橋走了。

其實這頭百姓不用見到長孫家那一群護衛，單只見到山宗本人就已主動迴避了。

廣源已買好了河燈送過去：「貴人放一盞吧，來都來了。」

神容伸手接了。

廣源看看她，又悄悄看站在一旁的郎君一眼。他心裡抱著微小的希冀，不知郎君和貴人還有無可能，若有，或許郎君就能重返山家了。

神容在河邊蹲下，托著那盞做成蓮花狀的河燈去放。河水裡映出她的身影，旁邊是男人黑衣颯然，臂下攏刀，長身直立。

對岸似有目光，神容看過去，對上趙扶眉蹲在那裡看來的視線。

她也正在放河燈，目光交匯，她微笑不語，低頭將河燈放了出去。

神容便也笑了笑。

「妳笑什麼？」山宗的聲音忽然響在頭頂。

神容抬頭看到他正看著自己，收了笑容，淡然說：「覺得有些事有趣罷了。」

山宗看了她手中一眼，忽也一笑。

她覺得不對，低頭一看，剛才說話時就放著燈，手裡河燈早已漂了出去，但她胡衣的袖口也不小心浸了水。她蹙了蹙眉，站起來，捏著那濕答答的袖口側過身，瞥他一眼：「替我擋擋。」

山宗臉上帶笑，不說好，也不說不好。

神容自覺失儀，也不想被護衛和廣源他們瞧見，以披風遮擋，細細擰了一下，又挽著胡衣袖口捲起幾道，取了帕子擦拭被弄濕的小臂。

山宗無意一瞥，就看見身側她那一截雪白手臂，如瓷如綢。她低著頭專心致志，露出的一截後頸也如雪生白。他轉開視線。

神容忽在此時抬了頭，眼瞄著他，輕語：「好看麼？」

山宗眼轉回來，低笑：「沒留意。」

神容抿唇，拉下衣袖，斜他一眼：「隨你，我要回去更衣了。」說完轉頭往外。

她直接走了，廣源只得跟上。

山宗摸著刀，無聲一笑，隨後想起對岸有人，也走了。

冬祭之後不出十日，山中就有了明顯變化。大風自北而起，呼嘯在山間，山林茂密，到了這望薊山裡，反而收斂了鋒芒。

今日東來先到，手裡拿著那幅礦眼圖，在望薊山裡走動，對照著圖紙檢視了一圈，轉身時就見神容自外趕了過來。

他收了圖走近，將這幾日的結果告訴她：「少主，進展算順利。」

神容點點頭，轉過頭去，也看了一遍。

礦眼附近，一個又一個孔洞掘了出來，深幽可見，一碗見圓。這只是開始，之後還得開大口徑，繼續往下深挖，開出礦道，才能取礦淘金。這礦眼下的一段就是最難的一段。

她看完轉頭，又去看那群人，他們一小股一小股地被押著，布滿了周圍山下各處。

此時快到午時，兵卒們正好過去派飯。只有這個時候，他們口上被縛的黑罩才會被看守的兵卒取下，只因那黑罩後面也有個小鎖，要有鑰匙才能拿下。

神容看見，朝東來遞了個眼神：「他們的力氣算出得不錯。」

東來會意，垂頭領命，去今日負責鎮守的張威跟前傳達了幾句。

張威便喚了兵卒，吩咐給他們今日伙食多加一些。

往常飯食只有一個荷葉包，今日多了一包。一群人如同餓狼撲食一般接了過去，蹲在那裡狼吞虎嚥。

神容看著不禁蹙了蹙眉，轉身走去礦眼附近。

那裡也有幾小股人待著，大多看到她仍是盯著。縱然她來了多回，這種地方有個女人也是古怪的。

神容攏一下披風，並不在意那些目光，反正這些時日被看多了，他們又嚇不住自己。她站在礦眼邊，低頭往下看了看，這裡如今也被鑿深了許多。

看了一會兒，她又蹲下，用手裡的馬鞭去撥那些邊沿的碎石，撿了一塊在手裡細看情形。

身邊忽然有鐵鍊拖動聲，她頭一轉，看見斜後方慢慢接近的男人。

像個野人，因衣換過了，碎髮卻如被搓過般擰結，沾了山石灰塵，手裡拿著的飯團啃了一大半，連帶包裹用的荷葉都被撕扯掉了一半。

她沒動：「你想幹什麼？」

那人一雙眼陰駭地盯著她，忽然露出一口森森的牙：「妳這小丫頭，竟不怕老子。」

神容第一次聽到他們說話，第一個反應竟然是居然還能開口，只是粗聲粗氣，如沙礫碾過般難聽。她看了左右一眼：「這麼多人在，我用得著怕你？」

那頭一群兵卒已圍過來，拿鞭戒備，若非神容沒下令，已經直接過來抽上來了。就連張威都拿著刀在旁邊緊緊盯著。

那人掃了左右一眼，似忌憚，沒再接近，喉中發出兩聲怪音，轉頭時露出左眼上那道醒目的白疤。

神容看了他脖子一眼，果然又是看著最凶惡的那個，未申五。

有個更粗厚嘶啞的聲音低低說：「你給老子閉嘴回來。」

神容朝聲音來源看去，那是個上了點年紀的犯人，幾根鬢髮灰白，拿著飯團蹲在未申五後方，正盯著他。她依稀有點印象，這是當時第一個帶頭下釬的犯人，瞄了他的脖子一眼，木牌上寫著甲辰三。

未申五對那話置之不理，拖著沉重的鎖鏈蹲著，咬了口飯團，連帶荷葉也一起嚼在嘴裡，絲毫不覺，兩眼陰沉地盯著神容，忽又笑起來，口齒不清道：「聽說妳是山宗的前夫人，那群狗兵卒說過，被老子聽到了。」

神容微微蹙眉：「與你何干？」

他笑的白疤聳動，露出的下半張臉雖正常，卻因這表情整個人更顯猙獰可怖。

神容忽然聽見他曖昧地說：「姓山的狗雜種頂多有個人樣，或許床上能耐不錯，妳這樣嬌滴滴的美人兒，嫁過他真是虧了，不如跟我，老子絕對比那姓山的強。」

神容驀地臉色一冷，霍然起身：「東來！」

東來飛快過來，抽刀就架住對方的脖子，一把按下。

他手裡的飯團掉在地上，滾進石坑，脖子梗著，居然還在笑，陰狠地看東來一眼：「擱以前老子一隻手都能弄死你。」

東來根本不廢話，刀一壓，逼出他後頸一道血痕，壓得他的頭又低一分。

張威見狀不對也抽刀跑了過來，其幾個想動的人，被兵卒們的鞭子一抽，都待在原地。

神容何曾受過這般侮辱，臉色變幻，垂眼盯著凶狠的未申五：「教他嘴巴放乾淨點！」說完扭頭就走。

東來一腳踹在他臉上。

他竟還想反抗，剛一挺脊背，耳側疾風一掠，有什麼貼著他的側臉插落在地，震顫鏗然有聲，是把生冷的直刀。

張威退一步：「頭兒。」

山宗直接策馬而來，人還在馬上，居高臨下地看著這裡：「未申五鬧事？」

張威答：「不知他那張狗嘴跟貴人說了什麼，惹得貴人動了怒。」

那人「呸」一聲：「老子有名有姓，去你娘的未申五！」

山宗腿一跨，下馬，幾步過來，抽了地上的刀，一腳踏在他臉上，刀尖對著他的嘴：「你要嫌那罩子多餘，我也可以直接點，割了你的舌。」

甲辰三想起身，周遭其他重犯頓時也有人想動，被兵卒刀鞭橫攔，又制止回去了。

馬靴下，未申五半張臉貼著地，粗哼陣陣，仍狠狠瞪著他：「姓山的，老子遲早殺了你！」

「想殺我的人多了去了，你又算老幾？」山宗一腳踹開他，提著刀，冷眼掃過四周其餘犯人：「將他們嘴上的黑罩都除了，讓他們說，但以後誰再胡言亂語一句，我先割了那四個人的舌頭。」

在場的犯人似被震懾住了，靜默無聲。未申五的嘴角、脖上有了血跡，被拽下去時還惡狠狠地瞪著他。

兵卒們竟然真的沒再給他們套上那束縛口舌的黑罩了。

山宗收刀，看過四周，才抬腳走出去。

氣氛威壓，直到此時才鬆。就連張威都不自覺吐了口氣，轉頭怒喝：「算你們命大！不想吃就起來！滾去幹活！」

山宗一直轉過半邊山腳，才看到女人的蹤影。

神容正站在一片平坦的山地上。

他走過去時，馬靴踩動山間落了一地的枯枝碎葉，咯吱作響。她聽見聲音，轉頭朝他看了過來。

山宗停在她面前，看她臉色冷淡，問：「他跟妳說什麼了？」

神容眼光微動：「他調戲我。」說完想起那番話裡說他的，不自覺往他身上瞄一眼，離得近，一眼瞄見他的寬肩，往下就是他被護腰革帶綁縛的腰，她暗暗抿唇轉開眼，不想又重新回憶起那個夢。

山宗看她眼光浮動，不知在想什麼，料想未申五說的也不是什麼好話，撥著手中的刀鞘說：「他以後沒那個膽子了。」

神容仍有不忿，輕輕哼了一聲，轉頭看著別處，隨即發現前方層層樹影中，顯露了蜿蜒石牆：「這裡可以上關城？」

山宗朝那頭看了一眼：「嗯。」

當日他正是從這裡衝下來，直奔溪水，抽刀攔了她往望薊山的去路。回想起這個，他便看了神容一眼。大概他那一刀不擲過去，就沒後面那些事，她可能不會這般與他針鋒相對。

神容已往那裡去了，穿過樹影看到了往上的一道上行石階。她回頭問：「能上去？」

山宗提刀過來：「妳要上去幹什麼？」

「隨便看看。」她提了衣擺，往上走。

山宗只好跟上。

關城高立，山嶺瞬間矮去眼下，成了墨黛潑灑的遠景，天際雲白翻滾，大風凜凜而來。

神容被風一吹，方才的不快散了幾分，朝望薊山中看了一眼，那裡人影幢幢可見。她早就想問了：「那座山為何叫望薊山？」

山宗站在她身後，跟著朝山中看了一眼：「一個名字，有什麼好問的。」

她回頭看過來：「莫非你不知道？」

他笑，將刀夾在臂彎裡：「因為遙遙對著薊州城，就叫望薊山。」

「薊州？」神容想了想，隨即想了起來：「那裡不是已經陷落十幾年了麼？」

薊州以往是國中故地，十幾年前，當時的幽州節度使叛亂，引發動盪，讓關外奚人和契丹人聯合趁虛而入，奪了去。

神容剛記事時曾聽父親說過，多年過去，早無印象，只因如今的地圖上已經沒有薊州，被一提及才想起來。

山宗「嗯」一聲：「但山還叫望薊山。」

神容點頭，表示知道了，轉頭朝關外望：「哪個方向？」

他說：「東北向。」

神容朝向東北方。天氣不好，大風攜帶的塵沙在遠處漫舞，莽莽河朔天地一片雄渾，四面方向看起來都一樣。她忍不住低低說：「就這也叫能望見？」分明是亂取名。

山宗在旁看了好笑，如果尋常就能目視千百里，還要他們練兵做什麼。他伸手拉了她一下，提醒說：「往東走兩步，手遮起來看。」

神容被風吹得瞇了瞇眼，抬起一隻手擋在額前，忽然察覺到臂上他的手，轉頭看了過去。

山宗一觸就鬆開，對上她皎皎生輝的眉目，垂眼是她被他不經意間拉近的身影。

她身上的披風與他的胡衣相接，蹭過輕響，這次離得比上次放河燈時還近。他覺得自己剛才拉她那下有點多餘，且不該。

神容剛有些意外，就發現他馬上鬆了手，挑挑眉：「然後呢？」

山宗眼裡沉沉幽幽地一動，抬著下巴笑一聲：「然後關城不能久待，看夠了就下來。」話音未落，腳已走動。

神容看著他從關城石階上下去了，盯著他那黑漆漆的頭頂直到消失，才轉身又看關外一眼。

仍是沒看清。

第九章　山動

等神容再回到礦眼附近，那裡已經恢復原樣，彷彿之前那點騷動根本沒發生過。但她還是一眼就注意到那群重犯口鼻上的黑罩沒了。

「怎麼回事？」她問東來。

東來聽出她語氣裡的不悅，近前低語了幾句。

神容往前看，山宗先一步回來，正抱著刀站在那裡盯著。

東來說這是他的安排。難怪他剛才說他們以後不敢了，原來已經教訓了那個不要臉的。

神容找了一下那個未申五，他此時已被反手綁了起來，扔在一堆碎石之間，脖子上和嘴角的血跡無人處理，歪在那裡怪聲粗喘，碎髮雜亂得更像個野人。

東來按著刀問：「少主是否還要處置他？」

神容冷冷轉開眼說：「反正馬上要入坑開挖了，他下了山坑深洞中，還能胡說什麼？」

「那就讓他第一個下去。」山宗忽然接話。

神容轉頭看他。

山宗盯著那頭說：「叫他下去打頭陣，若是失手被埋在下面，也省得我動手了。」

未申五憤然地一動，被左右看著他的兵卒一人一腳踹了上去，又倒回亂石間。但大概是怕山宗真去割了那四個人的舌頭，他只是狠狠喘氣，一個字也沒說。

山宗慢條斯理地走過來，拇指抵著刀柄，一副隨時都會動手的模樣，看起來倒比他還要更狠，甚至又激了他一回：「早點這樣，也就不至於成這德行了。」

被拔了牙的猛獸也不過如此。未申五咬牙，怪聲陣陣，終是忍了，卻彷彿比當場殺了他還難受。

山宗經過神容身邊，停了下腳步，低聲說：「現在信了？我說過他不敢了。」

神容看他，剛才就覺得他是故意的，竟然是真的，倒好像是在替她出氣。她心裡也的確出了口氣，僅剩的一點不快沒了，臉上卻波瀾不驚：「嗯，信了。」

山宗一笑走過，往另一頭去了。

神容再去看未申五，他已被東來拖著推去礦眼的坑洞前。

綁縛鬆開，開山的鐵鎬丟了過來，在一片刀口的押持下，他果然被第一個摁入了坑中。

有山宗親自鎮守，那群人再沒出什麼動靜。

神容離開山裡時，其餘的犯人也被兵卒們趕了過來。

甲辰三拖著鐵鎬第二個下去，陸陸續續所有人都下了坑洞。鑿山聲從地上轉到地下，變得又沉又悶。

天色將暮，大風竟然吹得更烈了，從出山到回城的一路上都是漫捲的塵沙。負責護送神容的一隊兵卒也被吹得前行緩慢。

她坐在馬上，正攏著兜帽遮擋，聽見後方山宗不緊不慢的聲音下令說：「行軍式，斜行繞一段再入城。」

他也出了山，就策馬跟在後面。

眾兵卒稱是。

等快到城門口，城牆如龍圍攔，風勢才轉小。

神容揭下兜帽，扭頭發現他還在：「怎麼今日你也有事？」

山宗單手扯韁，一手拍打著衣擺上沾上的灰塵，反問了句：「難道沒事我就不能入城了？」

神容還沒說什麼，又是一陣風攜塵而來，立即抬手遮住眼。

東來敏銳察覺，自旁打馬近前：「少主可是眼迷了？」

她悶聲「嗯」一聲：「進了沙子。」

因為她那身本事，她的眼睛自然十分重要，只是被粒沙子硌一下也不能不管。東來立即取了塊乾淨帕子給她。

神容拿在手裡，遮住那隻眼。

身下馬蹄未停，已進了城門。有道女子的聲音喚了一聲：「山使。」

神容臉微微一偏，看見熟悉的身影站在城下的醫舍外。趙扶眉正攏著手在那裡，面朝著城門，看起來像是在等人。

山宗跨馬而入的身影剛出現，她便喚了，接著就看到了神容，頓了一頓，緩緩露出絲笑，欠身見禮：「貴人。」

神容以帕遮眼不太方便，沒有說話。

山宗已下馬，忽然說：「幫她打理一下。」

趙扶眉聞言一怔，而後過來請神容下馬。

神容這才知道說的是她，還以為方才只有東來發現她眼睛被迷了。

「貴人這是怎麼了？」趙扶眉扶她進醫舍，進門時看了看，便明白了：「不過是迷了眼，小事，小心清洗一下就好了。」

她端了裝了清水的淺口銅盆過來，請神容坐下。

外面眾人暫停等待。

等神容的眼睛舒服了些，才發現醫舍裡已收拾過，桌上擺著個軟布包裹。

趙扶眉在旁擦著不小心濺出來的水跡，朝她笑了笑：「這裡很快就要有新軍醫來接替了，我一個女子，年齡大了，再處理這些軍中傷病不方便，以後就不過來了。」

神容點頭，一隻手仍拿著帕子又輕輕擦了兩下眼睛才放下。

趙扶眉疊一下手裡拿著的乾布，看她一眼：「其實貴人只要少出城入山，也就沒有這等惱人不適的小事了。」

神容覺出這一句話裡有話，稍稍抬起頭：「我入山是有事要辦。」

趙扶眉擦去最後一滴水跡，看著她還泛紅的那隻眼：「那這事，莫非是每日要與山使一起才能辦的嗎？」

神容此時才注意到她今日頗有些不同，一向都是素淡衣飾，今日居然穿了一身漂紅，腰間搭著條印花的簇新繫帶，就連頭髮都仔細梳過，髮間斜斜插著一支珠釵。她不禁朝外看了一眼，沒看見山宗人影。

多少已猜到了，趙扶眉剛才可能就是在等他，偏偏見了自己與他一道回來，口中說：「不錯，的確需要他同辦。」

趙扶眉沒有作聲，擦完了桌子，又端開銅盆，返身回來時才又笑道：「山使其實可惜了。」

神容問：「怎麼？」

趙扶眉不坐，在她面前站著，溫溫和和地道：「以前曾聽老軍醫解釋過，嫡長為宗，尊崇為宗，萬心歸向亦為宗。山使的名字便代表了他在山家的地位，卻又聽說他一心和離便決絕地離了家族，怎能叫人不可惜。」

神容神情瞬間淡下。的確，這才是山宗名字的含義，不是她戲言的那句「萬山之宗」。

他是山家嫡長，都說他出生就被寄予了厚望，才有了這個名字。後來他也的確年少有為，是眾望所歸的山家繼承人。

趙扶眉看似無心的一句，卻是在提醒她這段過去，是她與山宗姻緣破裂，讓他遠走幽州，光輝不再。所以她這樣一個被和離的外放之妻，就不該總出現在前夫跟前。

神容手指搓著那塊遮眼的帕子，端端正正坐著，忽而就笑了。

她眉眼豔麗，一笑便如風吹花綻，奪人目光。就連趙扶眉也恍了下神，詫異：「貴人因何而笑？」

神容眉眼有笑，語氣卻淡：「我只是覺得有趣，與誰的事便去找誰就是了。我與他之間的事，我只找他，與妳無關。同樣，妳要與他如何，又何必來找我，我並不在乎。」

趙扶眉一時沒了話。剛才那番話的用意被她聽出來了，沒想到她竟會是這樣的反應，還以為她這樣的高門貴女會頃刻惱羞成怒。

神容起身出去。

下一刻東來走了進來，放了枚碎銀在案上算作答謝。

等屋內沒了人，趙扶眉才動了下腳，往外看了一眼。

神容出去沒走幾步，便見山宗一手拎刀，從隔壁屋中走了出來，彼此正好迎面相遇。

她停下，眼神斜睨他：「她就是你的經驗？」

「什麼？」山宗起初不知她在說什麼，稍一回味才想起曾經回敬過她的話，沒想到她還記得，上下看了看她，又問：「誰是我的經驗？」

神容一隻眼泛紅未褪，只是冷冷淡淡的一瞥，其餘什麼也沒說，越過他就走了。

山宗看著她踩鐙上了馬，帶著東來和長孫家的護衛們沿街而去，轉頭朝醫舍看了一眼。

趙扶眉走了出來，向他福身：「已等山使多時了。」

山宗走過去，她側身讓開，請他進門。

裡面收拾過後，地方顯得大了一些。山宗看了一圈，在神容之前坐過的胡椅上坐了下來，看趙扶眉一眼：「老軍醫叫妳留了什麼話給我，說吧。」

趙扶眉今日托人去軍所帶話給他，說老軍醫臨行前留了話給他，不好傳遞，要當面告知，請他來這裡一趟。出山后他指揮神容一行入城時想了起來，便跟著過來了一趟。

趙扶眉疊手站著，沒有做聲。

山宗拿刀的手指點了點刀鞘，站了起來：「想不起來就不用說了，等妳哪天想起來告訴胡十一就行了。」

趙扶眉忙喚一聲：「山使等等，是我自己有話說。」

他站住了，眉峰略沉：「有什麼話不能大大方方說，需要捏造理由？」

趙扶眉垂低頭，手指捏著衣擺，「山使恕罪，自是不好直言的話，才不得不如此。」她的聲音稍低下去：「這話我認識山使三載，便已藏了三載。」

山宗的手指仍有一下沒一下地點著刀鞘，臉上沒什麼表情：「既然是三載都沒說的話，現在又何必說。」

趙扶眉忍不住抬頭看他：「莫非山使已經知道我要說什麼？」

一個女子寧願編造理由也要將他請來，來了後就只有她一個人，能說什麼？除非山宗是毛沒長齊的黃毛小兒，才能睜著眼睛在這兒裝傻充愣。他轉身要走：「只要妳不說，我便當不知道。」

趙扶眉竟追了一步，「山使，我只怕現在不說便沒有機會了。」她怕山宗說走就走，一鼓作氣道：「山使和離三載，至今獨身一人，縱然你我過往沒有深交，卻也相識了三年，你既然了斷了前緣，那何不看看新人？」這番話過於大膽，以至於她說完時雙頰早已紅透。

山宗轉過身，神情幾乎沒變：「妳也知道我和離了，方才坐在這兒的女人是誰妳不知道？」

趙扶眉有些錯愕：「自然知道，長孫女郎是山使的前夫人。」

若要說從什麼時候起了今日的念頭，大概就是從軍所裡傳出這消息時起，她聽說他的前夫人如今就在幽州。

真正下決心卻是在那日放河燈時，她在對岸看得清清楚楚，他們二人站在一處，時而低語幾句的模樣，時近時遠。

「既然知道還說什麼？」忽聽山宗笑了一聲，她看過去。他臉上那點笑已沒了，整個人黑衣凜凜，出口無情：「那是我當初三書六禮迎娶回去的正室夫人，照樣和離兩散，妳又憑什麼覺得我對妳就會特別？」

趙扶眉竟然找不到話來應對。

山宗說完就出了門。

上馬時，他想起神容臨走時的話，她竟以為趙扶眉是他的經驗。

他提了提嘴角，真要論經驗，難道不該是她這個前夫人排在前面？

官舍裡，紫瑞推開主屋窗扇。狂肆的大風天早就過去了，外面陽光正好，只是如今越近冬日，越能覺出天冷了。

她算了算日子，忽然覺得有些奇怪，走去窗邊軟榻旁伺候，一面道：「少主有陣子沒有入山去了。」的確有陣子了，從那日迷了眼回來就沒去過，紫瑞甚至擔心她是不是眼睛還不舒服。

神容倚在榻上，手裡翻著書卷，淡淡說：「有東來替我看著，不需要日日都去。」

紫瑞明白了，不打擾她，準備退出去。

神容忽然想起什麼，叫住她：「長安最近可有信送到？」

紫瑞搖頭：「沒有。」說罷屈了屈身，才又退去。

神容想了想，覺得不該，以長孫信對礦上心的模樣，離上次來信可有些久了。京中應該已經準備地差不多了，照理說他早該來第二封信說一聲才對。

正想著要不要寫封信回去問問，剛退出去的紫瑞又返回到了門邊：「少主，刺史夫人到了。」

神容拎拎神，料想何氏來多半又是好心請她去城中打發時間之類的，將書卷收起來，出去見客。

紫瑞說已請了何氏去花廳坐等。神容穿廊去花廳，到了地方，卻見她人不在廳內，就站在門口。

見她出現，何氏笑著迎上來：「聽聞女郎這些時日都沒入山，莫不是身子哪裡不適？」

「沒有。」神容笑一下，岔開話：「夫人有事？」

何氏道：「倒不是我有事，是受人之托才來叨擾女郎。」說著她抬一下手，請神容進廳，「女郎還是進去說吧。」

神容走進去，才明白怎麼回事。

廳裡坐著趙扶眉，看她進來就站了起來，向她欠身：「是我托義嫂帶我來見貴人的。」

外面何氏已走開了。

神容什麼也沒說，走過去坐下。

趙扶眉這才重新落座，與她中間隔著一方小案，案上的茶水她一口沒動，今日又換回了素淡衣裳。

兩廂靜靜坐了一小會兒，她忽然說：「我是來道歉的。」

神容的手指把玩著臂上的輕紗披帛，看她一眼，不動聲色。

趙扶眉坐在那裡，微微垂著頭道：「那日我的確是故意說那番話，外面都說當初是山使鐵了心要和離，所以我想這根刺一挑，貴人必然惱羞成怒，此後與山使不相往來，那樣或許我就能有機會了。」

神容聽著，仍一字未言，臉上也沒變化，畢竟早就看出來了。

趙扶眉擱在衣擺上的手指輕輕握住，接著道：「說出來貴人可能不信，其實我認識山使三年，也就暗暗戀慕他三年……」

三年前幽州戰亂平息，山宗剛到任團練使，這座城還是個黑白混沌之地，綠林並走，強盜橫行。趙扶眉某日在路上偶遇劫匪入城洗劫，險些要和一群百姓被亂刀砍死。還沒來得及害怕，那群人就接連倒了下去。

後來紛亂四散的人群裡，她只看到當先而來的山宗。他坐在馬上，丟了手裡的弩箭，隨意地用衣擺擦去手背濺上的血跡，又抽出刀。頭頂天光正亮，他卻如來自深淵。

那時候她看著那馬上的人張狂不羈的模樣，見亂即殺的狠戾，還以為他是另一波匪類。直到一旁有人告訴她，那是他們幽州新任的團練使。

其他人畏懼的要命，趙扶眉不知為何卻在心裡留了印記。大概是幽州太久沒出過這樣一個能威懾四方的人了。

然而這不過是山宗在幽州三年中微不足道的一件小事，大概他早已忘了。趙扶眉也從未對人提起過，如今不過是稍作回味即止。

她悄悄看神容一眼，沒有在她臉上看出什麼，自嘲地笑笑：「那日是我最後的機會，此後我離開了醫舍，刺史府就會為我談婚論嫁，是我心急了。」

趙進鏞夫婦都知道山宗的為人，他曾出身顯赫，如今卻獨來獨往，以軍所為家。他們曾說過他太複雜，甚至離經叛道，與尋常人不是同個天地裡的，自然從沒想過為她牽線搭橋，更別提如今還得知了長孫家貴女與他的過去。所以她只能自己私底下搏一搏。

神容聽到此時，終於開口，語氣仍淡：「其實妳不必特地來與我說這些，我只是他的前夫人，又不是現夫人。」要爭要搶是她的自由，只要不拖旁人下水，誰又能說什麼。

趙扶眉勉強笑笑，為什麼來這一趟，大約是覺出山宗對這位前夫人的不同，那只是身為女子的一點直覺，她也不知準不準。他對自己卻是與對別人一樣，決絕無情。

「就當是謝貴人當日那番贈言吧，也謝不怒我冒犯之恩。」她站起來，福身：「願貴人接受我的歉意，我告辭了。」

神容沒有說話，看著她出去了。

外面何氏小聲問：「妳們悄悄說什麼了？」

趙扶眉答：「沒什麼，聊了幾句閒話。」

何氏道：「也是，往後妳若成了婚，走動就少了。」

神容聽著她們說話聲漸遠，心裡卻在想，竟然會有人對那男人暗暗愛慕了三年，比她們做夫妻的時間都長。她也不知為何要比較這個，明明是兩樁不相干的事。

無聲地坐了一會兒，她不再想了，起身出去。

紫瑞在門外看到她走出來的樣子，還以為是要出門，忙問：「少主是要入山了嗎？」

神容理順臂彎裡的輕紗，想了想：「不去。」說完轉身又回去主屋。

神容真就一直沒有入山。

就連廣源都發現了，也不好問。

早間，廣源出去了一趟，恰好在城中街道上發現了遠處例行巡街的軍所人馬，跑去一問，果然郎君也親自來了。

山宗從城頭上巡視完一遍，正好下來，看到廣源在，猜到他大概要說什麼，懶洋洋地道：「最近都好，不用問了。」

廣源近前，卻說了句不一樣的：「那郎君近來入山了嗎？」

山宗停步：「該去的時候自然會去。」

廣源道：「貴人好似好久沒去了，她往常總去的。」

山宗發現了，上次因為未申五不大不小地鬧了一下，他其實近來去的算勤的。最近山中開鑿順利，神容的確沒再去過，留在山裡看著的都是東來。

他收緊一下護臂，掃廣源一眼：「你管這些做什麼，少打些鬼主意。」

廣源一下就被他話弄得無言以對，嘴巴一張，又閉上。他跟隨郎君多年，幾乎是一同長大的，太知道他有多聰明，有點什麼花花腸子根本瞞不過他。

「行了，回去吧。」山宗已坐上馬背，逕自往城外去了。

出了城門，他才又回味了一下廣源的話，長孫神容這次沒進山的間隔的確有點久了。他早察覺是因為那日趙扶眉的事，不自覺竟想笑。

長孫神容還會因此吃味不成？她也不過就是想叫他低頭罷了。一定是因為趙扶眉說了什麼，讓她心有不快才會這樣，彼此心知肚明。

他扯一下韁繩，下令左右：「入山。」

剛至半路，一兵騎馬飛馳而來，正是從山中方向。

山宗停下。

對方馬尚未勒住，已一下滑躍而下，似萬分緊急，飛奔近前就迅速跪報。

官舍外，忽有快馬疾馳而回。

神容拿著書卷，人在房中已遠遠聽到急促的腳步聲自廊上而來，覺得有點不對勁，起身走出門去。

回來的是東來。他幾乎是一路急行而至，身上沾滿塵灰，一走近就道：「少主，山裡出事了。」

官舍裡緊接著忙了起來。

廣源剛回來不久，只見到一大群長孫家護衛匆匆往府門外而去，便知貴人肯定是終於又要入山去了。但情形看著與往常不太一樣，像是出了什麼急事。他沒多問，只叫人去幫忙準備。

神容帶著紫瑞和東來，來不及換衣服，一邊繫著披風就一邊出了門。馬已被護衛牽來，她踩鐙上馬，毫不停頓就馳了出去。

一路飛奔出城，再至山下，毫無停頓。山裡早已兵甲赫赫，遍布山頭，像是整個軍所都被搬來了。

神容下馬，沿著山道快步走向望薊山。

這裡人更多，無處不是兵。她一直走到礦眼處才停。

礦眼坑洞已被挖深，下面看不見底，只是幽深沉黑的一片。底下不再傳出破山鑿石的聲音，四下一片寂靜。

她緩緩站直，看過四周，眉頭暗暗蹙緊，手指捏緊披帛。

後面馬靴踏地，步步有聲，她一回頭，山宗已到了身後，正看著她。

「你也收到消息了？」

神容看向他的臉：「怎麼會……」

那群人不見了。

東來回去報時她根本不信，但到了這裡才發現是真的。怎麼會？那樣鎖鐐加身，要跑根本跑不遠。四周都是看守的兵卒，要跑出山更是難如登天。但他們居然就這樣不見了。

山宗半路收到消息趕來，已經看過周圍各處，沒有任何蹤跡。

胡十一和張威各帶一隊人趕了過來。

張威說：「頭兒，找遍了，沒有。」

胡十一急得罵：「挖了一夜就把人給挖沒了，見鬼了不成！」

因為冬日將至，連日趕工，昨天深更半夜時都還能聽見坑下開鑿的聲音，期間兵卒們還提著鞭子下去看過一回，但至後半夜就沒聲了。

以那群人如獸般的體力，兵卒們根本不信他們會累癱，只信他們是偷懶，故意在坑口甩了幾鞭子，一直沒回應才察覺不對。再去下面看，就發現出了事。

神容已聽東來說過，還是難以相信。

山宗在旁走動兩步，聲音幽冷如刀：「再搜。」

所有人再度出動。

山石被一陣陣兵卒腳步踏過，幾乎要被踩碎成粉塵，無數刀砍掉障眼的樹枝，附近左右的山頭彷彿快被踏平。

神容默默站在礦眼旁邊，咬著唇，手指不時捏過輕紗的披帛，眼睛盯著礦眼看了許久，慢慢轉動，看向身旁的男人。

山宗站在她旁邊，黑衣肅肅，眼底一片幽沉，彷若山雨欲來。有些時日沒看到他了，再見卻是這樣突發的境況。

忽然他眼一動，也朝她看來，目光停在她臉上：「怎麼，妳在慌？」

「沒有。」神容立即否認。只是在想後果罷了，長孫家本就是為了立功而來，所以現在只能有功，不能有過，他不懂。

山宗知道她習慣嘴硬，就是真慌了也不會承認。

神容忽然問：「他們不見了，你我會如何？」

「還能如何？」山宗幽幽說：「一群被押在底牢任其自相殘殺的重犯，犯的當然是無法饒恕的滔天大罪，在妳我手上丟了，自然是一起被殺頭了。」

神容蹙眉看他，他竟還能說得如此輕巧？

「想都別想。」她低低說。人一定要找回來。

山宗耳尖地聽見，又看她一眼，算了，再說像是嚇她。

胡十一和張威又找完一圈回來了。

「頭兒，還是沒有。」張威已經氣喘吁吁。

胡十一忍到現在，早就忍不住了，開口就罵了句粗口：「他娘的那群狗賊，果然是偷偷跑了！」

山宗摸著手中刀：「他們不可能跑。」他忽然轉頭就走，「繼續搜！」

胡十一和張威愣了一下，見他親自去找人，趕緊跟上。

神容看著山宗的身影走遠，想了一下他的話，忽然回味過來。

從入山開始到現在，一直都是實打實的苦役勞作。那群人在嚴密的看守下，每日能睡上兩三個時辰已經算不錯，所有體力都用在了勞作上，如此負荷，再來一場天衣無縫的逃跑計畫，未免有點異想天開。

就算有，這麼一大群人，又怎麼可能堂而皇之就在漫山遍野兵卒的眼皮子底下不見了。但是報信時已經默認他們跑了，便也叫她認為那群人是真的跑了。

「不對。」

她看了看左右，如果不可能跑，也跑不掉，那就只有一個可能——他們一定還在山裡。

她又看礦眼深處一眼，轉頭喚：「東來！」

東來快步近前，不用說就已明白她意思：「少主是否要屬下進去一探。」

神容點頭。

之前下去的兵卒已經檢查過好幾回，下面只有開出來的一段坑道，剩了他們丟下的幾把鐵鎬鐵釬，其餘就什麼也沒有了。

光是聽著這樣的場景描述，的確像偷跑的模樣。但神容已經生疑。

東來綁縛兩袖，麻利地往下，進入坑洞。

遠處傳來胡十一隱約的罵聲：「狗日的，這群怪物是插翅飛了不成！」

依然沒找到。

神容定心不管他，在礦眼附近來回走動沉思，衣擺被腳下碎石牽絆也渾然不覺。

不知等了多久，東來出來了。他一躍上來，半截衣袖濕漉漉的。

神容一看見就問：「有水？」

東來稱是，喘口氣說：「坑道底處汪了一灘水，但不知是從哪裡來的。」

紫瑞在旁看了看天：「可並沒有下雨，連日來都是好天氣啊。」

沒錯。神容垂眼細細思索。

如今採礦用的是房柱法，即在山腹中開出坑道，再以結實的木柱做支撐，形成一個又一個內部開採空間，如地下屋穴。這下面也不例外，開出的這一段剛以木柱撐住，一人矮頭的高度，因為只這一段，其實算得上密閉。

既然沒有下雨，怎會有水進去？還只汪在了坑道底那一處。她問：「還有沒有別的？」

東來仔細想了想：「汪水的那一處看著有開鑿痕跡，但沒鑿開，我踩了踩，只被鑿得有些活動了。」

神容理著頭緒，有水，活動。忽然想到什麼，她抬頭：「圖！」

紫瑞聞聲而動，小跑過來，從懷裡取出那幅礦眼圖，在她眼前展開。

神容一根手指點上去，沿著礦眼慢慢劃出，直至東角。

東角有河。她伸手入懷，取出錦袋，拿出書卷。

「山勢坐北，往東傾斜，斜坡走角百丈，其後應當有河。」她將這句反反覆覆低念了兩遍，雖然書卷上是晦澀難懂的語句。大概是她低估了這山，這其中一定有什麼玄妙。

紫瑞和東來不敢打擾她，直到她忽然說：「牽馬來。」

山宗策馬踏上一片斜坡，掃視四下，一隻手始終提著刀，拇指抵在刀柄處。

看著隨意，甚至有些漫不經心，但左右都知道，這已經是他隨時要下狠手的架勢了。如果那群人真的跑了，追回來怕是死無全屍。

胡十一硬著頭皮上前：「頭兒，要麼咱們還是張榜全州通緝好了？那下面咱們看過很多回了，山肚子裡還沒打通，又沒路給他們走，就只可能是從上面跑出山了。」

話雖如此，其實他也想不通。明明他跟張威如此嚴密的看守，就算是一隻蒼蠅飛出去也會被發現，何況是那麼一大群人要從坑底出來，再跑出山。

但人不見了是事實，他跟張威都要擔軍責，唯有不惜一切趕緊將人抓回來才行，否則只能提頭見了。

山宗說：「我說了，他們不可能跑，如果他們要丟下那四個跑，那早就可以跑了。」

胡十一心想那要怎麼找，急得撓頭。

一旁張威也板肅著張臉，心急如焚。

山宗看過周圍，正要繼續去下一個山頭，忽見遠處一馬穿山過林，自遠處奔至，如清風掠來。

是神容。山路不平，她騎得太快，胸口微微起伏，緩了緩，才看著山宗說：「他們就在山裡。」

「啥？」胡十一抹去額上的汗，如墜雲裡霧裡，搶話道：「還在山裡？那怎麼可能，這山又不能吃人，好端端的就一個不剩地吞了？」

神容環顧一圈，眼神漸漸凜起，輕輕哼一聲：「就是真能吃人，也要給我吐出來，我偏不信了，這世上還沒有哪座山能在我眼前造次！」說完她便拍馬往前。

胡十一和張威面面相覷，完全不知她在說什麼。

山宗的目光卻已追著她出去，繼而一振韁繩，策馬跟了過去。

馬奔上一處高坡，神容停下。

山宗策馬而至，身後是浩浩蕩蕩跟隨而來的軍所兵卒。

他一停，眾兵皆停。

然後山宗看見神容低頭，從懷裡取出卷軸書。他見過，那卷《女則》。

神容就在馬上，展開書卷細細看了看，又抬頭環顧四周山嶺。

胡十一和張威也跟了過來，遠處是跟過來的紫瑞和東來。

眾人都覺得不解，張威看胡十一，胡十一也懵。金嬌嬌這是幹什麼，都這種時候了，居然還有閒心看書？

神容看得入神，環視山嶺時雙唇還輕輕動了動，黑亮的眼沉沉浮浮，如墜珠光。她在推測位置。

胡十一實在心焦，差點忍不住想催一下，剛提口氣，前方豎起一隻手，立即噤聲。是山宗。他一直在馬上看著，眼睛沒離開過她身上。

此時的長孫神容與平時大不相同，像變了個人，眼裡只有手裡的書和周圍的山，不見萬物。

終於，神容拿書的手垂了下來。書卷裡記載的望薊山其實曖昧不明，多有隱晦之處，有些連她也不確定，所以發現這裡有金礦時，她也沒有想到。現在卻可以肯定，這裡不簡單。

以她對書卷的瞭解，只會記下有用的描述，所以在望薊山這裡特地記述了東角的河，只怕不只是簡單的定位標記。

坑道尚未挖通，就有了水，不是自天上而來，那就只可能是從山中來的水。東來說那些人鑿動了汪水的那處，已經鑿得活動，恐怕是說反了。

應該是山中有一段空洞，直通東角河岸，或許就在礦眼下面的某一處，以往未曾開採，地風平穩，這裡也就靜默無事。但他們鑿錯了地方，穿風引流，地風乍破，引發了水自空洞一路吸捲上來，衝動了那處。衝開之後，又褪去，就算那一角山石歸位，也會活動，留下的就只有一攤水跡。

這種地風極其罕見，一般只有廣袤山勢，且通地河的地方才會有。她以往只有在書裡見過，從未真正遇到過。當然，她以前從未開過這樣的大礦。

所以他們不是跑了，相反，他們是被困住了。

神容抬起一隻手，在周圍各山點過，眼睛看過東角河岸，再三推斷，慢慢手指一劃，停住：「那裡。」

山宗立即問：「那裡什麼？」

她說：「人就在那裡。」

現場鴉雀無聲，只覺詭異，這也太信口開河了。

山宗看她兩眼，驀然一抽刀，策馬就往那方向衝了出去。

儘管不明所以，胡十一和張威連忙帶人跟了過去。

望薊山漫長連綿的山脈蜿蜒如天梯，傾斜而下，拖墜在東角河岸。河岸和山脈中間卻有一處下陷之處，數丈見圓，裡面遍布雜草。

山中多的是這樣坑窪不平的地方，並沒什麼奇特的。但神容指的就是這裡。

胡十一和張威在左右看了又看，回頭問：「這裡怎麼可能有人？」

山宗掃過周圍，有一處的雜草全往一邊歪斜，彷彿被沖刷過，旁邊的山壁是土質，露出一道碗口大小的豁口。他從馬上一躍而下，拖著刀大步走過去，幾刀砍去雜草，一腳踹在豁口上。

轟然聲響，豁口崩裂，裡面居然有水淌了出來，甚至還有風。

胡十一和張威衝過來，往裡一看，驚訝地眼睛都瞪圓了。

誰都以為這半邊山壁裡是實的，再不然也就是個洞。可這裡面竟然像個罐子一樣灌滿了泥沼，就像他們之前挖出來對付關外的那泥潭一樣。

邊上山石嶙峋突出，上下左右全是一個個緊緊攀住的人，如獸如怪，鎖鏈彼此相纏，一個拉著一個，有的半身入泥，有的攀在上方，形似蝙蝠，否則就會全掉下去。如果不刻意尋找，幾乎已看不出人形。

胡十一看得咋舌，一定是坑道裡忽然出了什麼狀況，這群人當中有人被捲走了，其他人要麼想救，要麼互相拉扯，才一起落到了這裡。但他實在想不明白是怎麼落來這裡的，那坑道看起來毫無異常啊。

就這瞬間，光從豁口漏了進去。

最邊上的一個人笑出一口森森利牙，筋疲力竭地嘶啞道：「姓山的，想不到老子們還沒死吧？」是未申五。

山宗站在豁口前，掃視一圈，冷笑著點了點刀尖：「算你們命大，還能多活幾天，帶出來！」

張威推一下發愣的胡十一，他這才回神，趕緊領命。

東來過來時，那群人已經被陸續帶出。

兵卒們去東角河中灌水而來，大股地往他們身上澆，滿地泥水橫流。一旁有人挨個對照代號木牌點人。

東來拿著那幅礦眼圖再展開給他們看了一遍：「你們鑿錯了，看清位置，否則下一次就沒這麼好命了。」這是神容的吩咐。

那群人一言不發，就連怪聲也收斂了發不出來。

這場突變讓他們耗盡了所有氣力，就算還有一點殘餘，也被瑟瑟寒風颳走了，現在大概只有眼睛還能動了。

山宗策馬而回時，山裡居然還亮了一分。日上正空，絲毫不覺流逝了多少時間。

他策馬到半途，停住，轉了方向，往剛才神容站的地方而去。

神容還在，手裡的書卷剛納入錦袋，收進懷裡。

山宗攜著刀，一步一步走到那坡地下方。

她轉頭看了過來：「找到了？」

山宗點頭，「一個不差。」隨即問：「妳是怎麼找到的？」

神容暗暗舒了口氣，臉上露出笑容，朝他身上輕輕掃過一眼，遙遙看向望薊山：「我早說了，沒有山能在我眼前造次。」

山風呼嘯而過，周遭樹影婆娑，她當高迎風而立，披風翻掀，輕紗披帛在身側飄若遊龍。

山宗從未見過她這樣意氣風發的時刻，周圍群山如抱，河流奔騰，彷彿皆已向她垂首臣服。

驚鴻一眼，如露如電。

胡十一好不容易忙完過來，見他站在坡下，不禁奇怪，悄悄湊去他身後問：「頭兒，你在看什麼呢？」

山宗低低說：「日頭。」

「日頭？那有什麼好看的？」胡十一嘀咕著抬頭去看，趕緊拿手遮眼：「嘖，真晃眼！」

山宗半邊嘴角揚起，對著那道身影瞇了瞇眼：「確實。」

太晃眼了。

第十章 鎮山

幾個時辰後，趙進鐮帶著左右隨從匆匆趕來山裡。

他一路喘著氣，直到親眼看到那群犯人已被帶回，才長長吐出胸襟：「還好沒出事，否則真不知是何等後果，這群人要是沒了，我們可全都脫不了干係。」他邊說邊有些後怕地扶了扶頭上官帽。

神容和山宗一左一右站在他面前，對視一眼，沒說話。

他們其實清楚，那群人當時很危急，晚半點都有可能會支撐不住掉入泥沼，屆時怕是連屍首都找不到了。那場營救算得上驚心動魄，只怕說了更惹趙進鐮後怕，乾脆不表。

趙進鐮是收到消息才特地趕來看情形的，此時見事情已經平息，人也一個不少就放心了。

他定了定心打算出山，忽又想起一事，對神容道：「說起來，長安早就來了消息，工部的人已在路上，不知女郎可知曉。」

神容聽了意外：「是麼？我並未收到消息。」

趙進鐮笑道：「那一定是長孫侍郎忙忘了，這消息是由工部直接發到幽州官署，料想這幾日他們便能抵達了。」

神容更覺意外，她哥哥何時是個會故弄玄虛的人了，這麼久也沒收到他的信，原來人已經在路上了。她朝趙進鐮點點頭：「那就等他們到了再說吧。」

趙進鐮也點頭，臨走又看了看礦眼附近蹲著的一大群犯人，才終於出山離去了。

他走了，神容還站著。

山宗看了天色一眼，又看她：「妳還不走？」再待下去時候就不早了。

神容說：「不走，我今日得留在這裡。」說著看他一眼，「你也得留著。」

山宗盯著她：「為何？」

神容指一下望薊山：「因為這裡還沒安穩，我要在此鎮山。」

「鎮山？」

「對。」

山宗覺得這話聽起來像是個要鎮守一方的將軍，不禁笑了，她到底還有多少門道？

神容瞥他：「笑什麼，笑你也要留下，我鎮山，你鎮他們。」她指那群犯人。

山宗摸了摸嘴，笑而不語。沒什麼好說的，她今日立了頭功，自然是聽她的了。

如今發現這山裡的特殊地風，神容才需要鎮山。眼下剛出過事，地風已經不穩，按照經驗，短時間內還會有狀況。

這就像地動之災，震過之後往往還有餘震，要全避過了才算真正過去。她在這裡守著隨時應對，就叫鎮山。以往並沒有過，這其實是她第一回鎮山。

東來和紫瑞得知少主要鎮山，立即著手準備，還遣人返回官舍去取了所需的東西來。

天色將暮時，離礦眼不遠的空地上支起了火堆，火上煮著熱湯，肉汁香氣四溢。

另一邊是被守得更嚴密的重犯們，眼下三五成一股的待著，都沒再下坑，一個個像是影子一樣雌伏。

神容換上件厚披風，自那裡經過時，忽覺有人盯著自己，一扭頭，一個蹲伏的身影正對著她，看不清臉。

她直覺就是那未申五，問：「你又想幹什麼？」

那人一開口，發出聲古怪的笑，果然是未申五的聲音：「聽狗兵卒們說，是妳這個小丫頭找到老子們。」

神容冷淡道：「怎麼，要謝我不成？」

未申五喉中一聲怪聲，仍像笑，接著陡然沒聲了。

神容下意識回頭，一眼看到山宗拎刀而立的身影。

他臉朝著這裡，逆著火光看不清神情，唯長身高拔，寬肩勁腰被描摹得清晰。難怪未申五沒聲了。

她瞄身後他被馴服的身影一眼，朝那頭走過去。

山宗果然一雙眼沉幽幽地盯著未申五，她走近了，那雙眼才看到她身上來：「如果這山裡還會有狀況，會是什麼狀況？」

神容搖頭：「不知，昨夜出的事，料想到明日沒事，也就說明地風穩住了，可以繼續開鑿。若是有事，那也得等它真發生了才會知道。」

山宗回味她隨口而出的這番話，「地風」這個詞以往不曾聽說過，瞄她被火光映照明亮的眉目一眼，彷彿又重新認識她一回。

火上熱湯已經煮好，紫瑞過來請他們去用。旁邊，東來領著護衛們豎起了防寒的垂帳。

神容在火堆旁坐下，端著碗湯只喝了兩口，便要遞給紫瑞。

山宗坐在旁邊，看了一眼說：「妳最好喝完，山裡磨體力，夜裡還冷。」

神容不禁看住他的臉。

他對上她的視線：「怎麼？」

「我在看你是不是又故意說來戲弄我。」他以前還說過這山裡晚上不太平呢。

山宗眼裡帶笑：「沒騙妳，喝完。」

神容看他這回倒不像笑得太壞相，才將信將疑地端著碗低頭去飲。

胡十一和張威剛把軍所裡多餘的人馬調度回去，過來就看見長孫家這貴族做派，竟還要豎起一頂豪華的垂帳來，在山野裡都這麼萬事齊全，正嘖嘖感嘆，又見那二人坐在一處飲湯的畫面——

山宗端著碗，屈腿坐著，眼斜斜看向身旁，火光映著他的臉，嘴邊一絲若有似無的笑。

胡十一沒見過他這不經意的笑，拿胳膊肘撞撞張威：「我莫不是瞧錯了，怎麼覺著頭兒那樣子看著很和善呢？」

張威嘀咕：「你是誇頭兒還是罵頭兒，是說他平日裡不和善唄？」

胡十一心說廢話，但也不敢說出口：「我是說瞧著好似有些不同。」總覺著頭兒對金嬌嬌比以往要注意多了，在他旁邊喝個湯有什麼好看的。

張威道：「你總說他倆配，自然是覺得不同了。」

似乎也有道理，胡十一抓抓耳朵。

湯喝完，垂帳也豎好了。趁著東來請神容入內避風，山宗離開火堆，去了礦眼處。

未申五還在那裡蹲坐著，嘴角嚼著兵卒派下的乾餅，在齒間吱嘎有聲。看到山宗的馬靴出現在眼裡，他抬了頭，嘴裡怪哼一聲：「怎麼？」

山宗冷著聲說：「以後離她遠點。」

未申五咧開嘴笑：「離誰遠點？你以前的夫人？可真是個有本事的小美人兒，你如何捨得的，如今只能看不能碰，不難受？」

山宗刀尖點在他面前：「說，接著說，那四根舌頭我隨時都能送來給你。」

未申五陰沉了眼，笑變成了陰笑：「放心好了，按你說的，老子自是不會『胡言亂語』了。」

山宗冷眼掃過他，轉身走開。

神容正站在垂帳外，看到他過來，問道：「你今晚在哪裡安置？」

山宗笑：「又不是什麼大事。」行軍的人從不在乎這些。

神容看著他，忽而指一下眼前垂帳，低低說：「可要給你也豎一個？便挨著我的好了。」

山宗看見她那輕描淡寫的眼神，便知她是故意的，掃了左右一眼，低聲回：「那妳何不乾脆請我入妳帳中呢？」

神容眼神輕動，被他將了一軍，抬手順了下耳邊髮絲，又看過去：「我敢請，你敢入麼？」

男人與女人鬥嘴，但凡有人收一句，也就過去了，偏要各不相讓。

山宗看她的眼神沉了點，邁步，藉著錯身之際幽幽低笑說：「這種話以後少說點，遲早吃虧。」

神容扭頭，看著他走過的背影，暗暗罵了句壞種，不識好人心，誰管你住哪兒！

垂帳中，紫瑞特地置了氈毯，鋪了好幾層軟墊。

神容卻仍不好臥，嫌不舒服，只斜倚而坐。她一直拿著書卷，藉著外面火堆的光看了幾遍望薊山的描述，推測著可能出現的情形。

到後來還是勉強睡了小半宿，等她睜開眼，天就亮了，掀簾出去，帳外一片寂靜。

紫瑞守了一夜未睡，見她出來，立即取了水囊過來，請她梳洗。

神容就站在外面淨了手臉，緩緩掃視四周。

紫瑞道：「少主放心，東來一直留心著，這一夜沒什麼動靜，一切如常。」

神容「嗯」一聲：「那就好。」

東來過來請示：「少主可允許他們繼續開鑿？」

神容看遠處那群如蟄伏剛醒的重犯們一眼：「去吧。」

東來去傳令了。

神容剛轉身，就見山宗迎面而來。

不知他這一夜是在哪裡睡的，也不知到底有沒有睡，居然精神奕奕。神容自他身上乜了一眼，懶得問。

山宗看到她的眼神就有數，難免好笑，有時候她的氣性真是不小。

神容說：「沒事了，你可以不用鎮著了。」

他看望薊山一眼：「這麼說妳的山鎮住了？」

神容剛要說話，忽覺不對，豎著根手指感受了一下，擰眉：「怎麼又起了大風？」

紫瑞拿著她的披風過來，為她搭上，一面道：「確實，昨夜後半夜就吹起來了，還好這山裡感覺不大。」

不是山裡感覺不大，只是山裡的人感覺不大罷了。神容轉頭，見東來已叫張威讓那群人下了坑道，立即過去。

山宗的目光也追了過去。

神容走到坑口時，已從懷裡取出了書卷。地風已破，一點風吹草動都要小心。其實這裡一鑿就引發了水流吸捲的事也不尋常，她好似遺漏了哪一點。

對著書卷看了又看，忽然想了起來。她記得曾經見這下面黑乎乎的石頭上出現過細小的裂紋，原來那時候就已經有警示了。

「快，叫他們上來！」

東來聞言立即傳令：「上來！」

張威看到，好奇地問：「怎麼了，不是能鑿了嗎？」

神容斷言：「不能，這下面不穩，肯定會塌一回，趕緊上來！」

昨日她也是這樣篤定的語氣，大家雖奇怪，卻也信了。下面鎖鏈拖動，劃過坑底山石，犯人們陸續被趕出來。

未申五是第一個進，自然在最後出來，灰頭土臉地看了神容一眼，但看到不遠處站著的山宗，也只是怪笑了一聲。

神容沒心思管他，忽而抬頭凝神：「是不是有聲音？」

山宗也抬了頭，下一瞬，霍然開口：「快點！」

他狠慣了，一下軍令就叫人一凜，頓時兵卒拉扯人的速度快了。

犯人們被扯開的刹那，腳下開始搖晃。轟然悶響，坑道裡支撐的木柱應聲折斷，內部崩塌，坑口煙塵瀰漫。

胡十一在那頭揮手喊：「快走！」

紫瑞連忙要來攙扶神容：「少主快離開。」

神容朝她走出一步，腳下又是一晃，險些摔倒，手中書卷脫手而飛，直往礦眼坑口滾去。她心中一急，還沒站穩就追了過去。

「少主！」紫瑞和東來異口同聲喊。

胡十一和張威在遠處見狀也嚇了一跳，眼睜睜看著她追著卷書跌落下去，忽有道黑影一閃，迅速衝了過去，直奔向她。

「頭兒！」

山宗幾乎跟她同時落了進去。

漫長的地動山搖過後是一片死寂。

神容伏在坑下，人還清醒著，只是耳中嗡嗡作響，像被狠狠敲了一記悶棍，渾身使不上力氣。

直到再也感覺不到那陣搖晃，耳朵裡才漸漸清靜，她勉強動了一下，一隻手緩緩摸到腰上。

她記得剛才掉下來的時候有條手臂勒住她的腰，墊了她一下，才不至於叫她一頭栽落到底。當時視線裡一閃而過男人烈黑的衣角，接著就什麼也看不見了。

眼前的確什麼都看不見，一點光都沒有，黑洞洞的一片。就在她懷疑是不是自己記錯了的時候，一隻手突然抓住她的胳膊。

後面幾聲衣動輕響，她聽見山宗的聲音：「別亂動，受傷沒有？」

神容怔了一下，原來沒記錯，的確是他摟了自己一把。她輕輕動了下脖子，被周圍漂浮的灰塵嗆到，低咳一聲，軟綿綿地說：「我不知道。」

山宗那隻手用力一拉，將她扶坐起來，另一隻手伸過來，在她臂彎處捏了一下，又移到她肩上、頸後，往下俐落地一滑，停在她的腰上，收了回去，才說：「應該沒事，緩緩就好了。」沒摔壞什麼地方，大概是落下來的時候被震了一下。

神容完全由著他的胳膊撐著，半邊身子都倚在他身上，黑暗裡稍稍抬頭看了一眼：「坑口被埋了。」所以才這麼黑。

「嗯。」山宗的手臂在她腰上一攬，就將她帶到了邊上，讓她靠牆而坐。

頂上被埋，隨時可能會再落下什麼，換個地方比較穩妥。也不知這下面塌陷了多深，其他動靜一點也聽不到，像是與世隔絕。

神容往他身上看，只模模糊糊地看見他身形輪廓，他似掖了下衣擺，在她旁邊坐了下來，一手搭在膝頭，臉朝著她：「坐著吧，等妳緩過去再說。」

神容忽然反應過來，她如何能緩，往前一傾便想動。

山宗一隻手扣住她的肩：「妳想幹什麼？」

「我的書。」她伸手在身側摸，順著紛亂的土塵和堅硬的山石，摸到男人裹著馬靴的小腿，手指刮過靴筒上硬實的皮革。

山宗腿一動，順勢扣住她那隻手腕，不客氣地笑一聲：「還好意思說，為了卷書連命都不要了。」

神容動彈不了，黑暗裡蹙起眉：「這書比我的命重要。」

「妳說什麼？」山宗差點要懷疑自己聽錯了：「一卷《女則》比妳的命重要？」

神容下意識回：「誰說這是《女則》？」

「那這是什麼？」

她頓一下，聲低下去：「你不明白。」

山宗又笑一聲，被她氣笑的，為了一卷《女則》連命都不要了，他的確很難明白。他鬆開手，伸手一撐，從地上站起來，去摸左右山壁查看情形，腰間刀鞘劃過山石，一陣響。

神容抬頭看他，雖看不清，但大概猜到他此時必然矮著頭，施展不開，這裡面已經塌陷，坑道會更低矮。她抿了抿唇，為了書卷，還是開了口：「你幫我找找……」

「一卷《女則》而已，」山宗說：「出去不就又有新的了。」

「我說了那不是普通的《女則》。」

「哪裡不普通？」

話又繞了回來。

神容眉頭蹙得更緊，輕聲說：「只有我們長孫家的人才能知道，你與我又不是一家的。」

山宗聽見了，身一停，忽而說：「勉強算做過半年一家的，也不能知道？」

神容立時飛去一眼，只可惜黑乎乎的什麼也看不見。什麼做過半年一家的，他是故意膈應她不成！

山宗感覺她仰著頭，便覺得她一定是盯住了自己，看來恢復得還不錯，還有力氣不快，提醒道：「都叫妳別找了，妳我現在重要的是保命。」

神容咬住唇，掃視左右，心裡焦急萬分，雖然他說得不錯，但書卷萬分重要，她絕不能不管。

猶豫了一下，她又看了身前男人模糊的身影一眼，終於說：「我若告訴你，你就肯替我找麼？」力氣沒回來，儘管語氣認真，她的聲音也是虛軟的。

山宗聽在耳裡，像有什麼在耳廓撓了一下，蹲下，重新在她旁邊坐下來，也認真了幾分：「說說看。」

神容想了想，鄭重地說：「你不能說出去。」

他「嗯」一聲：「我應當沒有傳揚《女則》的嗜好。」

神容聽他的語氣沒有平常那樣玩笑，開始思索如何起頭。好一會兒，她才開口說：「這要從我長孫家祖上長孫晟說起。」

山宗略一思索：「前朝顯達長孫晟，知道。」

神容在黑暗中點頭：「對。」

長孫晟天縱英才，十八歲便為前朝司衛上士。傳聞當年突厥南侵，形勢危急，他卻臨危不亂，口陳形勢，手畫山川，便定了突厥虛實。

據說他對所述山川河流皆瞭若指掌，分毫不差。當時的人都說那是因為他潛伏突厥多年搜集情報的緣故，但其實與他本身所知大有關聯，那是長孫家世代累積成就的所得，被他發揮出了另一番作用。

後來，改朝易代，到了今朝。其女文德皇后長孫氏，在後宮中留下一部親筆寫就的書籍，名為《女則》。

據說此書問世時有三十卷，又有人說是二十卷，然而外面刊印流傳的卻只有十卷，記述的是歷代女子的卓著事蹟。但只有長孫家的人知道，那些外人看不到的餘卷都已彙集成一卷，裡面不是什麼女子事蹟，而是長孫家對山川河澤經驗認知的總結。

長孫一脈在今朝數代起伏，這一卷書也隨之沉澱，只因祖上傳承多有隱晦，時間越久，越是晦澀難辨。往後的長孫子孫都自幼承襲家學，以求鑽研精通。這一代到了神容手上，她勘透了這一卷書，也得以繼承這一卷書。

所以這怎會是一卷普通的《女則》，這是長孫家世代先祖的心血。她既然請出這卷書，來了這一趟，就決不能丟了它。

「你現在知道了。」神容說完了，看向身旁黑黢黢的男人身影。

山宗的臉始終朝著她，靜默一瞬，才說：「所以妳才說妳懂山。」

「沒錯。」神容說：「我還會騙你不成。」

山宗仍盯著她黑暗中的身影，長孫家的本事他曾有所耳聞，但從不知道是這樣一回事。難怪她為了那卷書如此奮不顧身。她拿著這卷書在山中尋人鎮山時，原來握的是柄無上利器，還是只有她一人才能用的利器。

「我已告訴你了，你到底要不要幫我找？」神容追問。

山宗卻坐著沒動。

她不禁有些急了，坐到此刻覺得沒那般無力了，扶著山壁就要站起來。

「把手伸出來。」山宗忽然說。

神容頓了頓：「做什麼？」

「妳不是要書？」

她將信將疑地伸出去，也不知他能不能看見。

手心一沉，熟悉的黃絹觸感，她立即握住，接著反應過來，看他的身影：「原來就在你身上，你騙我？」

山宗是摟著她摔下來的，那卷書就落在他手邊，她連命都不要也要追回來的東西，他自然撿了。

「我是叫妳以後學乖點，書是死的，人是活的。」他說完，站了起來。

神容將書仔細收入懷裡，失而復得，便也不在意他這使壞的一出了。她看看左右，也想跟著站起來：「我們得儘快出去，這裡被埋了，久了便會悶。」

一隻手拉了她一把，山宗看出她想站起來，就伸了手。他站起來就是想走的意思：「去哪兒，聽妳說。」她既然懂，自然聽她說。

神容一站起來又被嗆得咳兩聲，坑道裡塌陷後到處都是漂浮的塵灰，她只能捂著口鼻，悶悶地說：「只能往裡走了。」

山宗往前：「跟著我。」

神容感覺出他的胡衣蹭著她身側過去，扶著山壁緩緩跟上去。

坑道到底，沒了路。山宗在前開道，到了盡頭停住，一隻手摸過兩邊，沒有其他地方塌陷，這裡走不通。他回頭看一眼。

神容扶著山壁的身影跟在後面：「怎麼，竟沒塌空？」

「嗯。」這裡還有根木柱未斷，居然還算完好。

她擰眉，捂著口鼻又被嗆得咳一聲，低低自語一句：「那就糟了。」

山宗接話：「糟什麼，莫非這坑道就是妳我葬身之處？」

神容一聽就說：「不可能，我不可能找不到路。」

山宗聽到她這語氣，想到的居然是她意氣風發的那一刻，現在才知道她有這個底氣的原因。他不禁低笑：「長孫家竟然……」

神容只聽到半句，下意識問：「長孫家竟然什麼？」

山宗想說長孫家當年竟然願意將她這樣一塊寶交到他手上，但話剛說出口就戛然而止。他沒答，凝神聽一下動靜：「外面一定在找我們。」

鎮山的和鎮人的都沒了，恐怕已經亂作一團。

神容也猜他們肯定已在想法挖開這裡，但到現在沒有動靜傳下來，只說明塌得深了，埋得也深了。

她忽然想到什麼：「這裡還有一條路。」

山宗幾乎瞬間就回味過來：「妳是說他們被捲走的那條路？」

神容點頭，怕他看不到，又說：「對，就是那條路。」

山宗抽刀：「退遠點。」

神容扶著山壁退開幾步，一片漆黑中，只大致看到他站立在那裡的挺拔身影，刀尖拖過山石的聲音尖銳。

「說吧，在哪兒？」他一個指揮過千軍的人，此時在等她指揮。

神容說：「坑底會活動的地方，那塊山石必然有裂縫。」

話音剛落，山宗就找到了，身影一動，送刀入縫，用力撬下去。

刀差點被折斷才聽到大石活動的聲音。山宗不再用刀，徒手扣住山石，黑暗裡也能看出他肩頭手臂寸寸繃緊。

沉悶的一聲，帶動那根僅剩的木柱也晃了一下，終於挪出道縫，只能容一人通過，已是極限。

山宗毫不遲疑地說：「我先下去。」他要先去探路。

神容走到那裡，仍是一片漆黑，但有風能指引那道縫口所在。沒有水吸捲過來，山搖之後地風終於平息了，這時正是走的時候。

山宗在下方窸窸窣窣的衣響，漸漸遠離，隨即沒聲了。

神容兩手扶著縫口往下看，心裡緊跳一下，不確定地喚：「山宗？」

下方傳出沉沉的一聲：「這兒。」

她悄悄舒了口氣。

他說：「下來。」

神容將礙事的披風脫掉，準備下去前又找了他一遍。

山宗似察覺了，說：「我叫妳直接下來。」

「什麼？」神容還不知下方是何情形，難免謹慎，但也只好往下。

下去的瞬間就到了底，一雙手臂穩穩地接著她。她下意識攀住男人的肩，覺得他方才用力挪石的勁頭還沒過去，肩上也如石繃得緊硬。

她有點後怕地抓緊他的肩頭：「你竟叫我就這樣跳下來？」

黑暗裡，山宗的臉正對著她，手臂穩穩將她托著：「怕什麼，我還指望靠妳出去呢，豈會讓妳有事？」

她的心才緩緩定下。

這下方居然很大，看不清四周，也不知是什麼情形，只能順著風吹進的方向一直往前。不知多久，彷彿一直沒有盡頭。

神容終於忍不住問：「是不是過去很久了？」在這不見天光的地方很難分辨到底過去了多久，她是覺得疲憊了才問的。

山宗在前面說：「是很久了。」腳下不平，深一腳淺一腳的，他需要在前面探路開道。

神容因為疲憊，已漸漸落慢，只聽得見他的聲音，不知道他人在哪裡，轉頭找了找，仍看不清。她試探著喚了一聲：「山宗？」

「嗯？」他的聲音還在前方。

神容不想直言是在找他，輕聲說：「沒事。」

沒走出多遠，忽地撞到什麼，她一下止住腳步。

是男人的胸膛，她迎面貼上去，差點要往後退一步，胳膊被拉了一下。山宗在她頭頂說：「找我？」他察覺出來了。

神容說：「沒有，喚你一聲罷了。」

早知她是個嘴硬的，山宗無聲笑了笑，一手朝懷裡伸了下，送到抓著她的那隻手裡。

神容摸了摸，是紙裹著的一塊東西：「什麼？」

「軍糧，吃飽了再上路。」山宗估算過時間，的確過去很久了，到現在水米未進，人會吃不消。

神容被他說了才發現的確餓了，剝開外面那層紙，拿到嘴邊咬了一口，也不知是肉乾還是什麼，硬得叫她皺眉。

山宗說：「是難吃了點，但這裡也沒別的給妳吃。」

神容忽然抬頭看他：「你莫非能看見？」怎麼能看見她的模樣似的，先前還那般穩穩地接住了她。

山宗笑了，他自幼習武，接受的是將才教導，眼力是必要的一環，在這樣的環境裡看個大概還不難。「何必在意這個，妳又沒什麼不能看的。」

神容用力嚼了嚼那硬邦邦的軍糧，心想都這境地下了還能這般痞樣。卻又多少叫人放心，彷彿被困在這裡在他眼裡也不是什麼大事。

等她強忍著再也吃不下去那軍糧時，已經只剩下渴，不禁伸手摸了摸喉嚨。

「想喝水？」山宗問。

「這裡沒水喝。」她很清楚，自然也就沒說。

眼前山宗好像動了一下，下一刻，她唇上忽然一涼，沾到了濕潤，下意識一抿，才察覺抿到的是兩根手指。

山宗知道有水吸捲而過，一定會留下點痕跡，伸手在山壁上摸了摸，沾了點殘餘的水跡按在她唇上。

常年握刀的指腹壓在她唇上，若壓上一汪春水。她一抿，如啄如含，霎時春水交融。有一瞬間，兩個人誰也沒動。

神容的鼻息拂在他指間，也許是錯覺，覺得山宗好像離她近了一些，男人的身影在黑暗裡更顯挺拔，甚至給人威壓。

她的臉正對著他寬正的肩，能清晰地聽見他的呼吸聲。居然覺得唇上更乾了。

其實沒多久，但感覺很長。山宗的手指從她唇上抹過，聲低低的：「沾點水先撐著，別咽。」

神容回了一聲「嗯」，慢慢舒出一口氣。

山宗頭微低，手指反覆搓了兩下，才又動了。

神容只覺得自己的衣袖被他抓住，人跟著往他身前貼近一分，隨即就發現他手上做了個扯繫的動作，好像將什麼纏在一起。

她伸手去摸，摸到自己腰上的繫帶。垂著絲條的綢帶，在她緊收的腰身上纏了一道後還有一長段飄逸拖墜著，不知何時已被他打了個結，結扣處是他腰上束著胡服護腰的革帶搭釦。

「免得妳丟了。」山宗說著轉身：「跟緊點。」

腰身相連，也就一步的距離，他一走，神容感覺到拉扯，跟著他往前。

這種山腹中天生的通道如腸曲折，時高時低，碎石遍布。若非吃了點東西，神容恐怕要撐不住了。

她邊走邊想像著那群人被水吸捲而走的情形，暗自摸著懷裡的書卷推算。水吸捲的速度自然快，如今他們只用腳在這裡面走，真不知道已經過去多久。

腳下忽然踩到一灘汪著的水，被石子硌了一下，神容身一斜，腰帶跟著一扯，山宗回頭抓住了她：「妳沒力氣了？」

神容站穩，喘口氣說：「是你走太快了。」

山宗換了隻手拿刀，另一手又攜她一把，他走得已經算慢的了。

「風好像大了些。」神容忽然說。

山宗往前看，除了她方才踩到的那一處，腳下好像平坦了許多。

他說：「妳走前，免得錯過出口。」

神容往前帶路，身側是他緊跟的身影。

沒幾步就是狹窄擁擠的地方，難免舒展不開，他在她側後方俯身擠近，幾乎是與她緊貼著通過。

神容只覺得背貼上男人的胸膛時一片熾熱，不禁又想起方才他抹過自己唇上的手指。但緊接著，撲面而來的一陣風就將她的思緒吹散了。微弱的光在前面冒出來，她不自覺扯住身側的衣袖：「到了。」

山宗看胳膊上她的手一眼，又看她的側臉一眼，微光裡也能看出那絲振奮，嘴角不禁牽了牽：「嗯。」

神容往前走，最後的力氣都用在這段路上。

山宗依舊緊跟著。

直到那抹光漸強，眼前出現巨大的開口，從黑暗到乍見光亮，彼此都不得不抬手遮了遮眼。

山宗先適應，放下手往前看，接著就笑了一聲。

神容拿開手去看，心卻沉到了底。

眼前是開口，一丈多高的下方卻是個像罐子一樣的洞，下面全是泥沼，不知多深。她看山宗：「你竟還笑？」

山宗笑是因為這裡就是發現那群人被困的地方，他當時踹開的豁口還在另一頭，那裡透進來的光更亮。

早就想到同樣的路得走這裡，只是沒想到是這樣直垂下去的，還以為該有其他路徑繞過去。他不笑了：「妳那裡還有沒有別的路？」

神容沒做聲。

他轉頭看時，發現她一隻手扶著突出的山壁，微微歪著頭，無精打采的模樣。

「沒有，」她快快無力地說：「我也沒力氣了。」

本就是一路撐到現在的，只是為了趕緊出去，現在這樣的泥潭在下面，毫無落腳點，無疑是最大的難關。她又無法像那群怪物般的重犯一樣，被水捲下去，還能及時攀住山壁掛著不掉下去，實在沒有那個體力支撐了。

山宗看著她：「那妳打算就這樣待著？」

神容蹙了蹙眉：「不打算，可我下不去山壁。」下去是深淵般的泥沼，可拖著也會消耗體力，進退兩難。她摸著懷裡的書卷，一個鎮得住萬山的人，怎麼能被山吞沒，她不信。

「那就試試我的路。」山宗忽然說。

神容不禁看向他。

山宗低頭，將彼此纏在一起的腰帶解開，那根革帶從腰上拿下，除去護腰，鬆開護臂。

「你要幹什麼？」她看著他寬衣解帶。

山宗將脫下的胡服罩在她身上，胡領翻起，嚴嚴實實遮住她的口鼻，就算真跌入泥中也不能嗆泥。

「我數三聲，妳跟我一起跳，其他什麼都不用管。」

神容被他厚厚的胡服裹著，只露出雙眼，難以置信地睜大。

山宗對上她的眼神，勾起半邊嘴角：「怎麼，膽怯了？」

神容咬唇不答，這麼大膽的「路」，只有他想的出來。

山宗把剛解下的革帶繫上，又將她的腰帶和自己的綁在一起，抬頭時忽然手臂一拉，拽她貼進懷裡，一隻手牢牢箍住她的腰：「書收好了。」

神容一怔，壓了壓懷中，他已不由分說開始數：「一。」

她心中一緊，不禁抓住他的中衣衣襟。正全神貫注地等著他喊二，霍然身下一空。

他毫無預兆就跳了。

陡然失重，又陡然一頓。神容緊緊閉著眼，睜開時看見山宗近在咫尺的臉，他一隻手扒著山壁突起的山石，手臂用力，中衣衣袖撐起，另一隻手牢牢扣著她。

「踩住。」因為用力，他的聲音又沉又悶。

神容立即往山壁伸腳，踏到了嶙峋的石塊。腳下不遠就是泥潭。

他又說：「聽好我的話，妳挪一步，我再動一步。」

神容壓著劇烈的心跳：「好。」

沒有犯人們的鎖鐐牽扯，山宗施展的很順利，只不過多了神容在他身上，每一步攀移都緩慢又謹慎，被他踹出的豁口漸漸接近。

「再往後一步。」

「踩到了。」

山宗抱她更緊，最後一步，幾乎是躍了過去，從豁口摔出，滾入雜草。

神容大口大口地喘氣，眼前是他的臉，她伏在他身上。

山宗也在喘氣，黑漆漆的眼看著她。

頭頂是青濛濛的天。他的目光從她驚魂未定的眼神，掃過她發白的臉，微微張著的唇，又到她起伏不定的胸口，手在身側一撐，坐了起來，彼此緊貼的身體分開。

纏在一起的腰帶被解開，神容才算回神，山宗已經起了身。

「走吧。」他的刀竟還在腰後綁著沒掉，走出去時只穿了中衣胡褲，刀斜斜輕晃，看不出剛經歷過那般凶險的一出，反而比平時更多了幾分張揚不羈。

神容默默坐著，看身上他的胡服一眼，又看他走出去的身影一眼，忽覺周身都是他的氣息。她跟著起身，隨他走到東角河岸，看到奔騰的河水，才記起早已口渴難忍。蹲下去撩水抿了一口，才像是澈底回緩過來了，她往旁邊看。

山宗的刀放在腳邊，全然不顧寒冷，抄水清洗，袖口高挽，露出右臂斑駁的刺青，似有一塊青紫，掛了淋漓的水珠。

還沒看分明，他站了起來，似笑非笑說：「料想很快就會來人了。」說話時拉下袖口，遮住了臂上刺青。

「頭兒！」果然，遠處忽然傳來胡十一炸雷般的聲音，緊接著一群人衝了過來。

坑口那邊到現在才挖開，沒找到人，胡十一忽然開竅了，想起這裡找到過那群犯人，便帶人趕來這裡搜尋，沒想到還真遇到了。

如今他眼下多了層青灰，看看山宗，又看看一旁剛自水邊站起的神容：「你們這一天一夜是怎麼過來的？」

山宗問：「一天一夜了？」

「可不是！」胡十一實打實一天一夜沒睡，忽然注意到山宗的胡服在神容身上，來來回回看了好幾眼。

神容沒在意，正在看天，怪不得是剛亮的樣子，原來過去這麼久了。

紫瑞和東來也從遠處趕了來。

一到跟前，先看到紫瑞泛紅的眼：「少主終於出來了！」

東來說：「我早說過，沒有山能困得住少主。」

神容看山宗一眼，他也朝她看了一眼，誰也沒說什麼。

紫瑞過來扶她，看到她衣衫不整地披著山宗的胡服，不敢多看山宗一眼，低聲提醒：「少主還是快回去吧，已有人等你們的消息許久了。」

神容隨口問：「何人？」估計是趙進鐮。

紫瑞卻道：「工部的人已到了。」

第十一章　回返

趙進鐮站在官署大廳外等候著，時不時看看院中豎著的日晷，又時不時來回走動。

神容這一番涉險叫他始料未及，心已懸了一天一夜，後來聽說山宗也一併下去了，他才稍稍定心。山宗的本事他是知道的，在那坑下要護住長孫貴女應當不難，只要儘早挖開將他們救出來就一定會沒事。

還好，終於收到消息說人已出來了。只是人剛回來，需要時間料理安整，他眼下只能耐心等著。

約莫又等了一刻，官署外有車馬駛到，趙進鐮立即去看，很快就見到了長孫家的侍女和那少年護衛一左一右來了。紫瑞和東來先在前引路，到了廊下又停住退後，讓神容走前。

神容梳洗休整了一番，此時更了衣描過妝，看起來與平日已無兩樣。

趙進鐮鬆口氣，這幾日可真是提心吊膽夠了，上前兩步道：「女郎總算無事，聽府上侍衛說妳一定能出來，果然不假。」他不知東來如此篤定的緣由，只當是吉人自有天相。

神容點頭，沒有多說，開門見山道：「我聽聞工部官員已到了。」

趙進鐮在此等她正是為了這個，馬上請她進去：「已等候女郎多時了。」

神容進了廳中，裡面果然坐了一行人，各個身著圓領襴袍的官服，頭戴襆帽，腳穿烏皮六合靴，齊齊整整的京官模樣。

正中座上的是個花白鬍鬚的老者，官帽下一張臉面貌肅正，看起來精神奕奕，毫無長途跋涉的倦怠。一見到神容，他便起了身，笑道：「真是虛驚一場，都怪我晚到了，叫趙國公掌上明珠如此涉險。萬幸聽說妳已脫險，否則我便要拖著這身老骨頭親自去破山尋人了。」

神容見到他頗為意外，立即便要屈膝見禮：「劉世伯竟親自到了。」

來的是工部劉尚書，誰也沒想到工部首官竟然親自來了邊關。

劉尚書虛扶一把免了，滿臉和顏悅色：「我與趙國公交情匪淺，姪女何必如此多禮。此番前來只不過是為令兄把一把關，他能發現這樣的大礦，已是難得的本事，聖心大悅啊，這裡少不得還是要等他來開的。」

劉尚書算得上是長孫信的半個師父，因為長孫信身上有長孫家的本事，一直頗受他欣賞，明裡暗裡都有將尚書一位交接與他的意思，長孫家是知道的。

神容到現在都沒找到哥哥人影，聽完這番話才有機會問：「那為何家兄不直接來，反倒要請世伯暫來坐鎮？」

劉尚書道：「那妳就得回去問他了，他說要等妳回去了才能再來幽州。」

神容微怔，隨即若無其事地點了下頭。

軍所裡，胡十一冒冒失失一頭撞進山宗屋裡，就見他正往胡衣外綁縛護腰，肩上濕漉漉地散著髮，顯然剛剛洗完澡。

他往邊上站了站。

山宗看他一眼：「你跑進來幹什麼？」

胡十一看看桌上他那件換下來的中衣，已經鬆垮的看不出模樣，好像還有破的地方，便知凶險：「我來看看頭兒有沒有受傷，可要拿藥來給你？」

「不用。」山宗已經自己處理過了。

胡十一不太信，既擔心又好奇：「我瞧著那金嬌嬌一點事沒有，頭兒你的衣服卻是一直在她身上披著，哪能一點傷都沒有。說起來，這一日一夜，你們到底是怎麼過的啊？」

山宗笑著看他：「怎麼過？你說呢，孤男寡女在伸手不見五指的山腹裡，能怎麼過？」

胡十一不可遏制地眼亮了，畢竟這二人以往做過夫妻，他又是親眼瞧著山宗直撲下去救人的，獨處這麼久，又衣裳不整的出來，就叫他頭腦裡多了點旖旎：「難道……」

山宗摁住他的後頸往桌上一磕，磕得他捂頭一聲痛嚎。

「說風就是雨，你還來勁了。」

胡十一被磕清醒了，退遠兩步，只能捂著腦門訕笑：「沒有沒有，那時候自然是逃命要緊，能有什麼事。」一邊說一邊嘶一聲。

山宗抬手套護臂。

胡十一見他一抬手又嚇一跳，生怕剛才那樣再來一下，趕緊找個理由溜了：「頭兒你歇著，我去練兵了。」

山宗看他出去了，才接著整衣，卻聽見外面剛走出門去的胡十一傳來一聲古怪的「咦」，緊接著又沒聲了。

而後他門外便有兵卒來報：「頭兒，有貴客至。」

山宗頭也不抬地問：「什麼貴客？」

回應他的是門上的幾聲敲門響，不輕不重的幾下，彷彿能聽出來人不疾不徐的抬著手，安然等著的模樣。

兵卒腳步聲遠了點，似已退開。

山宗走過去，一下拉開門。

門外的人手還抬著，剛準備再敲一回，忽然門開了，轉頭朝他看了過來，是神容。

山宗看左右一眼，門外的兵卒都退出老遠去了，有幾個還在伸頭伸腦的，一對上他掃去的眼神也溜了。

如今全軍都知道他們的事了，她在這裡出現自然會叫上下兵卒忍不住想看熱鬧。只有神容身後跟著的廣源和東來還留在門外。

「郎君沒事就好。」廣源一直伸著頭，看到他出現這麼說了一句，似放了心，顯然是知道山裡的事了。

山宗看身前的女人一眼：「妳不是去見工部官員了，怎麼來了軍所？」

神容說：「來都來了，哪有那麼多理由。」說著往裡走了一步，又停下看他，「不請我進去說話？」

門窄，需要他讓開點，她才能進。

山宗又朝外看一眼，廣源和東來已退開了。他讓開一步，任門開著，回頭進了屋。

神容跟著走了進來，先看了裡面情形一眼。

這裡面就是間營房，只不過是他獨住的，簡單得很，桌椅都是單獨的，最裡一張床榻，很窄，只能容他一人臥下的模樣。頭一回看見這裡面情形，神容什麼也沒說，反正早猜到了。

她在四下看著的時候，山宗正斜斜靠在桌前，也在看她。自山裡出來，她便恢復了元氣，烏髮微垂，披風長墜，應該是騎馬來的，手裡的馬鞭還沒放下，一邊在手指間慢慢轉著，一邊在他這間屋裡慢悠悠地走動。

直到襦裙如水一般的衣擺停在他身前，輕綢的邊沿搭在他的馬靴上，她一隻手碰到他的肩：「可要我幫你？」

山宗垂了下眼，才發現她手指挑著的是他還散著未束的頭髮，看她的眼裡帶了絲笑：「這不是妳該做的。」

神容眉頭微挑，手指自他髮間一穿而過：「只是覺得你也在山裡幫過我而已。」

為他束髮，未免太過親近了些，她說完便察覺出來了，那是夫妻間才會做的事，想到此處又瞄了瞄他的模樣，他這樣散髮站著，黑髮黑眼，形容隨意，更顯出一身浪蕩不羈。

神容走近一步，捏著馬鞭仰頭看他，忽然低聲說：「其實在山裡的時候，你我不是更親近的事都做了？」

山宗頓時盯緊了她。那一片黑裡的情形彷彿還歷歷在目，她此時在他跟前仰著頭，一截脖頸雪白，眼瞳黑亮，抿著描過的一雙唇，便叫他又分毫不差地回憶了起來。

他一手撐在桌沿，離她的臉遠了點，嘴邊的笑意味不明：「我也不是什麼君子，那種時候做什麼都是應當的。」

神容看得明明白白，這張臉分明生得劍眉星目，偏偏表情微妙，叫她想起他那日說她「遲早吃虧」的模樣。

「罷了，」她今日沒有鬥嘴的心情，看了看他的臉說：「我是來謝你的。」

山宗早看出她是有事才會來，但沒想到她會這麼說，倒有些不習慣了，眼裡的笑也深了：「妳也助我出來了，下次我若救了妳，妳再謝我不遲。」

神容忽然看入他的雙眼，「下次？」她的眼轉離他身上，淡淡道：「你憑什麼覺得還有下次？」

山宗看她的眼裡笑意漸無：「為何這麼說？」

院角裡，除去先前那幾個溜掉的兵卒，此時胡十一和張威、雷大三五人正藏頭露尾地朝那片屋舍翹首。

張威推胡十一：「你先前不是去打聽了嗎？打聽出什麼了，他們一天一夜都做什麼了？」

胡十一捂額：「什麼也沒做，別問了，咱也別看了，還是去練兵吧，我頭還疼著呢。」

話到此處，就見他們口中的金嬌嬌從屋中走了出來，戴上披風兜帽，領著廣源和東來，往軍所外走去了。

胡十一剛說要走，見狀又留了一下，幾人不約而同地又往屋裡看。

什麼也沒看到，山宗沒露人影。

軍所外，紫瑞見神容出來，將馬送了過去。

神容坐上馬背，一字未言。

紫瑞覺得不太對勁，又擔心她是出山不久，尚未完全回緩，勸道：「少主還是回去多歇一歇，您需要好好養精蓄銳。」

神容忽笑一聲：「無妨，待回了長安，多的是我歇的時候了。」

紫瑞有些意外，看了看東來，甚至還看了廣源一眼，他們似乎也沒想到。

神容也沒想到，但劉尚書說那番話時她便知道，她哥哥要等她回去才能再來，便是在催她返回長安了。

礦眼最難打通的一段已掘出，望薊山的地風也穩住了，冬日將至，似乎的確沒她什麼事了。方才在那間屋裡，山宗問她為何這麼說，她回：「因為我要回長安了。」

「可惜。」

紫瑞忽然聽到她這低語的一句，湊近問：「少主說什麼可惜？您已尋到這樣前所未有的礦山了。」

神容朝軍所大門看了一眼：「我說的是別的。」

工部的人一到，沒兩日，望薊山裡便多出了許多新身影。劉尚書帶著一行屬下官員入了山，有條不紊地開始了工部接手事宜。

看完四周山嶺一圈之後，他轉向身旁道：「真是百年難得一見，誰能想到幽州還會有這樣的大礦。」

神容就跟在他身旁，聞言只是笑笑。誰都想不到，這才是他們長孫家祖傳書卷的寶貴所在。說話時往前，已到礦眼坑口。塌陷過一回之後，這裡又被清理了出來，如今看起來與之前已沒什麼兩樣。

就在坑口附近，蹲著那群開礦的犯人。今日他們被聚在一處，由兵卒們嚴密守著，怕衝撞了這些新到的京官。

劉尚書看了幾眼，問神容：「這些人瞧著都是重犯？」

神容點頭：「是，不過世伯放心，他們早被鎮住了，可以一用。」

劉尚書聽了撫鬚而笑：「想必是那個幽州團練使的威名所懾了，我來幽州後略有耳聞，聽聞多虧了他，姪女妳才能安然從山裡出來。」

神容不禁看他一眼，聽他的語氣，倒好像不知道幽州團練使就是山宗。但他只要聽到名字，應該就會記起那是曾經的山家大郎君，她的前夫君。

劉尚書忽然轉頭找了一下：「趙刺史何在？」

趙進鐮今日也在，就在不遠處吩咐事宜，聽見老尚書開口，笑著走過來。

劉尚書慈眉善目地看神容一眼，對他道：「我這姪女可是趙國公府的心頭肉，眼看著就要回都了，我可得好生安排一下她的出行安全，有些事要與你商議。」

趙進鐮看了看神容，臉上意外一閃而過，仍堆著笑：「劉公請說。」

二人說著話走遠，神容沒跟上去，往礦眼走近兩步，朝下望，黑洞洞的，不免又叫她想起其中經歷過的情景，抬頭不看了。再環顧左右山嶺，竟覺得已經有些習慣這片群山了。畢竟以往也沒有哪處的山能這樣折騰她一番的。

隱約間似有人在看她，神容看去，對面那群被守著的犯人裡，那張左眼頂著白疤的熟悉的臉又露了出來。

「聽說小美人兒要走了？」未申五露出笑。

兵卒一鞭子抽上去：「放肆！」

未申五被抽了也只露了個狠眼色，臉上的笑還掛著，又盯住神容。

神容懶得看他：「我既要走了，也不計較你過往冒犯了，該做什麼做什麼，少在我眼前晃。」

「說什麼冒犯，姓山的可盯著老子呢。」未申五齜牙笑：「只是遺憾吶，還沒報答妳的救命之恩呢。」

神容只覺得他陰陽怪氣：「誰要你的報答。」說完轉身就走了。

兵卒的鞭子又抽了過去，未申五居然還笑著躲了一下，沒一會兒就陰著臉收斂了，眼睛盯著神容離開的反方向。

山宗黑衣獵獵，手提直刀，正自反向穿林而來。

未申五一直盯著他，等他到了跟前，又露出欠抽的笑來：「你的小美人兒就要走了，莫不是捨不得了，擺著這麼一副臉色？」

山宗居高臨下地垂眼，拇指抵在刀柄：「什麼臉色？」

後面的甲辰三動了動，拖著鐐銬的手摁住未申五的肩，生硬地道：「閉嘴吧。」

未申五似真被摁住了，怪笑一聲，沒再說。

山宗看了甲辰三一眼：「還好有人還記得我的話。」拇指終於離開了刀柄。

遠處傳出車馬聲，工部官員們已經走遠。

今日張威帶隊守山，聽說山宗來了，從另一頭趕過來：「頭兒，怎麼才來，金……不是，長孫女郎剛剛已隨工部的人走了。」

山宗已經聽見了，扣著刀走過那個礦眼坑口，「嗯」了一聲。

張威沒看出他有什麼反應，倒好像又多了幾分漫不經心。這幾日練兵他也大抵如此，但大家都很害怕，總覺得他好似更狠了點，不敢有半分懈怠。

張威瞎琢磨一通，跟上來，從懷裡摸出個冊子遞向他：「頭兒，這是刺史剛走前吩咐交給你的，說是那位工部老尚書的安排，請你自行定奪。」

山宗看了一眼，冊上確實蓋有工部印，接過來打開。

張威偷看他的神情，打開的時候還沒見有什麼，等看完才見他臉上有了點變化。

山宗兩眼倏然一掀，朝出山的方向看了一眼。

「劉尚書寫了冊子，委託崇君護送女郎回都。」山外回城的路上，趙進鐮坐在馬上，對旁邊的神容如是說道。

神容坐在馬上，剛扶了下頭上帷帽，聞言詫異地看他一眼，又看了前方劉尚書的馬車一眼。

趙進鐮看出她的意外，其實他也沒想到，劉尚書要跟他商議的所謂出行安排，竟然就是這個。說是為了讓趙國公安心，不能讓長孫家貴女就此上路，一定要安排人護送才可靠。

趙進鐮看看左右，低咳一聲道：「劉尚書應當只知團練使，不知是崇君，我也刻意未提。」

劉尚書是為愛徒來暫時坐鎮的，對於幽州團練使到底是誰，還真不需要特地過問。既然他沒問，趙進鐮自然不會多嘴，畢竟也耳聞了這位劉尚書與趙國公府交情不淺，多說多錯。

神容心想難怪，一邊轉頭往望薊山看了一眼，自她告訴了他要回長安的消息，還沒見過他。

趙進鏞又低咳一聲，想看她的神色，可惜隔著帽紗看不分明：「不過此事還要看崇君如何說，畢竟他任團練使三載以來，從未出過幽州，當初接受任命時便是這麼定的。」

是麼？那也未必能勞駕他護送這趟了。神容心裡回味一遍，若無其事地應了一聲：「有勞刺史，我知道了。」

暮色四合時，山宗回到軍所。

從馬背上下來，手裡還拿著那工部的冊子。他又看了一眼，隨手收進懷裡，刀夾在臂中，一隻手慢慢解著袖上護臂。

「頭兒？」胡十一從演武場過來，一直走到他的馬旁：「聽張威說金嬌嬌要走了，工部要你護送她回都？」

他的耳朵比誰都靈光，早聽到了風聲，又最是個按捺不住的，總是第一個冒出來。

山宗解下護臂，抖去灰塵，皮笑肉不笑地看他一眼：「你頭不疼了？」

胡十一頓時忌憚地後退半步，捂額說：「我只是覺得不對，你可是從不出幽州的啊。」

他記得三年前剛入軍所時，就聽過山宗的任命狀，雖一帶而過，也記得那八個字：永鎮幽州，不出幽州。

這三年來確實從未見他離開過幽州半步，如那八字所言，他就是永鎮此處的架勢。

山宗拿下臂彎裡的刀，嘴角笑一下，什麼也沒說，轉頭走了。

推門進了自己的那間營房，他才又從懷裡摸出那冊子，最後看了一眼，連同刀一併按在桌上。

的確已經三載未出幽州。護送長孫神容回長安，他從沒想過會有這樣的安排。

山中忙著交接的時候，官舍裡已經著手收拾了好幾日。到了出發這日，也就沒什麼可收拾的了。

長孫家的僕從沒打算全帶走，畢竟長孫信還要來。這官舍如今不像山宗的地方，倒好像成了他們長孫家在幽州的一處別館了。

車馬已經齊備，廣源站在府門外看著，此時垂頭耷耳。他多希望有朝一日郎君能跟貴人一同回去，回去繁華的東都洛陽，貴不可及的山家。眼下，貴人就要走了，郎君卻連人影都不見，想來已成泡影。

正要嘆息，紫瑞和東來一前一後出來了。

神容身罩披風，一手按著懷中書卷，出了官舍。踩著墩子登車時，她稍稍停了一下，忽朝街道一瞥，行人寥寥，無兵無馬。

紫瑞眼尖地問：「少主可是還有事要等一等？」

神容目光收回，輕輕抿了抿唇，直接登車：「沒有，走吧。」

昨日已與劉尚書道過別，趙進鐮夫婦原本想要為她餞行也被她婉拒了。於是今日馬車駛過城中長街，一路只有長孫家一行，一如她來時的光景。

時候尚早，城門未開。

馬車停在城下，東來近前去通傳。

城頭上閃出胡十一的身影，他往下喊：「知道了，這便給你們開城！」

馬車門簾掀開，神容朝城上看了一眼。

胡十一打發了城頭守軍去開城門，正好在上方看到她微微探出的身影，摸了摸鼻子，竟然莫名地有些感慨。

這金嬌嬌起初叫人覺得她脾氣傲，惹不起，可久了居然習慣了，幽州沒了她，那望薊山裡也沒了她，便總叫人覺得好像少了點兒什麼似的。他忽然想起什麼，從城頭上往軍所方向遙望。

山宗那日從山裡回了軍所後，一直沒有提起這事，也不知今日會不會來。

胡十一想，應當是不會了，畢竟三年沒出過幽州，那是任命時發下的話，必然是有分量的，以頭兒說一不二的做派，怕是這次也不會例外。

城下，馬車緩緩通過。

天半青半白，朔風漫捲過荒野，拍打在馬車兩側。空蕩無人的官道上，安靜得連南去的雁鳴也沒了。

車簾被吹動，神容覺出明顯的寒冷，呼氣時竟發現鼻間繚繞起淡淡的白霧，冬日到了。

霍然遠處馬蹄陣陣而來，一隊人馬如閃電奔至，將長孫家車馬前前後後圍了個嚴實。

東來迅速應對，打馬車前，差點就要抽刀，待看清那群人馬的模樣，又收刀退後。

神容揭開車簾，馬車外面，軍所裡的兵馬齊齊整整地裝束甲冑，圍住左右，也擋住他們的去路。

後方，一身胡服貼身收束的男人提著刀，打馬而出，朝她的馬車而來。

神容一直盯著他到了面前，才確信真的是他。她的手指撥著車簾，其實很意外，但面上無事發生：「這是做什麼？」

山宗停在她的車前：「送妳。」

「怎麼送？」神容挑眼看他：「聽說你三年沒出過幽州了，只在這裡送行一段的話，倒也不必如此麻煩。」從上路到現在，她其實沒抱希望他會來了，說完這話她便要拉下門簾。

手被一截冷硬的物事攔住，山宗的刀鞘伸過來，隔著她的手，不讓她放下門簾。

「確實麻煩，安排到現在才能趕過來。」他的臉在黯淡的天光裡看不出有沒有笑，或許語氣裡有：「護送妳回長安。」

刀鞘這才抽回，神容一時意外，手一垂，門簾落下。

他的身影隨簾落時調轉馬頭，已在旁開道。

後方城頭上，胡十一兩手搭額，仔仔細細看出個大概，驚訝萬分。

頭兒居然要踏出幽州了？就為了金嬌嬌！

出幽州往長安方向，雖一路放晴，但氣候的確已經入了冬。

一個小小的暖手爐在懷裡擱著，車裡瀰漫著爐中逸出的淡淡薰香。神容在手裡摩挲了一下，揭開門簾朝外望。

馬車此時正行在山道上，左右兩側皆是護衛的軍所兵馬。當中男人黑衣烈馬，一手鬆鬆地抓著馬韁，刀橫馬背。

神容車簾半揭，朝後方來路看了一眼，又看他，他三年未出幽州，如今卻早已身在幽州之外了。

山宗似背後長了眼，忽然回頭：「怎麼？」

神容與他的眼神撞個正著，想了想說：「你三年才出一回幽州，就不用擔心麼？」

他問：「擔心什麼？」該安排的他都安排好了，不然也不會在她快走的時候才趕到。只不過胡十一和張威此時大概已經累得喊苦連天了。

神容想一下：「幽州安防，再比如那些底牢重犯，都不用擔心？」

「沒事。」山宗語氣依舊篤定：「近來安防無事，那群人我早說過了，他們不會跑。」

「萬一他們知道你走了，便不管那四個人了呢？」

「那也要看到我死了，他們才會甘心跑。」

這一句隨口而出，神容卻不禁將門簾掀開了點：「為何，他們跟你有仇？」

山宗笑一聲：「沒錯，血海深仇。」

神容看他神情不羈，語氣隨意，這話聽來半真半假，不過想起那個未申五處處與他作對，倒的確像是有仇的模樣。

「少主，到了。」一旁東來忽而出聲提醒。

神容思緒一停，朝前看，身下馬車已停，前方是一座道觀。

山宗下馬：「走的是捷徑，今晚在這裡落腳。」

神容看著那道觀：「我認識這裡。」

他轉頭問：「妳來過？」

她搭著紫瑞的手下車：「來過。」他們來時也是走捷徑，這道觀就是她來的時候住過的那座，怎麼沒來過。

兵馬進觀，知觀聞訊來迎，看到神容的馬車和一行長孫家的隨從就認出來了。

「原來是貴客再臨，有失遠迎。」知觀一面說著，一面去看那些入了這清淨之地的兵卒。

道家的講究觀相識人，知觀只看到為首的男人眉宇軒昂，卻提刀閒立，凜凜然一股貴氣與戾氣交疊，分不清黑白善惡模樣，與之前那位溫和的長孫侍郎可謂一天一地。原本他想說一句清修之地不好帶刀入內的話，最後到底不敢說。

一番料理過後，天色便不早了。神容在善堂用了飯，回房時天已擦黑。

房內已點亮燈，她進去後看了看，還是她來時住過的那間。

外面還沒安靜，一下來了太多人，這小小的道觀根本塞不下去，光是安排客房就要頭疼半天。神容在屋裡聽見山宗的聲音：「隨意安排一間便是，我沒那麼多講究。」

隨後知觀回：「是。」

她往外看，紫瑞正好端著水進來伺候梳洗。

「少主，知觀打聽了一下您與山使的關係。」紫瑞小聲說：「說是怕安排的客房不妥，冒犯了您。」

神容回味著方才山宗的口吻，無所謂道：「隨意，我也沒那麼多講究，他既身負護送之責，又哪來的什麼冒不冒犯。」

紫瑞記下她的話，一邊送上擰好的帕子。

待外面澈底安靜下來，已然入夜。

神容身在這間房裡時沒什麼，坐在這張床上時也沒什麼，到在床上躺下，閉上眼睛，卻漸漸生出了不自在。

她睜開眼，黑暗裡盯著那黑黢黢的帳頂。都怪她記性太好，在這熟悉的地方，竟又記起了曾在這裡做過的夢。

就在這張床上，她夢裡全是那個看不清的男人。寬闊的肩，肩峰上搖搖欲墜的汗，汗水似在眼前不斷放大，映出她燭火裡迷蒙的臉……

神容一下坐起，一手按在懷間，壓著亂跳的心口，心想瘋了不成，竟又回想了一遍。

她赤著腳踩到地上，去桌邊倒了杯水。水涼了，喝入喉中涼得不適，她摸摸胳膊，又坐回床上，摸出書卷，想看著分一分神，可一直沒點燈，人拿著書，毫無睡意。

「破地方，以後再也不來了。」她低低呢喃一句，將書卷收好，穿了鞋，開門出去。

紫瑞還在外間睡著，絲毫不覺。

神容出了門，迎頭一陣涼風，沁人心脾，倒叫她方才亂七八糟的思緒散了一散。

旁邊忽然有兩聲腳步響，是故意點了兩下，彷若提醒。神容轉頭，看見月色下男人的身形，貼身的胡服被勾勒出來，寬而直的肩，緊收的腰，腳下身影被拉出斜長的一道。

「你怎麼在這兒？」她下意識問。

山宗低低說：「後半夜了，照例該巡一下，妳當我護送是倒頭就睡？」

她沒做聲。

「妳出來幹什麼？」山宗其實早就聽到裡面的動靜了，走來走去的，大半夜的是不用睡覺不成。

「那房裡睡得不舒服。」神容瞎找了個理由，聲音壓得低低的，怕被人聽見。

山宗話裡有笑：「哪兒不舒服？」

「做了個噩夢。」

「什麼噩夢？」

神容瞄他一眼，又瞄一眼，最後說：「我忘了。」

山宗心想在山裡落難都沒被嚇著，如今倒被個夢嚇著不敢睡了，看了她身上只披了外衫的單薄模樣一眼，卻也沒笑。

「那要如何，妳就在外面站著？」他一隻手伸出去在旁推了一下，一扇門應聲而開：「妳要實在不願睡妳那間，就睡這間，五更時我叫東來將妳的侍女叫醒來伺候，不會有人知道。否則病倒了才是噩夢，路都上不了，還回什麼長安。」

神容腳下走近兩步，看那扇門：「這是誰的？」

「我的，現在不用了。」他頭歪一下，示意她進去，「也沒別的房給妳了，除了妳那間，就這間是上房。」其餘的客房幾乎都是幾人一間的擠著。他說完又笑著低語：「放心，我不會說出去的。」也不知是說她做噩夢的事，還是換房的事。

神容看了那扇門一眼，又看他近在眼前的身影一眼，另有一種不自在被勾了出來。居然叫她去睡他睡過的床，這算什麼？

「卑鄙……」她低低說。

「什麼？」山宗聽到了。

「問什麼，我知道你聽到了。」她輕聲說：「你就是想要弄我，一邊退避三舍，一邊叫我去睡你的床，回頭指不定還會再來嗆我一回。」

山宗盯著她，黑暗裡的臉看不出什麼神情。有一會兒，他才笑出一聲：「那妳倒是別大半夜的站在外面，還叫我瞧見。」他一手握住她的胳膊，往回送，「當我沒說，回去。」

神容猝不及防被他抓到胳膊，才察覺自己身上已被風吹涼，他的手抓住的臂上是滿滿一掌溫熱。

她還沒往回走，忽有聲音混著腳步由遠及近而來：「頭兒！」

山宗反應極快，抓她的那隻手改推為拉，一把拉回來，就近推入眼前的房門。

門甩上的瞬間，就聽見腳步聲到了門外，一個兵在喚：「頭兒！」

神容被他扣著按在門背後，他口中若無其事地問：「何事？」

外面報：「有人闖入！是一隊兵馬！」

神容一愣，被他手上按緊，半邊肩頭落在他掌中，熱度全覆上來，驅了寒涼，叫她不自覺顫一下，忍住。

「什麼兵馬？」山宗又問。

兵卒回：「是此地駐軍，直衝進來，說凡幽州軍過境必查，頭兒是否要下令應對？」

山宗忽而笑了一聲：「我知道是誰了，先別動手。」

說完他一手攜著神容往裡去，直推到牆角，那裡設案擺燭，供奉三清。地方太小，山宗將她推進去，一手扯下上方搭著的軟帳垂簾。

神容不知背後靠著哪裡，只覺得整個人被壓在又窄又小的一角，身前就是他的身影，動不了，被他扣著，垂簾一拉，她幾乎完全貼在他懷裡，像被抱著。

之前在山腹裡也被他抱過，但當時全然想著出去，不像這回，她能清楚地感覺出他抵著她的肩和胸膛有多結實。

她的手垂在身側，抵著他的腰，手指一動，刮過他的腰側，又被他一下貼緊壓住，無法動彈。呼吸略急，她胸口起伏，又想起夢境，但夢裡沒有他的氣息，此時周遭全是。

果然卑鄙。她咬著唇想。

山宗這一番動作又快又急，完全聽著外面動靜而動，怕她出聲被察覺，根本不給她動彈的機會。但她此時不動了，他便也不動了。

她穿的太單薄，襦裙坦領，他眼前就是她頸下大片的雪白。那片雪白微微起伏，以他的眼力，在昏暗裡也被他看的一清二楚。他耳朵聽著外面的動靜，牽扯著她的鼻息，慢慢轉開眼。

彼此無聲的瞬間，外面亮起火光，有人舉著火把到了門外，腳步陣陣，這架勢是來了一大群人。

「領幽州軍的就在這間房裡？」一道聲音問。

周遭傳出齊整的拔刀聲。

那道聲音道：「幽州軍自我境內過，居然還要對我方拔刀相向？是想吃罪？」

門赫然被破開。

聲響的瞬間，神容看見山宗的臉朝她一轉，食指豎在嘴邊，做了個噤聲的動作。下一瞬，身上一空，幾乎在有人進門的同時，他就掀簾出去了。

火光映在門口，沒照進來，神容在垂簾縫隙裡剛好能看見門口來人模樣。是個年輕男子，瘦高面白，眼睛細長，同樣著武裝胡衣，配的是柄寬刀，掃視四下，「領軍的人在何……」話音驟停，他的目光落在簾外，臉色一變：「山宗？」

山宗擋在垂簾前，整一下被壓皺的衣襟，又收緊了綁著的護臂，才看他一眼：「怎麼，頭一天認識我？」

對方打量著他，火光照出細長的眼，裡面沒有善意：「我接到消息說有幽州軍過我檀州地界，居然是你本人親率，我是看錯了不成，你居然出幽州了？」

山宗說：「既是我本人親率，還有什麼問題，勞你檀州周鎮將半夜來查？」

「兵馬過境就該查，何況過的是你幽州軍，我更要查。」對方看著他，回得很冷硬。

神容透過垂簾縫隙暗暗看著。

此地屬於檀州，她記得以往幽州還有節度使一職時，下轄九州與兩縣，檀州也是下屬州之一。如今沒了節度使，各州分治，也分出了各州軍政。檀州地位不及幽州重要，因而軍政之首只稱鎮將，不比團練使。

她覺得這個姓周的將領半夜突襲，如此行為，好像是有意針對幽州軍而來。再回味一下，又覺得不是，更像是針對山宗。但隨即她就看不分明了，是山宗又往簾前擋了一步，遮住了縫隙：「下州鎮將，還沒資格查本使。」

對方的臉色頓時不好，白臉裡透出微青：「既然各州分治，這裡不是幽州，在我的地界，我就能搜查你所有人，每間房。」

神容下意識捏住衣角，兵馬莽撞，或許他真做得出來。

忽聽外面一聲笑，山宗拖過一張胡椅，在簾前一放，衣擺一掀，坐了上去，一手執刀撐地，兩眼盯著他，嘴角始終掛著抹笑：「你可以試試，敢在我這裡搜半寸，我也不介意二州相鬥，在道門之地見血。」

剛才破門而入的兵手中火把一晃，竟各自後退了半步，因為都知道他從不說空口虛言。方圓各州，誰人不知道幽州團練使是怎樣的為人。

對方臉色幾度變幻，一言不發，似在權衡。

山宗就這麼撐刀坐著，冷眼相看，與他對峙。

許久，大概久到火把都快燒去半截火油的時候，他才終於揮手示意左右別妄動，看著山宗道：「我的確沒算到來的是你本人，算你有種，為了不讓我搜查，連這種狠話都放了。」

他環顧左右，又道：「聽聞觀中還有其他貴人在，今日就先到這裡，免得鬧大了難看。」

說完沉著張臉轉頭走了，邁出門去時手上緊按著寬刀，憋了一肚子火的模樣。

左右持火來兵紛紛隨他退出。外面的幽州軍防範到此時，才陸續收刀回列。

東來在門外緊跟著道：「山使，少主……」

「沒事。」山宗及時打斷他的話。這麼大動靜，一定把全觀都驚動了，只要那房裡紫瑞一醒，必然會發現他們的少主不見了。山宗撐刀起身，朝門外吩咐：「關門，收隊。」

一名兵卒立即將門關上，外面眾人腳步聲離去，房中再度暗下。

垂簾被掀開，山宗走了回去，神容還在暗處站著。

「那是什麼人？」她問。

山宗說：「檀州鎮將周均。」

神容低低哼一聲，心想以後就別叫她再遇見此人，口中又問：「他也跟你有仇？」

他笑：「沒錯，我仇人很多。」

神容虛驚一場，看他的身影一眼，還想著他方才攔在外面的模樣，本要轉身，發現身前被他堵得嚴嚴實實，才察覺出應該出去了，可又被他擋著進退不得，輕聲說：「讓開。」

山宗看著她在身前輕動的身影，昏暗裡她聲一低，便有些變了味。他的聲音也跟著變低：「等著，等外面沒動靜了，我先出去。」說完他真的靜靜地等了一瞬，臉始終朝著她，直到聽見外面自己的兵卒都歸了隊，腳步已遠，才轉身掀簾出去。

門拉開，外面又傳出東來的聲音：「少主她……」

「跟我走。」山宗發了話，頓時外面連最後一點動靜也沒了。

神容理了理衣裳，這才匆匆出去，拉開門，提著衣擺，直到邁入自己房中都走得很快，關上門時又捂了捂心口，才舒出口氣來。

第十二章　檀夜

「少主昨夜後半夜是去了哪裡嗎？」早上動身前，紫瑞忍不住悄悄問神容。

昨夜她被突來的兵馬動靜驚醒，就發現少主不見了。等她急忙出去叫東來找了一圈再回來，卻又見少主好好地回來了，就躺在床上安然地睡著。怕打擾她安歇，紫瑞一直忍著沒問，直到此時要走了，才有機會悄悄問出口。

神容走出房門，手指上繞著披風領口的繫帶，語氣清淡地說：「沒出去過，定是妳瞧漏了，我一直在房裡，外面那麼亂，我早聽見了，又怎會出去？」

紫瑞跟上她的腳步，心想或許自己被那群突來的兵馬給弄慌了，所以才看漏了？

道觀外已經準備好要啟程。神容走到最外面的三清殿，一眼看見山宗已經在殿裡站著。

她的腳剛邁進去，他的目光就看了過來，不偏不倚與她的視線對上，彼此不動聲色地對視。昨夜後半夜的事，各自心照不宣。

旁邊知觀的聲音傳來，神容才轉開眼。

殿中香案上擺著香燭祭品，眾道士正列在兩邊輕聲誦經。知觀挽著拂塵上前來，呼一聲「三無量」，施禮道：「昨夜出了那樣的事，定然驚擾貴人了，今早在此設香供奉，以求保佑，願此後都不會再有此等兵戈之事出現在這小小山門。」

神容看他挽著拂塵的那隻手裡還端了盞清水，裡面搭著一支飛禽如雪的白羽毛，問道：「這是要做什麼？」

知觀道：「這是取水能清淨萬物之意，貧道請為貴人去一去晦雜之氣，也是希望此後貴人一路都能順意了。」

神容料想昨晚那一出叫這些道士們嚇個不輕，但引出這事的人此時就在旁邊站著呢。她挑眼看過去，朝著山宗道：「我就不用了，倒是有人需要的。」說著兩指捏住那支白羽毛，沾了沾盞中清水，往旁一步，走到山宗跟前。

山宗發現她走近就看住了她。

神容手持羽毛，一臉認真地在他肩頭左右各點了兩下，一面振振有詞說：「願君去晦，此後少有仇人上門尋釁。」

輕飄飄的羽毛從他左肩跳到右肩，無意間拂過他的下巴、喉間，輕微的癢。山宗喉頭不自覺一動，垂眼，看見自己黑色的胡衣肩頭留下了點點幾滴水跡，眼睛又看向她。

神容做完了，看他一眼，轉頭將羽毛放回知觀手中，大約是覺得他那威威齊整的戎裝肩頭被她拂了這幾滴水有些好笑，眼睛都彎了。

山宗看的一清二楚：「有這麼好笑？」

神容抬起頭，一本正經說：「我哪有笑？明明很認真地為你去晦了，竟還不領情。」說完便舉步出了殿門，要登車了。

山宗一直看著她出去，揚起嘴角，又看了肩頭一眼，抬手拂了一下，笑還在嘴邊。

知觀看了他幾眼，見到他露出這出乎意料的笑頗為不可思議，才敢上前搭話，奉上一枚疊著的紙符：「這是為貴人準備的平安符，還請郎君轉交。」

山宗看了一眼，又朝外看了剛剛落下的車上門簾一眼，笑才收斂：「免了，這一路她由我護，用不著這個。」

知觀愣一下，尚未來得及應話，他已經一手提刀，大步出殿走了。

眾人上馬，隊伍啟程。

離開道觀的那座山，馬車駛上官道，神容從敞開的窗格朝外看。茫茫寒涼時節，兩側是一望無垠的荒野。塵煙瀰漫過處，荒野遠處隱隱顯露了一群騎在馬上的人影。

離得太遠，神容正想瞇眼細看，窗格旁傳來山宗的聲音：「不用看了，還是他們。」

她便會意了，果然還是昨夜那個叫周均的鎮將，「難道他們還想再來一次不成？」想起昨夜的事她便不悅，險些被撞見不雅的模樣，眉心都蹙了起來。

「他們不敢再來，除非真想動手。」山宗說著，帶笑不笑地看向窗格：「如果他們再過來，那豈不是說妳剛才在道觀裡那一番是白忙活了？」

神容聞言不禁朝他肩上那點滴未乾的水跡看一眼，仍有些想笑，還是忍住了。

堂堂團練使，竟就這樣肩掛水跡的上了路。一定是他浪蕩慣了，才會這樣一點也不在意。

直到出檀州，周均的人馬果然再未出現。

因走捷徑之故，隊伍不用多久就遠離了幽州河朔大地。自北而來的寒風隨著他們的隊伍一路同行，進入了腹地才開始轉小。天上的日頭雖依舊很遠，但比起河朔幽州，勉強還是能感覺出淡薄的溫度了。

馬車緩緩駛向前方的城門。

紫瑞坐在車門外，算了下這連日來趕路的時辰，因為捷徑上時常落腳不便，大多時候都暫歇一晚就繼續上路，一直沒好好在哪座城裡待上一待。此時就要入眼前這城，也算是沿途難得一見的熱鬧情景了，於是她回頭問簾內：「少主，進了城可要停下歇一歇？」

神容在車內說：「那就停車吧。」

隊伍在城門口停下。城頭上有守軍，遠遠看見有兵馬到來，例行下來兩個人見詢。

山宗坐在馬上，從懷裡取出那份蓋有工部印的冊子出示了一下。

神容揭開車簾下來，戴上披風上的兜帽，朝他那裡看了一眼。兩邊軍士已經互相見完，守城軍見是有京務的兵馬便客客氣氣地請山宗入城。

山宗朝她這裡看來，見她出了車，便也下了馬，將韁繩交給後面的兵，走了過來。

神容見那兩個問詢的守城軍還追著他身上看了幾眼，又看了看她這裡，這才陸續回去守城了。

她問山宗：「他們做什麼要看你我？」

山宗無所謂地一笑：「管他們做什麼，愛看就看。」

神容便沒在意，轉身朝城內走。

紫瑞想少主應是坐久了馬車乏了，想要走一走，便和東來領著人在後面跟著。

山宗回頭示意自己的兵成縱隊在後護衛，不知不覺與她並肩而行，腳下已經走出半條長街。

路上偶爾有路過的盯著他們瞧，神容發現了，低聲說：「我怎麼總覺得有人在瞧我？」

山宗早看過周圍，提刀的那隻手玩兒似的，拇指在刀鞘上一按一按，嘴裡說：「有些是好奇的百姓，有些是小毛賊，興許是想看看有無機會動一動歪腦筋，誰讓妳看著就是個貴人。」

神容抬頭看他一眼，其實他只要換身裝束，如以前那般錦衣貂裘，又何嘗不是一副貴人樣。心裡只過了一下，她隨口問：「你怎麼知道？」

「以往幽州賊匪遍地，這種人我見多了。」山宗腳下一轉，從她身後繞過，走到外側，將她擋到道路裡側，眼朝路邊一掃，頓時兩個鬼鬼祟祟跟隨的身影就調頭跑了。

神容這才相信了，不禁又看他一眼。他平時很壞，這種時候卻還是叫人心定的。

山宗連神情都沒變過，對上她的視線才露了點笑，隨之又收斂了。他腳下沒停，稍微朝後偏了下頭，忽而朗聲說：「都在這裡等著。」

後方跟著的紫瑞和東來對視一眼，停下，他的那隊兵也跟著停下。

神容剛回頭看來，就聽他低聲說：「跟著我走。」

她微怔，看看左右，不動聲色地跟上他的腳步。

山宗起初只是慢條斯理地提著刀走，神容便不緊不慢地跟著。到了前方岔道口，他先拐了進去。

神容走到那兒，也跟著拐進去，從方才的主路拐到了眼前的小路上，卻沒了他的身影。

一隻手忽然伸出來抓住她的手腕，她一轉頭，人已被拉入側面一扇矮牆後。山宗的聲音低低響在頭頂：「別聲張，還有人跟著我們。」

神容錯愕，看了看他近在咫尺的衣襟：「還是毛賊？」

「應該不是，看起來是同時盯著妳和我兩人的，叫別人等著，才好把引他們出來。」山宗眼睛看著外面，面沉如水：「應該快來了。」

神容剛想問要如何應對，就見他臉上露了玩味的笑來：「走，玩兒他們一下。」

他又朝外走，腳一動才發現手還扣在她的手腕上。神容由他拖著手，正兩眼看著他。

山宗這才鬆開，好笑地摸了下嘴，她一路捧著暖手爐，袖口沾染了薰香，似也沾在他手上，抹到了口鼻間，清晰可聞。

神容看他走出去了才跟上，仔細聽了又聽，沒聽到什麼，只能看著他的動靜。

山宗忽然停了，手裡又和玩兒一樣的在摸刀鞘。

神容見他停下，表面無事一般走過去，伸出手，在他腰上綁縛護腰的革帶搭釦上按了一下，彷若妻子為丈夫整理衣裳一般自然，藉著靠近，輕聲問：「哪裡？」

山宗不禁垂眼去看她的手，那隻白嫩的手五指纖長，從他腰上抽離。他不確定她是否有意，但他的確多看了幾眼。

「別問，一直走到頭等我。」他壓著聲，一手在她的腰後輕推了一下，眼神示意她往前。這下順水推舟，看起來倒真像是彼此親密的了。

神容往前走時，總覺得他是故意的。

走到盡頭是個死巷，她這才明白山宗是在找地方動手。她怕還有人在暗處盯著，往巷裡多走了幾步，一面猜測著是誰一入城就盯上了他們。若是只盯著山宗，那可能還是他的仇人，可盯著他們二人，那會是誰。忽然想到，難道是熟人？

沒多久，忽然一聲痛嚎，神容聞聲轉頭，就看見一人被狠狠摔了進來。

山宗擋在巷口，刀未出鞘，直接抵在那人喉嚨上，低聲問：「誰叫你來的？」

也不知他是如何動的手，那人躺在地上已說不出話來。

忽然外面有道聲音喊道：「等等！」

山宗冷笑，側過身：「這時候才算真現身了。」

神容朝巷口外看去，一馬疾馳而至，馬上下來一個身著甲冑的少年，快步過來，一看到山宗就跪了下來，頭直點到地上：「大哥，你終於回來了。」

山宗看了他一眼，緩緩收了刀：「是你。」

神容馬上認了出來，打量著他，那是山宗的么弟山昭，沒想到會在這裡遇見。

山宗臉上竟沒多少意外：「城頭守軍是山家軍，所以進城就盯上我了。」他其實進城時就有數了，只是沒想到自己的親弟弟在這裡。

山昭一下抬起頭，「終於見到大哥回來，不敢貿然相認，才悄悄派人跟隨。」他又看向神容，這下眼睛都紅了：「嫂嫂，我沒料到妳竟跟大哥一起回來了。」

神容一怔，看山宗一眼，不自在地別過臉：「你叫錯了。」

山昭是山宗一母同胞的嫡親弟弟。三年前，神容還在山家時，他還是個半大的孩子。如今即便跪著，也能看出竄高了一大截，長成了少年模樣。

那時候山宗領兵在外，山昭因為年紀小終日在家，所以認真計較起來，在神容那半年的山家生活裡，跟他這個弟弟反而還要更熟一些。一個是長孫家老么，一個是山家老么，本也投契。

後來她和離遠去時，恰逢山昭入營受訓，一別三年，再也沒見過。

大哥三年未見，嫂嫂也是，難怪山昭一見他們就紅了眼。他爬起來，把地上躺著的那個兵拽起來往外推，打發人走了，只剩下重逢的三人，才吸吸鼻子，面朝神容道：「都怪我當初不在家中，沒能攔住嫂嫂，嫂嫂如今不認我也是應該。」

神容又蹙眉，心想這是岔到哪兒去了，低聲說：「少胡說了，那與你何干？」說著瞥旁邊的山宗一眼。

山宗也看她一眼，臉上又是那副似笑非笑的表情，但一下就隱去了，伸手提一下山昭後領，「行了，這麼大的人還這德行，沒點長進。」而後又看神容一眼：「走吧。」

神容正要跟著他出去，袖口忽被扯住了。

山昭拽著她的衣袖，另一手直接抓著山宗的手臂：「大哥，在我這裡留一留不成嗎？」說著眼睛又要紅了。

神容對他這模樣一點也不奇怪，她記得他十分敬仰山宗這個大哥，有事沒事都把他掛在嘴邊，曾經那半年裡，但凡有他大哥在外的消息，都是他第一個跑來告訴她——

「嫂嫂，大哥還有三五日會經過洛陽，說不定到時能回來看妳。」

「嫂嫂，大哥又換地方了。」

「這回我也不知大哥調兵去哪裡了，嫂嫂不用掛念，等我有消息了就來告訴嫂嫂……」

想到這裡，她有些不忍心，一時站住了。

山宗看了被他抓著的胳膊一眼，又看了神容一眼，笑著嘆氣：「行吧，左右也是要落腳，說地方吧。」

山昭頓時大喜，鬆了手出去帶路：「不遠，大哥快隨我來。」

半個時辰後，軍所人馬齊整地進入城中守軍住所，在空曠的高牆大院裡停下整歇。長孫家護衛隨從由紫瑞和東來領著，一併跟了過來。

山昭此時心情平復了，一到了地方便要親自送神容去後方住所。那裡有一處兩層的小閣樓，存放兵書用的，平時不住人，如今正好可以給他嫂嫂這樣的貴女住。

他沿著長廊在前帶路，邊走邊說：「我隨軍在河東一帶駐守有半年了，今天能看到大哥攜嫂嫂同歸，才知道來這裡是值得的。」

神容緩步跟著，看了看他的側臉。

山昭跟山宗雖是一母所出，但並不相像。山宗劍眉星目，一張臉稜角分明，天生一副自帶威儀的英氣，一舉一動張揚不羈。他這個弟弟卻要面貌柔和許多，看著就是好脾氣，本身也的確是個服帖好說話的秉性。

她不免放軟點語氣：「都說了你叫錯了，我已不是你嫂嫂了。」

山昭自然記得和離那樁事，可看她都隨大哥一起回來了，難道不是事有轉圜？他想可能是對山家存有不快，心裡反而越發內疚，腳下慢慢停在閣樓大門前，為她打開門：「可是我心裡只認妳這一個嫂嫂，不叫嫂嫂又能叫什麼？」

神容被他的話弄得不知該說什麼，提著衣裙入樓時說：「隨你，反正別再叫我嫂嫂。」

山昭目送她進了樓，再回到長廊上，看見大哥在那兒站著，腳步就快了：「大哥。」再見他，山昭又要施禮。

山宗刀鞘伸過來一托，攔住了，一手在他的肩頭拍了兩下，勾著唇說：「還不錯，這三年結實了不少，就是動不動愛哭的毛病沒改掉，哪像個山家爺們兒。」

山昭強忍著如潮的心緒：「我比不上大哥，山家的兒郎就沒人能比得上大哥。」

自小山宗就是他們山家子弟仰望的目標。他是山家老大，從小驚才絕世，除去一副不羈的秉性，幾乎沒有缺點。

山家兒郎到了年紀都要入營。家中希望他有所收斂，特地讓他學文到十五歲才入營。可即便如此，短短三年他就練出了一支強悍兵馬，成了令人聞風喪膽的領軍將才。

人如其名，他就是山家之宗，萬心所向的砥柱。山昭至今記憶最深的，還是很小的時候，跟著他在雪地裡演練兵法的場景。只有那時候山宗才是最清閒的，會時常在家，披一身厚厚的貂領大氅，拿著截樹枝就如利兵在手，懶洋洋地立在山家的練武場裡指點他。

那時候他玩心重，根本不想學，反正怎麼學都是趕不上大哥的。山家有他大哥一個天之驕子就夠了。可他沒想到，後來大哥與嫂嫂和離，居然斷然離開了山家。

「想什麼呢？」山宗手裡刀鞘敲他一下。

山昭回了神，為了證明自己是個爺們兒，只能堆出笑：「我見大哥回來高興，還以為這輩子見不到你了。」當初他跟嫂嫂和離，引起家裡軒然大波，山昭想去找他，卻身在軍營，始終沒能成行。

他還是山家那個無人企及的標杆，但也是離經叛道的反例。如今在山家已成禁忌，幾乎不敢提及，就怕觸及長輩傷心。

山宗笑一聲：「我知道你在想什麼，我的事，你就別操心了，該幹什麼幹什麼，別弄得像生離死別一樣。」說完刀鞘又在他肩頭一敲，就如當年教他時，樹枝偶爾教訓上來的一個抽打，轉身走了。

山昭看著他的背影，總覺得他還是當初的大哥，可到現在他並未應自己一聲。如今他脫去了貴胄華服，胡衣烈烈，卻像比以往更加浪蕩，更難以束縛了。

閣樓裡點上燈的時候，神容已在樓上待了幾個時辰，一直在看書卷，連飯也是在房內用的。

她是不想再對著山昭的紅眼眶，屆時肯定又要一口一個嫂嫂的叫她。她要真硬起心腸，想起那半年相交，又覺得他可憐兮兮。

紫瑞送了熱水進來，豎起屏風。難得有個不錯的落腳處，今日能為她備湯沐浴。

神容走進屏風時，紫瑞剛試了試浴桶裡的水溫，屈膝說：「熱度剛好，少主稍候，我去取澡豆來。」說完先退出房去了。

神容聽了下外面的動靜，一點也沒聽出來，一對親兄弟三年沒見，居然沒一點熱鬧。而後想起山宗先前的模樣，好像也不奇怪了，從見面到現在，分明就是山昭一頭熱。

她邊想邊解了腰帶，褪去外衫，剛搭到一旁架上，聽見門響，有人進了門。以為是紫瑞，她自然而然地吩咐：「過來吧，可寬衣了。」

沒有回音，她轉頭，半邊身子探出屏風，一眼看見門口側身站著的男人。

山宗一手搭在門上，看起來正要出去，但已經被她發現了。他收回手，看她一眼，嘴角揚起：「這我就不能幫忙了，是山昭那小子搞錯了。」竟然告訴他在這裡安置，來了就看見屏風後霧氣蒸騰，女人的身影婀娜正在寬衣，根本是長孫神容的住處。

神容看自己身上一眼，想起剛才居然叫他過來寬衣，耳後有點生熱，看著他的眼神動了動：「你都看到了？」

山宗嘴角的笑深了點，實話實說：「隔著屏風，並沒看清。」

神容看到他那笑，耳後更熱了，一咬唇，從屏風後直接走了出來：「如何，你還要看清點不成？」

山宗的眼神漸漸凝住，看著她從屏風那裡走到跟前。

她身上只剩一層薄薄的中衣，白而輕透，若隱若現裡面軟綢繡紋的抹胸，一根繫帶輕束腰肢，半鬆半解。偏偏她還逆著燈火，身線婀娜起伏，在他眼底勾勒描摹得淋漓畢現。

神容抬頭，露出大片雪白的頸下：「你看啊。」

說完這話，她就看見山宗的眼輕瞇了一下，眼底斂盡了燈火，幽沉裡蘊了兩點亮，那點亮裡是她抬起的臉。

他的唇角依舊提著，薄薄輕啟：「看來我說的話妳已經忘了。」

她眼珠動了動：「什麼話？」

肩上忽然一沉，他的兩隻手伸了過來，一左一右捏住她肩上微敞的衣襟，往中間拉著一掩，遮住那片雪白：「我說過，妳再這樣，遲早要吃虧。」

神容被他兩手緊緊收著衣襟，不得不頭抬高，正對上他黑如點漆的眼，只覺他方才手從自己肩下蹭過，有點火辣辣的疼。

「吃虧的也可能是你。」她掙扎一下，想撥他的手：「鬆開。」

山宗被她的強勁弄笑了，不僅沒鬆，騰出隻手，連她那隻手也制住了，往前一步，迫使她後退。

神容被他的身軀威壓退了兩步，到了牆邊，他手鬆了。身側一響，推開了窗。

門緊跟著被吱呀一聲推開，神容扭頭，紫瑞走了進來，手裡捧著裝澡豆的小袋：「少主，請入浴吧。」

她一回頭，窗戶大開，哪兒還有男人的身影。

紫瑞見窗戶開著，過來關上，小聲嘀咕：「什麼時候開的，我分明關上的。」

神容理一下被男人扯皺的衣襟，又摸一下肩下，到此時才察覺頸邊也是燙的。走入屏風時她一隻手還按著，低聲說：「不用管，闖進來隻野貓罷了。」

閣樓外隔了棟院子就是山昭的住處。山昭剛進屋，門被一腳踢開，走入男人黑衣長身的人影。

他詫異地看過去：「大哥，你不是安置去了？」

山宗過來扯著他後領一拽，刀隨手抛去他床上：「誰叫你瞎安排的，叫我們同房？」

山昭這才明白怎麼回事，更詫異了：「你們夫妻既已和好，難道還要分房？」

「誰說我們和好了？」

「你們都一起回來了，不是和好是什麼？」

山宗想踹他，看他什麼都不知道，還是忍了，掀衣在他床邊坐下：「你的兵沒告訴你我出示的工部冊子？」

山昭眨了眨眼，還有點沒回味過來：「那……難道就只是京務？」

山宗兩掌一蹭，手裡似還有女人肩下的滑膩，漫不經心地說：「不然呢，自然就只是京務。」

山昭盯著他看，他的臉隱在半明半暗的燈火裡，只聽出語氣裡的隨意，看不分明神情，也聽不出這話是真是假。

山宗收起一條腿，又看他一眼：「所以你即便去告訴山家我回來了，也沒什麼用。」

山昭頓時無言。其實去洛陽送信的快馬剛剛啟程。

次日，神容下樓時，才察覺這地方有些熱鬧了。

紫瑞朝外看了看：「少主，好似來了不少人馬。」

話剛說完，一個守兵過來，請她去前院。

神容帶著紫瑞走去前院，山昭正好從廳門裡出來，看到她就上前來請：「嫂嫂，昨日匆忙，沒能給你們接風洗塵，今日安排了，快入廳坐。」

神容剛要開口，他似反應過來了，垂下頭：「我知道了，自是不會在外人面前亂叫的。」

她心想還分什麼外人，如今他們彼此就是外人。但看他這模樣，或許山宗已經與他說了什麼了。她將紫瑞留在門外，一言不發地進了門。

廳中設案列席，上方坐著山宗。

神容款步走去，在他身側案後坐下。

山宗早就盯著她，這兩日天氣好，她都穿著寬鬆的抹胸襦裙，總露著一截雪頸。只一眼他就記起了昨日情形，想起她當時叫他鬆開的模樣，自己也覺得當時手上力氣太大了點。

神容的眼睛瞄過來，發現他盯著自己，微微啟唇，比了個口型。

山宗一隻手搭在案上，低聲說：「罵我。」

她那雙唇比劃的分明是：登徒子。

神容輕聲說：「罵錯了？若我當時叫一聲，你看吃虧的是誰？」

「還是妳。」山宗笑：「妳覺得我會讓妳叫出來？」

神容頓時眉頭一挑，眼又朝他看去。

山昭忽然進了門，打斷了二人。

「大哥，這城裡的山家領兵到的差不多了，都是聽說了你入城的消息趕來拜見的。」

神容便明白為何外面來了許多人馬了，原來趕來的是都是山家的下屬。那她在這兒坐著就沒什麼意思了，她又不是山家人，難道還要接受那群人拜見不成。

外面有兵來報又來了幾個，似很急切。山昭要去安排，邊出門邊道：「大哥稍坐，我去叫他們來。」

他剛出去，神容就站起來出門。走到門外，卻覺得身後有人跟了出來，她回頭，發現山宗就在後面。

他指一下外面：「外面有馬，妳不如先騎了去城裡等我。」

神容不明就裡：「為何？」

他低笑：「難道妳還想在這兒待著？」

她便明白了，眼珠轉了轉，居然覺得這主意很不錯，點點頭：「可以。」說完招手喚過紫瑞吩咐了兩句，就提著衣擺施施然往外去了。

的確來了許多人，都在臨院偏廳裡跟山昭說話，人聲嘈雜。經過那裡到了外面的高院，軍所的馬還拴在這裡。

東來跟了過來，受她示意，為她牽了一匹馬來。

神容將拖墜的衣擺理了理，踩鐙上去，直奔出了大門。

守門的兵不敢攔，去匆匆稟報山昭了。

神容策馬，一路奔至大街，回頭看時，兩側路人都在好奇地朝她觀望。

但很快他們紛紛避讓開了。一匹烈馬閃電般朝她這裡奔了過來，馬上的男人黑衣凜凜如疾風至。

「走！」山宗經過，根本未停，手中刀鞘在她身下的馬臀上重重一拍。頓時，神容的馬緊跟著他奔了出去。

後方很快傳來山昭策馬追來的呼喊：「大哥……」

哪裡還有那兩人的蹤影。

一直到出城十里，神容才勒住了馬，這一路跑得太快，停下了她有些氣喘吁吁。

山宗在她前面停下，扯韁回頭，遙遙往後看了一眼：「甩掉了，他沒追上。」

神容瞄瞄他，喘口氣說：「可真是個絕情的大哥。」

山宗看著她被風吹得微亂的髮絲，微微泛紅的雙頰，笑著問：「那妳又如何？」

「我如何？」神容理所當然地回：「我又不是山家人，我走本就是應該的，怎樣都不能說是絕情。」說話時，她扯著韁繩打馬從他身旁越過。

山宗的目光隨著她的身影轉了半圈，笑有點變了味，因為她沒說錯。

「我自然絕情，妳是最清楚的。」他扯著韁繩，緩行跟著。

神容聞聲回頭，他就那樣眼神幽沉地看著她，彷若在打啞語。她忍不住鼻間輕哼一聲，轉回頭，低聲說：「沒錯，我最清楚了。」一路下來，還是個絕情的壞種。

遠處，軍所兵馬已經以行軍速度趕來，紫瑞和東來領著剩下的長孫家護衛隨從緊跟著到了。畢竟兩個為首的已經溜了，山昭不會阻攔他們。

隊伍拖著塵煙，過來與他們會合。紫瑞從馬車上下來，請神容換馬登車。

神容剛要下馬，旁邊的男人綁著護臂的胳膊伸過來，攔了她一下。

「我要是妳，就還是騎馬。」山宗說。

神容不禁奇怪：「什麼意思？」

「會比較方便，」他玩味地笑：「放心，我沒必要拿這個騙妳。」

神容想了想，剛才直接離開也是他的主意，倒是省去很多麻煩，便沒下馬：「那就勉強信你一回。」

山宗手裡刀鞘這次在她身下馬臀上輕拍了一下，帶頭往前先行。

隊伍又繼續啟程。

之後的路上，神容果然沒再乘車，只要上路，便一直都是騎馬與山宗同行。

時日推移，山昭連同他駐守的河東大地被甩在了身後。冬日也漸漸深了，日頭離得更遠，再無絲毫熱度，但好在一直是好天氣，無風無雪。

神容坐在馬上，身上罩上了厚厚的披風，兜帽戴得嚴嚴實實。

遠遠的，視野裡露出一片山嶺，如劍出鞘，遙指天際。

神容對走的這條捷徑的確算不上多熟悉，但對山是熟悉的。馬一路往前時，她邊行邊看，恍然間就明白了：「原來快要到洛陽了。」看這山脈走勢，分明是洛陽附近的山嶺。

山宗在她旁邊並駕同行：「嗯，沒錯。」

洛陽在東，神容看著他行馬的方向，卻是朝著另一頭，會意地說：「看來你並不想從洛陽過。」

山宗的臉偏過來：「難道妳想從洛陽過？」

她毫不意外地回：「不想。」山家就在洛陽，她來時那趟特地繞路避開了，回去時又怎會經過。

山宗看見她轉開臉時眉眼神色都淡了，便知她在想什麼，扯了下嘴角，什麼也沒說，只是抬手朝後方揮了兩下。

軍所兵馬看出軍令示意，立即緊跟而上。

山宗靠近神容馬旁，指一下後方的東來：「我的人帶著，還是得要叫他們再落後一回了。」

神容心不在焉地問：「你又想如何？」

「往右一路而去有個小城，可以繞過洛陽，我們走那裡，才不會被截住。」

她這才凝起精神，看著他，「截住？」再一想，前後全明白了：「所以你才讓我這一路都騎馬而行，莫非是隨時準備著還要再跑一次？」

山宗盯著她，黑如點漆的眼忽而一動，往那片山嶺的方向掃去個眼色，示意她看。

神容扭頭，隱約間看到那片山下拖拽一股細細煙塵，一群渺小如黑點的馬上人影就在那裡，若隱若現。

「發現了？」他說：「和山昭手底下那群領兵一樣的下屬，麻煩得很，一旦見到了妳我，爭著拜見，沒個十天半月就別想脫身了，妳是否想見？」

神容心想見什麼，那些人與她何干：「自然不想。」

「那還等什麼？」山宗忽笑一聲：「再不跑就來不及了。」說完刀鞘精準地抽到她的馬身上。

神容立即被賓士而出的馬帶著疾掠了出去。

山宗帶著兵馬緊跟而出。

他早知道一旦遇上山昭，他回來的消息就一定會被送去洛陽。以山家在洛陽的勢力，只要他在洛陽附近任何一片地域現身，都逃不過他們的雙眼。果然，這次還沒等到他們抵達洛陽城門，就已有人盯上來了。想必是收到消息後徹夜趕來這裡等著的。

遠處那群渺小的黑點似乎有所察覺，細煙扭轉，往他們這裡接近。

神容嫌麻煩，遙遙疾馳出去時喚了一聲：「東來！」

後方東來的回應隨風送至：「少主放心！」這是要他幫忙擋著那群人的意思。

被撇下的長孫家護衛們於是轉向，去半路上橫攔那群黑點。

另一頭，兩匹快馬已經競相追逐著奔出去很遠，後方是齊整的兵馬縱隊，拖著沒來得及被吹散的灰塵。

疾馳幾十里外，城鎮已至。

一座灰撲撲的高大城門正在前方巍巍敞開著。神容的馬一路快跑入了城，才放慢下來。

城裡居然很熱鬧，沿途都是人，她不慢也不行。待她扶著被風吹歪的兜帽回頭看時，才發現不見山宗的身影。

方才明明還聽見他和軍所那陣齊整馬蹄聲緊跟在後，入城一陣喧鬧，只這一下子功夫，竟不見了。

人還沒找到，路上的人卻越來越多。神容的馬被擠著順流往前了好一段，才看出城中有廟會。

沿街都是攤點鋪子，行人如織。街心架著高臺，附近廟宇裡的僧人們正在高臺上謁經誦佛，下方是如潮的善男信女。

神容抓著韁繩打馬到那臺下，再也無法走動了，乾脆停了下來。她眼睛掃視四下，仍未看見山宗的身影，不禁蹙起眉，前後圍泄不通，進退不得。

山宗還在城外。他發現有幾個沒被攔住，還是跟了上來，嫌礙眼，進城前指揮人兜著他們轉了一圈，澈底甩開了，才入了城。沒想到今日敞城，裡面竟然如此熱鬧。

神容不在入城處，這一會兒功夫就不見了蹤影。他掃了幾眼，便示意左右上前。

軍所兵馬分兩側開道，再擁擠的路人也得避讓。中間勉強讓開兩人寬，山宗已直接策馬經過。

直到人聲鼎沸的大街中心，那處高臺誦經聲裡，他看見了下方還坐在馬上的神容。她一隻手扶著兜帽，眼睛慢慢掃視著四周，眉心微蹙。

山宗見到她人在視線裡便勒了馬，擺手叫左右收隊，一邊緊緊盯著她。

神容時不時被推擠一下，不能全然專心找人，眉頭蹙得更緊，咬了咬唇，甚至想張口喚一聲，看看這麼多人，還是忍了。

那邊山宗將她的神情看得一清二楚，忍不住笑了，一隻手輕輕摸著刀鞘，看她何時能發現自己。

忽聞高臺上一聲敲缽聲響，某個僧人念起了《壇經》：「時有風吹幡動。一僧曰風動，一僧曰幡動……」經聲裡，神容的臉終於轉到這個方向。

山宗與她對視，耳裡清晰地聽見僧人念出後半句經文：「非風動，非幡動，仁者心動。」他嘴邊的笑又揚起來。

神容卻已對著他擰眉了，動了一下，似想打馬過來，又不得其法。

山宗也乾脆，手抬起來，故意抽了一下刀。半截刀出鞘，聲音不高不低，緊靠左右的百姓已經被嚇得避讓開了。

軍所的人馬又聚攏而來，分開人群。高臺上僧人仍在安然念經，不問俗事。

山宗打馬過去，周圍的人雖避讓，卻忍不住打量他們，尤其是往神容身上瞧。他掃了兩眼，伸手抓住神容馬上的轠繩，往身邊一扯：「走了。」

神容的馬完全由他掌控，被他牽出這泥淖一樣的人堆裡。

「差點把人弄丟了，你便是這樣護送的？」出人群時，她故意盯著他問。

山宗看她一眼，笑：「妳不也沒丟。」

神容輕輕白他一眼，本想說什麼，看到前方已往城外而去，又沒做聲。

馬受轠繩牽扯，不自覺挨近，彼此的小腿幾乎貼在一起，輕綢飄逸的衣擺蹭著硬革的馬靴，窸窸窣窣。神容忍不住動一下腿。

山宗感覺腿側有她的腿蹭過，垂眼看了看，反而把韁繩又扯一下。離得更近，她動不了了。

直接穿城而過，從另一道城門出去，就到了城外。彼此緊挨的兩匹馬才分開，山宗鬆了韁繩：「這裡沒人堵著了，東來如果夠聰明，可能已經從另一頭繞了過來。」

這裡是洛陽附近，他自然瞭若指掌。神容聽了沒說什麼，抓住韁繩：「真快。」

山宗看她：「什麼真快？」

她看了頭頂沉沉的天光一眼，忽而說：「你過來我告訴你。」說完下了馬，一面暗暗動了動腳，都怪他的馬靴壓著她的小腿太久了。

山宗盯著她，韁繩一扯，打馬靠近，也下了馬。

神容沿著城外的路，看過四面山嶺，走上一處坡地，迎風一吹，兜帽被吹開，露出她如雲的烏髮。

山宗跟在後面：「妳在看什麼？」

「你說我在看什麼？」她回頭，看著他：「難道你會不知道，洛陽之後，不遠就是長安了麼？」

山宗眼睛抬起，盯著她。他當然知道。

神容其實只是隨便看了一眼，並沒有看長安的方向。她回頭走到他身邊，停在他面前，眼光淡淡地看著他：「一路護送到這裡，不久就要到長安了，你就沒什麼要與我說的？」

山宗與她對視：「比如？」

「比如……」神容拖著語調，白生生的下頜微微抬起，遲遲不說完。

離得這麼近，山宗幾乎看清了她鼻尖剛剛被人潮擠出來的微汗，又被這城外的風吹出微紅，只要一低頭，便要彼此鼻尖相觸。他覺得喉間有她的呼吸，喉頭微動，嘴角也動了動，露出痞笑：「妳如此有本事，理應回到長安享榮華富貴。」

神容盯著他，黑亮的眼在他臉上轉了轉，還是那副壞相，撇開了臉：「這還用你說？」她已懶得再說，轉過身，沿原路返回。

遠處忽然傳來東來的聲音，他果然從另一頭繞過來了：「少主！」

神容抬頭望去，東來和紫瑞帶著長孫家的護衛隨從們都在前方官道上等候著，也不知是何時到的。他們的身後，是另一波人。

一人從其後打馬出來，圓領寬袍，玉冠束髮，眉目朗朗，笑著喚她：「阿容。」

神容怔一下：「大表哥？」

來人居然是裴家大表哥裴元嶺。她這個大表哥向來辦事穩妥可靠，深得兩家長輩喜愛，與長孫家也有姻親，會來倒是不意外。她只是不知道他是怎麼來的，何時來的。

裴元嶺笑著點頭：「妳哥哥猜想妳快到了，早留心著，妳二表哥卻還不知妳所在，所以托我來接妳。」

神容明白了，微微偏頭看身後一眼：「接我的人來了。」

山宗站著：「看到了。」

身影。

她又說：「那我就過去了。」

「嗯。」他沒說別的，彷彿一樁任務突然結束了，似乎沒什麼可說的，只是一直盯著她的

神容心想絕情就是絕情，一路也沒叫他低頭，咬了咬唇，毫不停頓地往前走了。

裴元嶺臉上帶笑，看著她到了面前，紫瑞立即上前伺候她登車。

神容走去車邊時，忽見大表哥沒動，目光看著那頭的山宗：「崇君，許久不見了。」

山宗頷首：「確實許久不見了。」

她這才記了起來，大表哥與他是舊交。

第十三章　長安

東離洛陽，西往長安。

再上路時，坐在馬車裡，聽得最清楚的不再是軍所兵馬那種肅穆的馬蹄聲，而是換成了貴族鬆散的步調。

神容在車裡坐著，百無聊賴地捧著自己的暖手爐，忽聞一聲莊嚴鐘響，悠悠揚揚隨風送至。外面裴元嶺帶笑的聲音緊跟著傳進來：「阿容，看看到哪兒了。」

神容揭開車簾，看他帶笑的臉一眼，轉頭往前，就看見了高大威儀的城門。城頭樓闕四角指天，勢如指日穿雲，伴隨那一聲鐘響而來的是城內鼎沸喧鬧的人聲。

到長安了。她捏著車簾，眼睛往後瞄去。

軍所兵馬還在後面跟著，遠遠離了一大截。為首馬上的男人黑衣肅肅，手指摸著橫在馬背上的刀鞘，目光原本閒閒地落在街上，此時忽然向她看來。

神容與他的眼神撞上，放下車簾，又坐了回去。

那天在小城外遇上後，裴元嶺與他相認，接著就問他：「崇君是否還要一路護送到底？」

他竟笑著說：「自然。」

而後就真的按原計劃一路護送著她來了長安，只不過再未近前。途中有兩次在驛館落腳，他都與自己的兵馬待在一起，彼此再也沒說過話。

馬車駛入城門，自大街進入東市，在一片繁華聲中停了下來。

裴元嶺對著車門道：「我也有陣子沒去趙國公府拜會過姑母了，阿容妳不妨下車幫我選個小禮，稍後一併帶回去贈給她。」

神容回神，摸著暖手爐回：「也好。」

外面紫瑞將車簾揭開，她將暖手爐遞出去，探身出車。

東市繁華，人流眾多，此時街頭上多的是人朝這裡觀望。神容順著他們的視線看去，原來是在看軍所的人馬。這是外來兵馬，都中百姓少不得要多看兩眼。

山宗低頭別刀，抬頭時朝她看來。

「阿容，妳先進去挑著，等一等我。」裴元嶺又在旁道。

神容點點頭，轉過頭不再看，走入街旁的鋪子。

那頭，裴元嶺已走到山宗身邊，上下打量他那身胡衣裝束一番，搖了搖頭：「你知道自己已經到什麼地方了？就憑你如今還敢跟來長安的這份魄力，我只能說，果然還是當年的那個山家大郎君。」

山宗隨手拍去衣擺上灰塵：「我既然接下這職責，自然要送佛送到西。」

「送佛的可不會一直盯著佛。」裴元嶺微微笑道，看他的眼神很是微妙。

山宗嘴角勾起：「不盯著又如何護？」

便是這痞樣也與當初一樣。裴元嶺笑了笑，自認不是其對手。不過放眼世家子弟，誰又能是他山宗的對手。

這三年間他銷聲匿跡，無人知曉他的去處，就連自己這個舊交也不知其蹤。直到此番他回來，裴元嶺才知道他原來一直待在幽州。竟然還是護送著他和離的妻子回來的。

這二人一路下來幾乎沒說過話，尤其是當著自己的面前，但裴元嶺還是覺出了一絲不同。那種說不清道不明的不同，便如方才他們彼此那若無其事般對視的那一眼。

還未等他再開口，街上忽然開始喧鬧。有官駕經過，前方一列侍從當先開道，百姓們紛紛讓路。

他們這一行隊伍人數眾多，占了半邊大街，此時不得不往邊上退開幾步。

那輛車駕自路上經過時，裴元嶺施施然抬袖遮額，認了出來，低聲道：「是河洛侯的車駕，應當是剛見過聖駕，要返回洛陽去了。」

河洛侯出身崔家，亦是扎根洛陽的大族，但與山家不同，乃文顯之家。

山宗朝路上瞥了一眼。

裴元嶺看著這陣仗，接著低聲道：「你在幽州三載，怕是有所不知。去年今聖登基，河洛侯扶持有功，如今崔家顯赫，才會有這般排場。倘若你還在山家，洛陽如今豈會只有崔家獨大。」

山宗無所謂地一笑，這些世家風頭離他已經很遠，只問了句：「當今聖人是個怎樣的人？」

裴元嶺不能叫人聽見他們議論這些，聲音更低：「聖人還年少，原本誰也沒想到會是他登基。」

當年先帝最寵愛的是膝下么兒，就連長孫家和裴家也是暗地裡站在皇么子這邊的。不料後來皇么子因病早逝，一番兜轉，幾番變化，最後立下的儲君竟是個快被人遺忘的藩王世子，便是今聖。

雖然年少，但登基後他便開始收拾先帝的心腹大臣，還是叫人忌憚。所以要論當今聖人是個什麼樣的人，裴元嶺一時也無法說清。

山宗聽完，什麼也沒說，垂眼把玩著腰間刀鞘，如同沉思。直到忽而想到什麼，他嘴邊浮出笑來。

總算明白為何長孫神容會如此不辭勞苦地趕赴幽州，尋出這麼一個大礦來。原來是怕得罪新君，想要立功求穩。

官駕陣仗過去了，道路恢復通暢。裴元嶺朝那鋪子轉了下頭，留意到鋪子前只站著紫瑞，問道：「阿容呢？」

紫瑞答：「少主在鋪中，到現在還沒出來。」

山宗朝那裡看了一眼。

身旁的裴元嶺已朝他看來，君子端方地理了理身上衣袍，笑道：「還不去道個別？你可不要以為我還會讓你護送到趙國公府門前。」雖然以他的為人，可能真有那個膽。挑選。

山宗看他一眼，嘴角一提，越過他走向鋪子。

鋪中是賣胭脂水粉的，只有一張櫃面，卻擺了琳琅滿目的盒子，三三兩兩的婦人聚在那裡挑選。

忽見有男人進來，婦人們看了過去，一眼之後看到他的模樣，忍不住又看一眼，相互帶笑地瞄著他竊竊私語。

山宗往裡走。臨窗垂簾，簾後設席，那裡放著張小案，神容就隔著簾子坐在案後。案上擺著個小盒，她手指沾了點，在手背上慢慢抹著看色，聽見身後的腳步聲，以為是裴元嶺，頭都沒抬：「我隨便選了，料想大表哥是要與他說話才支開我的，只在這裡打發打發時間罷了。」

山宗站在她身後，無聲地笑，眼睛看到她的手背上。這手在幽州數月，沒被秋風吹黑，還是生生白嫩，此時沾了一點嫣紅，往他眼裡鑽。

神容又抹一下，才問：「你們都說什麼了？」

沒有回音。

「算了，我也不想知道。」她說。

山宗不禁又笑。

神容取帕擦了擦手，一手拿了剛試過的那盒胭脂往後遞：「就選這個吧。」遞出去時回了頭，才發現身後的人是誰，她不禁一怔。

山宗站得近，她的手遞過來直接觸到他的胸膛。彼此對看了一瞬，他垂了下眼，神容若無其事地收回手。

山宗終於開口：「我就送妳到這裡了。」

神容才知道他是來道別的，眼神動一下，點點頭：「嗯，這一路有勞山使了。」

山宗察覺出她語氣裡的冷淡，盯著她，扯了扯嘴角，發現已沒什麼話可說了。

神容斜睨他：「你還有事麼？」她站起身，「沒事我就走了。」起了身又不比坐著，反而離得更近了，她的鞋尖抵著他的馬靴。

山宗看著她，側身讓開一步。

神容越過他出去，經過時彼此手臂輕擦，往簾外去了。

裴元嶺等在門外，看到她出來，幾步之後就是山宗，笑了笑：「阿容為我選了什麼？」

神容將那盒胭脂遞給他。

裴元嶺接了，納入袖中，又笑著問：「怎麼妳自己沒挑一個？莫不是已從幽州給姑母帶了禮？」

神容聽到幽州就往後瞥了一眼，挑挑眉說：「沒有，幽州沒有我想帶的東西。」說完便往馬車去了。

山宗一直看著，直到她已踩墩入車，放下車簾。

裴元嶺上了馬，特地自他身邊過一下，笑道：「好了，佛送到了，接下來是我的事了。料想你會在長安待幾日，我回頭再找你。」

山宗不置可否，朝遠去的馬車又看了一眼，翻身上馬。他手揮一下，帶領兵馬去官驛，恰與馬車反向而行。

人來人往的大街上，一車一馬，兩隊漸行漸遠。

半個時辰後，神容的馬車停在趙國公府外。眾僕從連忙出來伺候。

神容下車時，裴元嶺也下了馬，揣著她還的那盒胭脂道：「我先去給姑母送禮去，妳先去見一見妳哥哥，料想他等急了。」

她點頭，進了府門，忽而又喚：「大表哥。」

裴元嶺回頭，文雅地笑：「放心好了，我說話妳還用擔心？是我接妳回來的，只有長孫家護衛跟著妳，再無他人。」

神容就知道他辦事穩妥，所以她哥哥才會想到讓他去接自己，想想又說一句：「我也是為自己著想罷了。」

裴元嶺笑著點頭，先往前廳走了。

神容穿過迴廊，先去她哥哥的院子。剛到院門，就見一道穿著月白圓領袍的身影閃了出來，不是長孫信是誰。

「阿容！」長孫信一見到她就快步迎了上來，對著她左右看了看，鬆口氣：「等了許久，還好妳好好地回來了。」

神容解下披風遞給紫瑞，先叫她退去，這才問：「你怎麼了，說好要帶工部的人去幽州，偏偏請了劉尚書去坐鎮，卻連一封信也沒有？」

長孫信看看左右，見沒人在，才靠近一步道：「我實話相告，也好給妳個準備。」

神容看著他，等著他說。

他小聲道：「父母都知道了。」

神容一開始沒回味過來，看到他的眼色才反應過來，他是說山宗在幽州的事被父母知道了。她頓時蹙眉：「你不是答應我不說？」

長孫信立即道：「這可怨不得我，我原本是一字未提的，只怪前後兩件事連著，想不發現也難啊。」

一件是神容回給裴家二郎裴少雍的信，裡面描繪了一番驪山景致。本稀鬆平常，可裴少雍一看那位置，竟認出了那是當初先帝賜予山家的地方，便生了疑，甚至想去驪山走一趟。此事不知怎麼傳入他們母親的耳朵裡，便留了心。

沒多久，又出一事。被關入幽州大獄的柳鶴通都快叫人遺忘了，他沒被落罪的家人還在四處為他求救，求著求著便求到了他們的父親趙國公面前。求救的理由是幽州大獄實在慘無人道，聽聞鎮守幽州大獄的幽州團練使更是手段殘暴，換個地方關也是好的。

趙國公雖無心理會，還是叫人過問了一下幽州大獄的情形。不想根本不得而知那位團練使是何人，如同不在百官之列一般。這下反而叫趙國公注意了，畢竟他的愛女還在幽州，於是動用關係，出入宮廷，終於看到了先帝的官名冊。

冊上在幽州團練使的軍職之後，是一個熟悉的名字：山宗。

這前後兩件事一交疊，長孫信就是想瞞也瞞不了了。

「這下妳知道我為何不能給妳寫信了？父親母親生怕我再給妳通風報信，非要妳回來才能放我去幽州。我只能請動老尚書出面，又請大表哥去接妳。」長孫信一口氣說完，無奈嘆氣，卻見面前的神容有些心不在焉一般，眼珠微動。

他料想是自己說嚴重了，又溫聲安慰：「妳也不必擔心，父親母親只是不放心，要怪也是怪我隱瞞不報。」

「不是，」神容看看他，輕飄飄地說：「我只是在想，父親母親既已知道了，最好還是別叫他們知道他來了長安。」

長孫信一愣：「什麼？姓山的到長安？」

神容點頭，想起不久前的道別，低低說：「是他護送我回來的。」

長孫信頓時連著低咳兩聲，小聲說：「他還真敢，最好藏好點！」

因為愛女歸家，今日趙國公夫婦難得都在家中，就在前廳裡坐著。

裴元嶺剛走沒多久，門外就傳來了清悅的喚聲：「父親、母親。」神容腳步輕快，一陣風似的進了門。

榻上坐著的婦人立即起身，朝她伸出手：「終於回來了，一直在等妳。」

神容快步上前，想要屈膝見禮，被攔住了，順勢親暱地挽住她的胳膊：「母親。」

她母親受詔命封賜，被尊稱裴夫人，平日裡最為端莊得體，只在她這個小女兒跟前才會如此不拘。一見面，裴夫人先捧著她的臉左右看了看，蹙著細細描過的眉道：「瞧著好似瘦了點。」

「沒有。」神容笑著拉下母親的手，轉向榻上另一邊坐著的父親，屈膝：「父親。」

趙國公穿一身軟袍便服坐著，人至中年保養得宜，面貌堂堂，臉白無鬚，早就看著愛女，笑起來時才露了眼角微微細紋：「回來就好，幽州那種地方，叫妳受苦了。」

一聽到幽州二字，神容臉上的笑便更深了：「何曾吃苦，幽州刺史趙進鐮與他妻子分外照顧我，凡我入山探風，出山住宿，一概事宜都料理的妥妥帖帖，就連開礦的人都是他親自陪同我去挑選的呢。」

這些都是實話，只是沒說全罷了，有關那男人的部分全略去了。說完她的笑又隱去了：

「其他就沒什麼好提的了，遇到個舊人而已。」

裴夫人本還想找話問起那姓山的小子，不想還沒開口，她居然自己先說了，不禁看丈夫一眼。

趙國公想了一番，記起之前他去信幽州官署時，趙進鐮對山宗半個字未提，或許的確是沒什麼好提的。但他還是有些狐疑，試探地問：「既然遇到舊人，便無事發生？」

神容臉色無波，搖搖頭：「無事。」

裴夫人當即朝丈夫搖了個頭，示意他不要說了。原本是她想問，此時女兒真在跟前，又怕再說下去叫她不痛快。

趙國公當年也是個風流公子，年輕時四處尋山探地風都要帶幾個美貌女婢。哪知後來一朝得見裴家女兒，忽然收斂心性，再也不沾花惹草。

他與裴夫人婚後恩愛非常，膝下一子一女疼愛有加，神容自小容貌、能力無一不過人，更是寵上加寵。所以眼見妻子這一眼色，他也不忍心問了，最終沒說出那個名字。

長孫信就在這時進了門，笑道：「父親、母親，我早說了，阿容在幽州好得很，這下你們可以放心了。」說完悄悄看神容一眼。兄妹倆方才就商量好了，為叫父母放心，不如自己先將事情挑出來。

裴夫人拉著神容在榻上坐下，寬慰般笑道：「也沒什麼，反正妳已回來，幽州的事可以忘了，後面的事交給妳哥哥就好。」

神容點了點頭，語氣卻有些輕：「我知道了。」

長孫信聽他母親這話就知道沒事了，笑著問：「那我是不是可以去幽州了？那麼大的礦，我們長孫家如此重要的功勞，我不去可不行。」

趙國公早有這打算，只是在等神容回來罷了，點頭道：「總讓老尚書坐鎮也不行，你去準備吧。」

長孫信鬆口氣，又朝妹妹遞了個眼色。

待拜見完父母出來，兄妹二人走在廊下，才算澈底鬆快下來。

長孫信低聲道：「多虧大表哥口風穩，沒叫父母發現。」

神容「嗯」一聲，不知在想什麼。

長孫信看了看她的臉，忽而問：「我怎麼覺得妳回來了不太高興？莫不是那姓山的……」他的聲音低下去，「莫不是他又惹妳不快了？」

「沒什麼。」神容不想提，反正已經兩廂道別。

長孫信搖頭：「算了，如今只希望那邪壞的早些走，千萬別叫父親母親發現他來了長安，屆時妳說不清，我也說不清，節外生枝，妨礙了礦山的事不說，還將大表哥給拖進來了。」

神容自然有數，朝高立的院牆外看了一眼，碧空如洗的長安天際，與幽州的雄渾蒼茫截然不同。她口中淡然說：「他事已了，指不定早走了。」

不管那人走沒走，反正趙國公府內是無從得知的。最受寵的小祖宗回來了，府裡便鮮活了起來。

裴夫人總覺得女兒在幽州吃了苦，遇上姓山的小子想必不痛快，連著兩日都叫人往她屋中送東西，還特地囑咐她多在家中休息，好好休養一陣。

房間裡，紫瑞將那些吃的用的都收了，一件件在桌上整理著，看了坐在榻上看著書卷的身影一眼，想了想，小聲說了句：「少主，東來今日要入城辦事，馬上就出門了。」

神容翻著書：「知道了。」

紫瑞便不多說了。看來少主是不想打聽山使的動向，否則應當會順著她的話吩咐東來去看一看才對。

神容又翻了一頁書，門外有個婢女來請，遞了張精緻的花箋進來。

紫瑞取了送到神容面前，她將書卷收起，展開看了看，見上面寫著個地名，起身說：「是阿姊想要見我。」

她口中的阿姊其實是堂姊，名喚長孫瀾。幼年時其父母因病故去，後來是在趙國公府長大的，一直養在裴夫人膝下，等同她和長孫信的親長姐。後來也就由裴夫人做主，嫁給她大表哥裴元嶺，算是親上加親。

神容許久沒見到她了，接了花箋便叫紫瑞替自己更衣，又命一個婢女去母親處傳了話，出門赴約。

花箋上的地方是間茶舍，開在西市僻靜處。

神容從馬車上下來時，正是午後，四下更加安靜。還沒進門，已經看見舍中站著的身影。

長孫瀾穿一身鵝黃襦裙，早已等著了，笑著朝她招手。她步入舍中，正要喚「阿姊」，手就被牽住了。

「知道我今日為何找妳在這裡見？」長孫瀾由裴夫人撫養長大，也頗得幾分裴夫人的氣質，眉目清秀，神態語氣頗為端莊。

神容轉了轉眼珠，心想莫非大表哥已經告訴她山宗的事了？正思索如何開口，卻聽她道：「是有人托我來搭橋的。好了，橋我已搭好了，該走了。」說完也不多言，朝她笑了笑，領著婢女就出門走了。

神容目送她登車而去，很快回味過來，八成是有人借她阿姊的名義將她請了來。無非是裴家那幾個表親裡的，小時候他們就愛玩這種花招，被家裡管得嚴，又怕她母親怪罪，便找各種花頭請她出去。

一旁茶舍的夥計來恭請，說是方才那位夫人早已備好了雅間，請她入內去坐。

神容領著紫瑞入了雅間，裡面連茶都煮好了。案上一隻小爐，明火未滅，上面壺蓋被熱氣掀得一開一合。

她斂衣坐下，手指挑著一動一動的茶壺蓋打發時間，想看看是誰在玩花樣。

許久，只聽門外紫瑞的聲音開了個頭，又戛然而止，似是被攔住了見禮。

神容知道人來了，故意裝不知道，等腳步聲到身側了，才瞄了過去。一眼看到對方穿著雙馬靴，她不禁微怔，立即抬頭，眼神又瞬間緩下：「二表哥。」

站在身側的是裴家二郎裴少雍，一臉笑意地看著她：「被妳發現了。」

神容打量他一下，平日裡她這個二表哥都是一副文縐縐的打扮，今日偏生穿了胡衣，踩了馬靴，頗叫人不適應：「你怎麼這般打扮？」

裴少雍在她對面坐下，看了看她，好笑般道：「我本想打馬去驪山尋妳來著，出門時才聽大哥說妳已回來了，怕在國公府上說話不方便，才想法子請妳出來的。」

「有什麼話不方便的。」神容伸手去揭茶壺蓋。

裴少雍搶先揭開了，取勺為她盞中添上了茶湯，一邊看她的神情：「只怕說了會叫妳不快。」

神容知道他歷來最會照顧人，無所謂道：「你不說我如何知道？」

裴少雍放下茶勺，這才道：「我只想問問，妳這麼久沒露面，是真在驪山？妳若在驪山，為何又會在山家地界，你們不都已……」話到此收住。

神容手指捂著茶盞，聞言抬頭看他，卻忽然留心到他身後那扇開著的窗戶。

窗外面正好有一行人騎馬過來。一行也就五六人，皆是兵卒打扮，就在街對面，正中站著的男人身高腿長，攜刀倚馬，實在太搶眼，一眼就看到了。

他竟還沒走，居然還在長安大街上！

「阿容？」對面的裴少雍見她盯著窗外，自然而然想回頭。

「二表哥！」神容連忙喚他。

裴少雍頭轉回來：「怎麼了？」

「你方才的話我沒聽清，外面太吵。紫瑞，去將窗戶關上。」

紫瑞進來，掩上窗，也看見了外面的情形，卻見對面的人也發現了這裡，眼睛一下掃來。窗戶合上了。

裴少雍看了一眼：「我倒沒聽見外面有動靜，特地選的這僻靜地方。若妳嫌吵，那我們換個地方。」說著便要站起來。

「不用。」神容立即攔他一下，想了想，站起身：「二表哥先坐著，我想起車上落了個東西，先去取來。」說完看紫瑞一眼，出了雅間。

裴少雍皺眉，問紫瑞：「怎麼伺候的，為何不去替妳家少主取來？」

紫瑞知道少主去做什麼了，垂首為她遮掩：「是少主貼心之物，所以她要親自取。」

外面，神容出了門，便見街對面的男人正看著這裡。

她走過去，看清他的臉，才算確信他真在：「你怎會在這裡？」

山宗早在紫瑞關窗時就注意到那間茶舍，一眼看見裡面她正坐著，還有個男子背對窗口。沒想到她竟出來了，第一句就問這個。

他看著她的臉，言簡意賅說：「有事。」他剛從長安官署過來，在等自己的兵馬集合回官驛。

神容蹙眉：「你得趕緊走。」

山宗眼裡黑漆漆的，手上抱起刀：「為何？」

沒等神容說話，茶舍門口忽然傳來紫瑞的聲音：「少主……」

神容聽出這是提醒，是她取東西太久了，倘若裴少雍此刻出來，一眼就會撞見他，而後認出來，接著消息就會傳到趙國公府。她想也不想就抓住他的胳膊，推一下：「走，快些。」

山宗巋然不動，垂眼看了看護臂上多出來的手，又朝茶舍看一眼，心裡有了數。

「快啊。」神容催他。

他勾起唇角，隨著她那點力道邁動腳步。

那邊裴少雍已出了茶舍，正在馬車那裡：「人呢？」

神容腳步更快。

忽而胳膊被反扣了，山宗反客為主，拉著她幾步一拐，走去最近的一處院牆側處。

神容側身站著，身前就是山宗，他的手還握著她的胳膊。方才走得有些急，她平復一下呼吸，垂眼時看到他的馬靴，黑漆漆的革靴，鞋尖帶塵。分明與裴少雍所著光鮮潔淨的那種一點不同，她先前竟然認錯了。

「不想叫他瞧見我？」山宗忽然問，聲音低低的：「還是不想叫長孫家發現我？」

神容抬頭看見他的下頷，別開眼：「你自己不該清楚麼？」

耳裡只聽見他低笑一聲：「我倒是無所謂，趙國公當不至於對執行京務的我做什麼。」

神容聽了微微氣結，鼻間輕哼一聲：「你自然是天不怕地不怕了。」

山宗看著她，又說完後半句：「只不過妳可能會麻煩些。」

神容心想知道還說什麼，心裡有氣，動一下被他抓著的手臂。

忽聞外面一聲喚：「阿容？」

神容臂上一沉，山宗不僅手沒鬆，還反而扣緊了，腳下一動，胸膛貼近，擋住她。

「阿容？」裴少雍一路找過來，轉頭四顧，只看到側面路上一片院牆，牆邊站了個一身胡衣武服的男人，身姿頎長背對外面，一手撐著牆壁。多看了兩眼，發現那男人另一隻手裡還捉著隻白生生的手，才知原來他身前還藏了個女人。

裴少雍一個貴族子弟，什麼醃臢事沒見過，忍不住皺了眉，低低罵了句：「齷齪。」一面沿原路回去繼續找了。

神容被山宗堵在身前，方才清楚地聽見裴少雍的腳步聲近了，幾乎屏住了氣，整個人縮了縮，臉快貼在他的衣襟上，耳中清楚地聽見他的呼吸聲。這樣的呼吸她一路聽過幾回了，可又如何，於他而言並不算什麼，他還是那副絕情模樣。想到此處，等那腳步遠了，她便伸手推了一下：「行了。」

山宗一直盯著她的額角，去看她的神情，只看到她垂著眼淡淡的模樣。他鬆開了手，退開了點。

神容抬手理一理鬢髮：「我也是為自己著想，請山使在此等候，等我們走了你再出來。」說完她輕輕掃了他一眼，便轉身走了。

山宗在原地倚牆而立，看她出去，心如明鏡。是因為他沒低頭，她不服輸。

神容勾著圖。

還是那張礦眼圖，她眼下重新描細了點，是考慮到之前那裡地風不穩，出過事，標清楚了好給哥哥帶去幽州用。

自茶舍回來後她分外乖巧，就待在房中專心描圖，只叫東來留心著外面動靜，千萬不要叫她父母發現那男人還沒走。

標完最後一處，紫瑞到了跟前：「少主，裴二郎君的話您可還記得？」

神容擱下筆，抬頭看她：「什麼話？」

紫瑞笑道：「那就是不記得了，少主一定忘了今日就是天壽節了？」

神容這才記起來，她從茶舍和裴少雍一同離開時，提到過這個。

當時他會那般找她，是因為紫瑞替她編了個理由，說她的貼心之物不見了，去附近尋去了。他不放心，才一路找了出來。

好在他為人開朗，不在意小節，見到神容回去就沒事了，並未多追問。後來離開時，他只遺憾自己話沒說完，便提議說過兩日就是天壽節，請神容一同出去觀禮。

神容當時只擔心山宗忽然冒出來被發現，坐在車裡眼睛還時不時瞄著窗格外的動靜，壓根沒留意聽，隨口答應了下來。回來後就忘了，直到此時紫瑞提醒，才記起這事。

她想了想，長安的節慶盛大隆重，街頭百姓眾多，到時候全湧出來，就算山宗還在也不易被發現，才算放了心，應了聲：「我知道了，會去的。」

所謂天壽節，是指帝王生辰。這一日會全都慶賀，帝王賞賜群臣，與民同歡。

只不過如今的少年帝王似乎並不想大肆慶賀，連與文武百官的宮宴也沒有，更沒有召各地方臣子入京來送禮，只准了全都清閒一日，慶典從簡。

儘管如此，繁華東市已開始夜不閉戶。長街十里，燈火連綿。

山宗提著刀走到一家酒樓前，停在門口時，忽而朝兩邊看了看。

街上人來人往，但都只是路人。不知道自己在想什麼，居然以為還會再撞上那熟悉的身影。他摸一下嘴，覺得好笑，拎著刀入了樓內。

二層雅間早已有人等候。

山宗低頭走入，裡面小案分列，酒香四溢，飄著股膩人的脂粉香氣，亦或是長安的繁華奢靡味。

裴元嶺著一襲鴉青的圓領袍，正坐在案後，看他到來，坐正了些：「說好的回頭找你，結果三請四邀，你才終於來了。」

山宗在他旁邊坐下，刀拋在腳邊，屈起腿，一手隨意地搭在膝頭。

裴元嶺看了搖頭：「三年不見，你變了許多，只有身上這股勁兒還是沒變。」

山宗自顧自給自己倒了盞酒，垂著眼，懶懶散散的模樣：「不就老樣子，有什麼變的。」

裴元嶺盯著他看了好幾眼，還是搖頭：「變了，只是說不上來。」

他們少年相識，裴元嶺見識過他最耀眼奪目的時候，那時候他身上雖有不羈，但如日中天，自有一股恢弘氣勢。如今卻多了許多說不出來的東西。又想了想，裴元嶺回味過來了，笑起來：「是了，你多了一股忍勁。」

山宗看他一眼。

裴元嶺瞇著眼，看來頗為曖昧：「莫要這般看我，都是男人，又知交一場，這一路下來我都看在眼裡，你知道我在說什麼。」

還沒接著往下說，一群錦衣華服的貴族子弟說說笑笑地從隔壁摸門到了這裡，紛紛朝裴元嶺搭手見禮：「裴大郎君，聽聞你在這裡，我們特來拜會。」

裴元嶺笑咪咪地點了個頭。

眾人頗覺榮光的模樣，互相報了家門後才回去隔壁。

一些愛結交的五陵子弟罷了。裴元嶺沒管他們，轉頭打量山宗：「如今的長安子弟看到你這胡衣烈馬的模樣，還有誰能記得你當初的貴冑之姿，都只認得我了。」

山宗對那群人連眼睛都沒抬：「我來長安又不是為了他們。」

裴元嶺又笑瞇眼：「自然，你是為了阿容，所以我說你在忍，難道說錯了？」

山宗看他一眼，臉上掛著抹似是而非的笑，不承認，也沒否認。

樓外忽而亮起一片，百姓們放起了祈福的天燈，如漫天星河放大在天邊。裴元嶺指一下外面道：「今日是新君生辰，你留著不走，總不可能是只想看個慶典。」

山宗端酒飲一口，掃他一眼：「只不過是我難得出幽州一趟，才多留幾日罷了。」

「聽著像藉口，依我看你分明是想看別的，比如看人。」

「人？」他漫不經心地轉頭看向窗外：「哪個？」話音未落，眼神凝住。

喧鬧的大街上，有人自馬車上下來，襦裙曳地，纖挑奪目的一抹身影，映在他眼裡。他摸著酒盞低笑，還是碰上了。

隨之就發現她的身後多了個身影，是個男子。紫瑞東來和長孫家的護衛都只在後方遠遠跟著。

神容如約而來，在半途與裴少雍見面，一道來了這裡。

只因裴少雍聽他大哥裴元嶺說了，這裡是最熱鬧的，能看見全城中最精彩的慶典，他想神容久未回來，一定會樂意看一看。

前方正好有西域外邦的胡人在表演戲法，他叫住走在前面的神容：「阿容，我們去看看，正好說會兒話。」

神容停了步，與他一道走過去。

許多人圍在一起，表演的胡人男女們各自分工，男人們在演頂缸吞火，女人們在舉缽求賞。演著的時候嘴裡還要加上一句「恭祝今聖千秋」的好話，蹩腳生硬，卻引來圍觀的人歡笑叫好。

神容看那幾個胡人皮膚黝黑，一副高壯模樣，就想起了幽州軍所裡的胡十一和張威，還真是像那幾個百夫長的模樣，竟覺好笑，不禁彎了眼。

想著想著不免又想到那男人身上，但很快就記起她母親的話，叫她將幽州的事都忘了。她撇撇嘴，不看了。

裴少雍在旁為她擋著擁擠的人，生怕別人擠到她，只看到她一閃而過的笑臉，還以為是表演叫她開心了，也跟著露了笑：「阿容，趁妳心情好，我也想說個高興事。」

神容偏過頭：「二表哥要說什麼？」

他那日在茶舍就說有話沒說完，料想就是要說這個。想想上次事發突然，她只顧著隱藏山宗，的確是怠慢了這個表哥，於是稍稍歪頭，做出認真聽的模樣。

裴少雍替她擋著人，一陣推擠，難免靠近了些，看到她歪著頭，烏髮就在眼前，幽幽髮香可聞，不禁有些心旌搖盪。

「什麼話啊？」神容還在等他開口。

裴少雍回神，臉上的朗笑忽然變得靦腆許多，聲也跟著低了：「我是想告訴妳，家裡為我說的婚事被我推了，我想去求取功名，阿容覺得如何？」

周遭嘈雜，神容聽了個大概，微微蹙眉，搖頭說：「此事不要問我，你自己的事，應當自己做主。」這是他的事，也是裴家的事，怎麼樣也輪不到她這個表妹來指手畫腳。

裴少雍脫口道：「自然要問妳，我是為妳才……」

一陣推擠，因為胡人噴火，眾人下意識退後避讓，神容被推開了幾步，被後方看著的紫瑞好好扶住。

酒樓上，裴元嶺早已看到山宗目光所在，臨窗朝樓下看了一眼，笑起來：「人看到了？」

山宗轉回目光：「嗯。」

裴元嶺心想這時候倒誠實，伸手指了指：「看到沒有，那是我二弟，早就在尋機會了，一直推脫議親，今日又費盡心機地將人帶出來，在想什麼就不用我說了。」

山宗認出來了，那天在茶舍的那個男子也是他，裴家二郎裴少雍。他沒應聲，低頭飲酒，燈火間拉扯出他搭手而坐的側影。

裴元嶺坐近一些，一手拍在他的肩上：「你知道我們當初有多羨慕你？二都世家子弟，哪個比得上你？天生的將才，又是山家嫡長，天家矚目，遲早的封疆大吏，天之驕子不過如此。」

山宗仍自顧自飲酒，彷彿在聽別人的事。

耳裡聽他又道：「阿容自小天賦異稟，就是長孫家那顆最耀眼也最難摘的明珠，當初我們裴家子弟哪個不想去天上碰一碰這微雲，但哪怕有表親也沒用，長孫家最後選中了你，只因想給她最好的，我們也都心服口服。」

裴元嶺說到此處，伸手勾住他肩，笑一聲：「你以為你當初是如何娶得她的？於你而言是唾手可得，實際卻早已是暗中廝殺過一番了。長孫家將這樣的至寶給了你，你卻說不要就不要了，連山家的一切和前途也不要了？」

山宗咽下口酒，想起了山中情形，路上情形，在腦海中晃過許多，吐出口酒氣，笑：「你究竟想說什麼？」

裴元嶺看著他，笑意斂去，湊近：「崇君，你實話告訴我，你身上是不是藏了什麼事？」

沒有回音。直到山宗放下酒盞，「原來是來套我話的。」他說著推開搭在肩上的手，撐刀站起，踢裴元嶺一腳：「早知你還是如當初一般囉嗦，我便該早點離開長安。」

裴元嶺跟著站起來，隔壁那群子弟又說笑著過來了。他們手裡抱著瓷壺，是來請裴元嶺行酒令玩投壺的。

裴元嶺無心玩，擺手推辭。

那群人這才注意到山宗，看他的模樣不過一介武官，黑烈胡服並不是京官模樣，多少有些輕視，只是能跟裴元嶺在一處，料想是有些關係，也不好得罪。其中一個笑著遞來支羽箭：「來，既是裴大郎君的朋友，不妨露一手給大家瞧瞧。」

山宗接了，霍然一擲，拿了刀就出去了。

箭羽「哐噹」一聲震在白瓷壺口，落在地上，眾人頓時發笑，笑聲裡，卻見那白瓷壺突然碎裂，又不禁大驚。

裴元嶺看著山宗離去的門口，悠悠嘆息：「若你們知道他是誰，斷不敢像方才這樣去招惹他。」

山宗走到樓下，攜著刀在臂彎裡，往前路看，那群人裡仍站著那抹纖挑的身影。

迎面風吹過來，他邁步往前。

「二表哥方才說什麼？」神容被紫瑞扶著，站穩後問裴少雍。

剛才後半句被歡呼喝彩聲吞沒，她沒有聽清。

裴少雍剛要說話，又是一陣歡呼，不禁懊惱：「換個地方說。」

神容卻已沒興致了：「算了，今日是什麼日子，四處都吵鬧，隨便走一走也就該回去了。」說完自他面前矮了下頭，靈巧地避讓開人群，往外去了。

裴少雍一時無話，剛要跟過去，有個小廝過來叫他，說是大郎君就在附近的酒樓，方才見到他了，叫他過去問話。

他心裡頓時一緊，知道自己那點心思只有大哥知道，家裡還不清楚，八成是要被提點注意了，眼見神容先往前走遠了，只好吩咐跟在後面的紫瑞說一聲，先去見裴元嶺。

神容走在熙熙攘攘的大街上，不多遠，碰上商號鋪子在撒錢，說是慶賀聖人生辰，引得左右百姓都去哄搶。她被擠了一下，沒往那裡去，改道往邊上走。

走了一段，忽而覺得有人跟著自己，她一邊走一邊悄悄瞄了一眼，後方人多而雜，也看不出來。也許還是山宗說過的小毛賊，想趁熱鬧偷摸錢財的罷了，有東來在後面，她倒不用擔心。

繼續往前，卻仍覺得有人跟著，面前燈火照下來，直拖到身前，拉長了她的身影，那影子上好似疊著另一道長影。她不動聲色，故意往側面巷口處走。

一群玩鬧的人穿行了過去，周遭安靜下來。神容走到巷口處，霍然轉身，正對上後方的人。

一聲「東來」已在口中，卻沒有喚出來，她看著眼前半明半暗燈火裡的男人，眼光浮動：「做什麼，你在跟蹤我？」難怪東來到現在沒出手。

山宗站在她面前，剛才的確跟了她一路，還順帶幫她擋了一下擠上來的人群，雖然這種小事她的隨從也可以做。他笑了笑：「嗯，就當再護一程。」

神容覺得他這話古怪，倒比上次更像道別，瞥他一眼：「怎麼，還要再護一程，是有事，還是有話？」

山宗看著她，沒有回答。

神容貼近一步，腳下抵住他的馬靴，離近了才看清他逆著燈火的眉眼，眼底沉沉的看不分明。

「還是沒有？」她輕笑一聲：「快到長安時我便問過你一回了，既然還是沒有，那便算了。」既然沒有，又特地跟來這趟做什麼？耍弄她不成。她想往前，但身前山宗巋然不動，就叫她有了氣，伸手推他一下，「讓路。」

那隻手忽被一把捉住，她一怔，聽見山宗問：「妳想叫我說什麼，無非就是向妳服軟低頭，是不是？」他的聲低低的，如同牽引。

神容心潮起伏，他果然都知道。手被他抓住，手腕上一陣熱。左右出不去，她故意往他身上貼近了一分，仰著頭，盯著他的下頜，聲不覺放低：「這全看你。」

山宗一動也不動，被她貼住的胸膛似是繃住了，溫熱的貼著她的胸懷，她甚至想往後退一點。他忽然說：「妳就不怕後悔？」

神容蹙眉，她才不會後悔，只想叫他後悔，呢喃一句：「壞種，你才會後悔。」怎會服軟，他就永遠沒有好的時候。

山宗已經聽見，拖著她的手抓緊，一把拉到跟前。

「我是壞種？」他低低地笑：「妳還沒見識過什麼叫壞。」

神容再也不想待在這裡，用力推他：「自然不用你來告訴我。」

山宗制住她的手，牢牢握著，頭忽然低下，一下抵住她的額。

神容頓時不動了，他的臉近在咫尺，呼吸拂在她臉上，略重，帶著微微的酒氣。

「妳想要我怎樣低頭，像這樣？」

她莫名一驚。

下一瞬，唇上一燙。他的嘴毫無預兆地壓了上來。

神容愣一下才反應過來，下意識想推他，剛動就被他壓緊。他用了力氣，壓著她退了兩步，背直抵上巷牆。

身前是他頎長的身影，她整個人如被籠罩。山宗壓著她的唇，重重地碾，一寸一寸，擠壓著她的鼻息。

她的手不自覺一動，馬上被他扣住，擱到腰際，繼而他伸手往後，撈住她的腰，臉往下埋，親得更用力。

神容第一次不知如何應對，唇被堵著，直到臉因為氣悶而紅透時，他才稍稍鬆開了她，呼吸噴在她耳邊，伴著低低的笑：「這張嘴親起來也沒那麼硬。」

轟然一聲，神容頓時心口一跳，他的唇又壓上來，仍是重壓，只是親得慢了點，一下一下地擠壓，如在描摹。

外面升起祈福天燈，一片驟亮，照在身前男人的身影上。神容仰著頭，呼吸亂了，眼前亦不分明，只能看見他碾在她唇上，微微半轉的頭。她的腰被他掌心握著，灼灼滾燙。

終於那陣天燈升了空，四下又暗，外面傳來紫瑞帶著不安的一聲呼喚：「少主？」

山宗稍稍放開她，那雙唇壓著她，至此才算分開。

彼此相對，他呼她吸，急促不停，如有絲線在眼前牽扯，拉拽。誰也沒有說話，大概是已經無法說話。

山宗的手從她腰上抽走，眼睛還牢牢盯著她，人沉沉如影，往後退了一步，又一步，才轉身出去。

神容幾乎立即扶住了牆，一手摸著心口，如有鼓擂，一陣一陣，平復不下去。從未與男人這般親近過，唇似乎麻了，快要沒有知覺。

「少主。」紫瑞進來了，小聲說：「山使走了。」她想問是否有什麼事，不敢問。

神容一字未言，理了下衣襟，暗暗抿唇，還是那般熱燙，始終沒有退去。

第十四章 再歸幽州

長安官驛是外官入京下榻之處，夜已深，浴房裡還有燈火。

「嘩」的一聲，山宗自銅盆裡抬起頭，抬手抹去臉上的水珠，才覺得殘餘的酒氣都已散了。剛沐浴完，他身上只鬆鬆套著中衣，拿布巾擦了擦臉，順帶摸了下嘴，無聲一笑，披上外衫，一身濕氣地出了浴房。

外面寒風正盛，今日因為聖人千秋大慶，官驛內頗為熱鬧，不知哪裡來的幾個外官在飲酒作樂，客房處一片燈火明亮，絲竹陣陣。

山宗走到客房外，恰好有個陪酒的女子從那裡被打發出來。他從旁經過，迎面碰上，對方竟挨了上來，攔住他的腳步。

濃重的脂粉香鑽入鼻尖，混著女子軟軟的語調：「這位大人，可需要人作陪？」

那女子只見一個長身英挺的男人迎面而來，散著濕髮，鬆鬆披著胡衣，本是想著還能再賺一些，不想近了一看，眉目更是英朗，又衣衫不整，正是好下手的時候，眼都亮了，說話時已貼近向他示好。

山宗抬手一擋，嘴邊掛著抹笑：「滾。」

女子一驚，見他擋來的胳膊半露，上面竟露了一大塊烏黑斑駁的刺青，嚇得臉都白了，連忙頭也不回地走了。

山宗無事發生一般，走入自己的客房，甩上門，坐去床上，扯下外衫時，才發現衣襟皺了。

暗巷裡的浪蕩又憶了起來，是親她的時候壓得太緊了。他咧起嘴角，自認這一路已經夠忍讓，除了對他太熟悉的裴元嶺，誰又能看出什麼，到最後被她一挑，居然還是沒忍住。

燈火在眼前跳躍，照上他的右臂，他看了臂上那片斑駁一眼，拂滅了燈火，在黑暗裡想，這回長孫神容大概又會罵他壞種了。

一早，神容坐在窗前，對著鏡子慢慢照著，見唇上已看不出異樣，才暗暗放心。

昨晚回來唇上紅豔欲滴，如有沸水滾過，她不知山宗用了多大力氣，像她欠他似的。忍不住又在心裡罵他一句「壞種」，起身離開妝奩。

紫瑞等在門外，見她出來，不太放心地問：「少主可是要去主母處問安？昨夜您似沒睡好，不如再歇一歇，主母寵愛少主，不會在意的。」

神容眼神微閃，不想叫母親察覺異常，點頭說：「去。」

裴夫人居主院。神容穿廊過去，遠遠看見她母親自院中走了出來。裴夫人穿著莊重的淺赭襦裙，腳步很快，身後只跟了兩個貼身的侍女，沒發現她，直往另一頭去了。

她停步看著，後方忽而傳出兩聲輕咳，回過頭，長孫信到了身後。

「阿容，妳知道母親去做什麼了？」他神神祕祕道。

神容搖頭：「我正想問，你知道？」

「自然，就妳不知道。」長孫信看看左右，朝她招招手。

神容近前，聽他耳語了兩句，頓時詫異。

長孫信說完，懊惱地低語：「果然那小子到長安沒好事！」

神容已往她母親走的方向去了。

前廳庭院內，此時居然站了幾個身著甲冑的兵，只不過未攜兵器，可也將院角花木扶疏的景致襯出了肅殺之意。

神容來時就已看到他們，那是山家軍。她走到廳廊另一角，挨著窗，看入廳內。

廳中多了來客，正端坐著。是個中年婦人，穿一襲寬袖疊領的淺紫綢衣，眉眼清麗，神態柔和，叫人想起與她面貌相似的山昭。那是山宗的母親。

長孫信跟了過來，在旁站著，小聲說：「我沒料到山家人會登門。」

神容又何嘗想到，更沒想到來的是他的母親。

長孫信看了兩眼，意外地「咦」一聲：「山英竟也來了。」

神容這才留意到山母身後還站著個姑娘，身著圓領袍，束髮，做男裝打扮，是山宗的堂妹山英。

裴夫人坐在上首，手邊的茶一口未動，看著來客，似乎已經交談了幾句，臉上看不出喜怒：「楊郡君方才說是為何而來？」

山宗的母親被先帝賜封河內郡君，但外人因其出身弘農楊氏大族之故，時常稱呼她為楊郡君。她笑了笑：「我來造訪趙國公府，自然是想見神容。」

裴夫人立時擰眉，窗外的長孫信沒料到她如此不避諱，輕輕哼出口氣。

神容卻不意外，楊郡君雖然生得柔和，但為人直爽，從不拐彎抹角。她心想為何要見她，並無相見的道理。

裴夫人已替她問了出來：「楊郡君有何理由見我兒？妳我兒女既已和離，趙國公府已沒有你們山家要見的人了。」

楊郡君頓了頓：「是，我自知無顏，但我們山家上下從未認可過和離，神容永遠都是我山家長媳。」

裴夫人眉眼間有了慍色，卻還端莊坐著：「楊郡君，這些話以後就不要說了，妳家長郎既已無心，如今妳說這些又有何用？」

楊郡君看著她，沒有退意：「我既來此一趟，就知道會受到裴夫人怒意，若無此誠心，也不會厚顏登門。妳我皆知，神容與我兒本應是一對璧人，他們就不該和離。」

裴夫人皺眉，聲稍稍高了：「那又如何，三年都過去了，山家現在才來說這些，不覺得晚了？」

楊郡君嘆息，聲低下去：「裴夫人愛女心切，我又何嘗不惦記著我兒，這三年他不在山家，就算我們來趙國公府挽回了神容又如何，要讓她在山家守活寡不成？自然是要他回來了，我們才有臉來登門。」

裴夫人一愣，繼而就問：「誰回來了？」

外面的神容頓覺不妙，長孫信朝她遞了個眼色，快步入廳：「母親！」他幾步上前，笑著去扶裴夫人，「我一直在找您。」

裴夫人卻不是好糊弄的，抬手攔住他的話，只看著楊郡君：「妳方才說誰回來了？」

長孫信暗自頭疼。

楊郡君與一旁的山英對視一眼，再看裴夫人的臉色，便有些明瞭了，還未說話，忽有一人直奔廳門而來。

神容正在廳外蹙眉，也看見了，快步而來的是院中那些山家軍中的一個，跪在廳門口道：「郡君，大郎君在外求見。」

楊郡君登時轉頭，難以置信一般：「誰？」說完不等回答便出了廳門，山英連忙跟上。

裴夫人一下站起：「是我聽錯了？他說誰來求見？」

長孫信扶住她的手臂，「母親一定是聽錯了，他們山家哪裡還有什麼大郎君，莫急，我這就打發人去瞧瞧。」說著朝外喚一聲：「還不去看看？」

神容一手提上衣擺，往外走去。

山家的人頃刻間全都出去了，一個不剩。

神容走到府門外，只見到那幾個山家軍已經走出去一大截，楊郡君被山英扶著，正在四處張望，口中喚著：「宗兒？」

並不見山宗。

紫瑞跟了過來。神容想及時穩住母親，吩咐道：「妳找個人去前廳傳話，就說是山家誤報了，根本沒人。」

紫瑞領命去了。

神容走出府門幾步，又朝遠去的楊郡君看去，她漸行漸遠，卻還在找著，甚至想伸手去牽馬，若非山英一直扶著她，低低勸慰，恐怕已經騎馬去找了。

「宗兒？」喚聲不高不低，隱隱帶哭音，此時那不是什麼高高在上的山家主母楊郡君，不過就是個想見兒子的母親。但她如何會知道，她的兒子此時就在長安。

神容默默看著，直到她們一行就此遠離。忽覺對面有人也在看著那裡，她眼睛一轉，往對面看，卻又沒看到有人。

「少主。」東來不知何時從府門側面走來，遞給她一張黃麻紙。

神容展開，上面龍飛鳳舞的兩個字，無落款。她想了想，吩咐東來：「備車，我要出去一趟。」

官驛裡，幽州軍所的兵馬已經收整行囊，列隊以待。

山宗打馬而回，下了馬背，掃視隊伍一眼，走向自己的客房。

房中東西已收拾過，他行軍一般來長安這趟，其實本也沒什麼可收拾的，幾身行軍胡衣罷了。伸手拿刀的時候，外面忽而傳來車轆聲，有馬車停在官驛院外。

山宗只聽了一耳，拿刀出去，打開門，正遇上剛走到門口的女人。

神容襦裙曳地，臂挽輕紗，緩步走到門外，朝他看來。

山宗低著頭，她抬著頭，目光瞬間相對。

而後神容眼神飄一下，先轉開了。

山宗的目光幽幽在她臉上轉了轉，很自然就退後一步。

神容提衣進門，站定後說：「是你將你母親引開的。」不是詢問，是肯定。

山宗臉上露了笑：「妳幫我躲一次，我也幫妳避一次，不是正好。」

其實早料到會有這日，山昭那小子將他回來的消息送去了山家，他母親既然知道他是與神容一起回來的，著人在洛陽城外截他又沒截到，一定會趕來長安。一切如他所料。

神容心道果然，當時站在對面一直看著楊郡君的就是他本人。他明明當時真的出現了，卻還是沒有跟他母親相見。

「還是絕情。」她低語。

山宗扯了下嘴角，卻沒笑出來。一個男人對自己的母親這樣，確實絕情，他無話可說。

神容此時才留心到房內情形，又看他手裡提了刀，心中了然：「你要走了。」

那張黃麻紙上只寫了兩個字：放心。她知道是他的，覺得古怪，所以來了這趟，原來是要走了。

山宗看著她，「嗯」一聲，聲音不覺略低：「本想告訴妳，但昨晚已道過別了。」

昨晚二字一入耳，神容的目光便落了過來，卻先看到他那雙薄薄的唇。

霎時間那暗巷疊在她身上的身影，巷外燈火，甚至當時街頭的喧囂聲都在眼前耳邊鮮活了起來，唇上似乎都還留有那重壓的力度。

她抿一下，抬手撩過耳髮，斜睨向他，「那就是你的道別？」她輕笑一聲：「你選在此時走，倒像是跑，昨晚怎麼沒見你是這般慫的？」

山宗立時盯住她，被氣笑了：「妳是說我現在慫了？」

神容的眼神彷彿在說：難道不是？

山宗腳步一動，直走向她。

神容一怔，他已到跟前，越來越近，直貼到她身上。她往後，他仍往前，一退一進，直到她的背抵上桌沿，一手撐住，抬頭去看他，卻一下對上他貼近的臉。

鼻尖相對，呼吸可聞。神容又看到他的薄唇，眼珠動了動，撐在桌沿的手抓緊了些。

山宗低頭貼著她的臉，垂眼看著她的神情，聲音沉下去：「妳不慫，那妳就再也不要去幽州，否則……」

神容穩著呼吸，下意識問：「否則如何？」

山宗慢慢觸到她鼻尖，嘴角揚起，聲音更沉，在她耳邊低語了一句。

神容鼻尖與他相觸，呼吸相纏。忽而身上一輕，他直起身，大步往外走了。

外面馬嘶幾聲，兵卒應令。

等神容鼻間呼吸順了時，只聽見遠去的馬蹄聲。

長孫信與神容兄妹倆多年默契不是虛的，紫瑞叫人去報說山家人傳錯了話，他就藉機將裴夫人穩住了。裴夫人起初懷疑，但再三問過左右，終是無人見到有山家大郎君的身影出現，便以為是山家人認錯了。

長孫信這才放心去找神容，在她屋中坐了許久，期間朝屋外看了好幾次，終於見她進了門。

「妳可是去叮囑姓山的了？」他開口就問，直覺她出去這麼久應該是去見了山宗。

神容原本去這一趟是帶著這個打算，但也用不著了，緩緩走近說：「他走了。」

長孫信頓時長鬆口氣，輕拍一下案頭，「那真是太好了，否則我都不能安心去幽州。」他自椅上起身，理一理衣襟，舒心地笑，「剛好與他錯開，我可以準備動身了。」說著要走，經過妹妹身邊，又生出點懷疑：「他就這麼走了？沒與妳說什麼？」

神容看他一眼，想起紙上的字，輕描淡寫地說：「他叫我放心，沒什麼好在意的，說完便走了。」

走得如此之快，待她出去時，已無任何兵馬蹤跡，迅速得就像是從沒有來過。

「難得他說句好話，我倒是放心了。」長孫信因為聽說是劉尚書做的護送安排，一直就沒多想：「早走早好，這次是他送妳回來，怕說不清，下次他要是敢單獨來試試，可不一定這麼走運了。」說完舒坦許多，他出門走了。

神容在榻上坐下，習慣使然，摸出懷裡的書卷握在手裡，心想他肯定不會再來了。否則之前在官驛那間客房裡，他就不會說那番話。

叫她不慫就再也不要去幽州，否則……

「否則如何？」她當時問。

山宗觸過她鼻尖，最後貼在她耳邊，沉聲帶笑：「否則妳就是真後悔也沒用了。」

神容握書卷的手指不覺曲了一下，直至此時，都還記著他話裡那絲危險的意味。

長孫信早就準備著，一旦決定了要動身，不日便可以啟程。

出發這日長安天已轉寒，風聲陣陣拂過趙國公府的廊前。的確叫劉尚書繼續坐鎮幽州不合適了，得趕緊去接手。

裴夫人因為山家到訪的事好幾日都不太順意，此時兒子要走了，才將這些拋去身後，臨行前，特地將他留在廳中叮囑了幾句。

無非是叫他在幽州不要與姓山的小子往來，他們長孫家再也不想理會這等離經叛道、拋妻棄家之人。

「若非看在礦山重要，豈會對他客氣。」裴夫人坐在榻上低低道。

長孫信身著厚衣，圍著狐領，乖乖在旁點頭應和，心裡卻在想：在長安還能對他不客氣，要在幽州，就是沒礦山，怕是也有些難。畢竟他是幽州軍政之首，在他的地盤上，如何能對他不客氣。那個軍痞地頭蛇！

趙國公在旁負手踱步，沉吟道：「幽州是何等地方，魚龍混雜、關隘要地，多少梟雄起伏，有幾個能撐到底的。那小子能在那裡執掌軍政，確實不簡單。只是他的軍職只在先帝時錄有，這三年如同銷聲匿跡一般，也是古怪。」

裴夫人擰眉，覺得這話像在誇那小子：「他若簡單當初豈會挑上他，誰知他是個有眼無珠的。」

趙國公笑了笑，寬撫她：「好了，莫叫阿容聽見。」

裴夫人這才不說了，朝長孫信點了點頭。

長孫信終於解脫，朝父母拜過，出門上路。

神容的馬車已在府門外等著送行。她坐在車中，揭著車簾，看到哥哥出來，會意地說：

「一定是叮囑過你一堆話了。」

長孫信朝她笑了笑，坐上馬背：「哪裡能瞞得過妳啊。」

一路出了城外，直到十里亭處，車馬暫停。天上竟飄起了小雪，輕絮一般打著旋飛舞在十里亭的木柱旁。

神容從車裡下來，走入亭內，從袖中取出早已畫好的礦眼圖遞給長孫信。

長孫信拿了展開一看就點頭，圖上標記得清清楚楚，哪些地方出過狀況也都一目了然，他這才知道那山裡還有過這些動靜，也多虧有她在。那地方更多的其實是她的功勞，這段經歷想必於她也不同一般。

想到此處，又想起父母那番叮囑，長孫信看了看她，溫和地低語：「妳這趟回來了就好生在家歇著吧，也好叫父母放心。在幽州時如何都不要緊，妳要出氣還是要叫他服軟，哥哥自然都站在妳這頭，但現在家裡已經生疑，最好還是不要跟那邪壞的再有牽扯了。」

神容看他一眼：「本也不會再有什麼牽扯了。」人都走了，還能有什麼牽扯。

長孫信心想也是，放心地點頭，收了圖。

正準備出亭上馬，忽有一人騎著快馬噠噠地朝這裡奔了過來。

長孫家護衛都在亭外守著，見有人到來，皆很防範，卻聽馬上那人在喚：「堂嫂！」

馬至亭外，下來一個著圓領袍，做男裝打扮的女子，小跑著進了亭中，向神容抱拳：「堂嫂，可算見到妳了。」是那日登過趙國公府門的山英，她竟還沒離開長安。

神容彷彿遇上了另一個山昭，立刻側了側身說：「別這麼叫。」

論年齡，山宗長她五歲，山英雖是他堂妹，其實比神容還要大一歲，但仍稱呼她堂嫂。

山家女兒也大多習武，山宗的父親是山英的伯父，山英追隨她伯父習武，因而時常出入山家大宅，與神容熟稔僅次於山昭。

也不知她騎馬追了多久，此時額上有細汗，用手背抹了下道：「堂嫂不願聽，我也不能改口，山家上下都仍尊妳是山家長媳，妳就是山家的未來主母。」

神容還沒做聲，長孫信已忍不住在旁攏唇乾咳一聲。他實在是聽不下去了。

山英轉向他，看了兩眼：「是舅哥啊，許久不見。」

他頓時退半步：「妳喚誰舅哥，我可不是你們山家的舅哥！」

山英出身將門，又常年習武，頗有幾分男子豪氣，對他這話並不在意，面朝神容道：「伯母去國公府沒見到堂嫂，又思念大堂哥，我只得勸她先回洛陽了。」

聽說楊郡君回去了，神容倒放心了些，至少不會登門了，也免得她還在長安尋找山宗身影。「既如此，妳怎會來？」

山英道：「我還是想見一見妳，一直聽著趙國公府的動靜，今日才有了機會。」

神容朝她一笑：「妳是想問你大堂哥所在是不是？」

山英點頭：「是。」

神容看了亭外小雪漫舞的天一眼：「他早走了，算算日子，指不定走出去多遠了。」有幾日了？她沒算過。

「這麼說他那日果然在長安。」山英懊惱地呢喃一句，覺得被騙了，忽而抬頭問：「那妳可還會再去見他？」

神容又想起了官驛裡的那番話，還有那句危險的警告，手指輕輕繞著腰間絲絛：「我會與他重逢可不是特地去見他的，我去哪裡全看有沒有去的道理，在我，不在他。」

山英皺皺眉，聽這話就知道是長孫家的小祖宗的語氣，那好像是不會去了。她無奈道：「當初大堂哥和離後離家而去，伯父震怒，之後便卸甲不問世事了，也不准我們去找他，所以直到他這趟回來，我們才知道他一直待在幽州，可還是不能去找他。」

神容有些詫異地看她一眼，當初自己攜書而去，也是剛知道這些。山宗的父親曾貴為上護軍，竟已卸甲不問世事了，難怪已許久沒有他的消息。

她聽完卻什麼也沒說，走出亭子，去登車了。山家的事畢竟跟她沒太大關係了。

山英話還沒說完，山家現在上下皆知當初一心和離的堂哥護送著前妻回來了一趟，她堂哥何嘗護過誰啊，焉知這二人是不是有了什麼。說不定只有她堂嫂能撬得動她堂哥了。她直接追到車旁：「堂嫂。」

神容收住踩墩的腳，指了指亭內站著的長孫信：「我哥哥倒是要去幽州，有什麼話要帶給妳大堂哥的，不妨找他傳。」

山英不禁去看長孫信。

長孫信也朝她看來一眼。

等山英再回頭，馬車已經動了，神容就這麼自她眼前走了。

車駛出去好一段，神容摸出懷裡的錦袋，抽出書卷，手指在卷首的《女則》二字上撫過。卷軸處有一角因為之前摔下坑洞，被山石刮到，留了點痕跡，一直褪不去了。

她又仔細收入錦袋。是時候再封上這卷書了。

比起長安，千里之外的幽州是寒風捲沙的世界。

軍所裡，胡十一剛從山裡換崗回來，一頭鑽進張威的營房就抱怨：「頭兒什麼時候回來，我天天盼，再不回來這麼多軍務要壓死我了。」

張威坐在那兒對著火盆擦兵器：「我早算著呢，按照咱們正常行軍的速度，一個來回，還有三五日就該到了。可萬一頭兒想在京中過個冬呢？他都三年沒出過幽州了。」

胡十一挨過去，伸著手在火上烤：「啥叫在京中過冬，跟金嬌嬌一起過？」

張威道：「那也有可能。」

胡十一嘖一聲：「可我聽說那個工部老尚書昨日動身回去了，工部的任務沒了，他還是得回來啊。」

剛說到這裡，就聽見外面馬嘶之聲。胡十一覺得耳熟，起身跑出去，遠遠看見一隊人馬馳了過來，為首的黑衣提刀，一躍下馬。

「頭兒？」胡十一驚訝地跑過去：「剛算了最少也要三五日你才能回來，怎麼這麼快就回來了？」

山宗馬靴染塵，直覆靴面，眼下微帶青灰：「急行軍回來的。」

剛跟出來的張威咋舌：「急行軍？那豈不是日夜不停？」

胡十一也愣了，用急行軍未免太趕了。

山宗沒說話，大步往營房走。

這一路披星戴月，沒有停頓，也沒有走去時的路，選了另一條捷徑，直奔回幽州。直到推開營房的門，才算徹底停下。

胡十一跟進來，接了他的刀擱桌上，看他滿身風塵僕僕，趕緊倒杯水端來：「頭兒，這麼急幹什麼？就算工部的任務沒了，你也犯不著如此趕啊。」

山宗端了一口灌下，喉頭滾動：「遲早都是要回的。」

胡十一恍然大悟，對了，他要永鎮幽州。

「出去吧。」山宗把杯子遞給他，走去床邊坐下。

胡十一知道他需要休息，放下杯子出去，出了門，又回頭扒著門框問了句：「那工部老尚書回去了，是不是長孫家來人接替了？那金嬌嬌往後還來不來了？」

山宗坐在那裡，忽笑一聲，懶洋洋地伸了下發僵的腿：「不來了。」

她怎麼還會來，這裡已沒了她再來的理由。但他還要永遠留在這裡。

一隻鑲嵌青玉的雙陸棋盤擺在趙國公府的花園涼亭裡，左右圍了一圈人。

神容傾身而坐，衣裙曳地，臂間輕紗披帛一動，手中擲出顆象牙骰子，另一手捏著髹漆的木馬棋子移動，「啪」一聲，一局得勝。

裴少雍自對面笑著抬頭：「又叫妳贏了。」

裴元嶺站在神容身旁，也笑：「阿容還是厲害。」

左右圍觀的人都笑起來，神容跟著笑笑，起身讓開：「你們玩吧。」

馬上就有人接替她的位子。

見她不玩，裴少雍也不玩了，一樣起身讓了座。

自長孫信走時那一場小雪，長安這一長冬接連都是晴朗的好天氣，竟沒往年那麼冷。正值年節熱鬧，裴家幾個表親登門來拜會，他們便在園中玩起了雙陸棋。

神容走出涼亭，遇上緩步而來的堂姊長孫瀾，聽她笑道：「看來又是妳贏了。」

「是，不玩了。」神容說。

長孫瀾看她興致缺缺，又笑了，輕輕扯一下她的衣袖，湊近低語：「弟弟去幽州了，我便知道妳先前出門那麼久，定也是去了幽州，以妳的本事，料想那裡已出現大礦了。」

同樣是長孫家子孫，長孫瀾豈會不懂這些，只不過開礦是工部的事，外面不會有多少風聲。她覺得奇怪，「妳可不會輕易出面的，此番既然待了那麼久，料想那裡非同一般，為何又不去了？」想了一想，她會意道：「是不是母親捨不得，可要我去勸慰勸慰她？」

長孫瀾受趙國公府撫養，自小起就稱呼趙國公夫婦為父母，因為身世之故，頗受裴夫人憐惜，有些時候說話是好用的。

神容淡笑，伸手搭住她的手臂，搖搖頭：「不用了，阿姊還是別去說了。」她哪裡知道真正緣由，去父母跟前說了更要糟。

長孫瀾還追問了句：「真不用？」

「嗯，不用。」

長孫瀾便沒再說了，往前去裴元嶺身邊。

神容走去另一頭的小亭裡坐了，聽見後面有人喚她：「阿容。」

裴少雍跟了過來。

她看了一眼：「二表哥不玩了？」

裴少雍指指那頭：「妳看看，人都來了。」

神容朝那邊玩棋的涼亭裡看，長孫瀾來時將那些表親的家眷也帶來了，眼下那邊站著的皆是成雙成對。

裴少雍看看她，眼裡含笑：「我還不如待在這裡了。」

神容轉回頭：「二表哥若羨慕，也早些成婚就是，你下面的弟弟妹妹都成婚了，你又何必總拖著。」

裴少雍笑起來，他的相貌是裴家子弟裡頂好的，獨輸裴元嶺幾分氣質，特別是笑起來的時候，叫人只覺一身明朗，如沐春風。他說：「我那日不是告訴過妳，我想去求取功名。」

神容記了起來，斜斜一倚，靠著亭柱：「其實裴家如此鼎盛，二表哥遲早是要做蔭官的，又何苦去擠那獨木橋？」她的外祖父曾經官拜宰相，幾個舅舅也都在京為官，裴家將來能給他的又豈會差到哪裡去。

裴少雍見她不經意露了絲慵懶之態，多看了幾眼，一時沒想到如何接話。

亭外卻有人接過了話頭：「是啊，何苦呢？」

神容看過去：「大表哥。」

裴元嶺信步走入，含笑點頭，朝對面的二弟看去一眼。

裴少雍沒做聲，那日天壽節上被叫去酒樓上說了幾句，現在還記得。

裴元嶺帶笑道：「不論是相貌秉性，還是家世，京中多少女子趕著跟你結親，何必如此死腦筋？是不是啊阿容？」

神容忽聽他問到自己身上，點點頭：「自然，二表哥一定是太挑了。」

裴少雍看她一眼，低聲自語：「我確實挺挑的。」說完站起來，先出去了。

神容看一眼他背影：「怎麼，是我方才說過了？」

裴元嶺搖頭：「豈會，妳知道他脾氣，只會是嫌我說他多了。」

神容說：「大表哥是裴家表率，說什麼都是對的。」

「那是自然，他是我二弟，我還能不為他著想？」裴元嶺朝離去的裴少雍看一眼，心裡嘆氣，他根本不知道自己的對手是誰。思及此處，裴元嶺又看神容，低笑問：「對了，那日天壽節，妳可遇上他了？」

神容沒料到他會問起這個，那夜的情形又被勾上心頭，面上卻若無其事：「我不知道大表哥在說誰。」

幽州。

長孫信快馬一到，連城都沒入，先領著一行護衛直接趕去望薊山。

下馬走上山道時，先遠遠看見了軍所兵馬把守在入口處，他停下腳步，回頭看一眼：「妳還跟著，這裡面妳可進不去了。」

護衛之中跟著一襲深色圓領袍的山英。她走過來，朝眼前連綿起伏的山脈看了一眼，又看長孫信，他斯文俊秀，輕袍狐裘的一身清貴樣，卻行走在大山之間，叫人感嘆：「長孫兒郎撼山川，早聽過這說法，舅哥原來挺有本事。」

長孫信負手笑，「那是自然。」接著笑又沒了：「說多少回了，別叫我舅哥。」

山英道：「叫習慣了，的確已難改口，你若實在不想聽我下次不叫就是，我們山家如此堅持，還不是出自惋惜。」

長孫信問：「惋惜什麼？」

「自然是我堂哥、堂嫂。」山英嘆息：「那二人分明都是頂出色的，本該是天造地設的一對，誰見他們分離不可惜？」

「我不可惜。」長孫信鼻間哼出一聲：「我妹妹自然是頂好的，比你們山家想得還了不起，妳那堂哥可未必。」

山英皺眉：「我大堂哥可是天縱英才……」話說一半，忽然一頓，她迅速閃到眾人身後。

長孫信轉頭看到遠處，一行兵馬正在往這個方向來，馬蹄陣陣，踏出隨風而去的塵煙。他拉了拉身上披風道：「妳一路跟來幽州，不就是想見他，現在又躲什麼？」

山英在他身後，借著兩個護衛的背擋著，小聲說：「我不能暴露，否則被我伯父知道我來找過大堂哥，定會逐我出山家。」

長孫信聽了由衷讚嘆：「看來山上護軍才是最明白事理之人，做得好。」

山英沒理會他的話，悄悄伸頭朝那邊馬上的男人看了又看，覺得他們越來越近了，不能再待下去了。「好了，我已看到大堂哥安好，回去便可以寬慰伯母了。」她挪個位置，拍一下長孫信的肩：「多謝給我行了個方便，下次有機會我再保一回舅哥行程。」

長孫信回頭：「妳剛還說不叫……」

山英已上了馬，快速從另一頭跑遠了。

他攏唇輕咳一聲，若不是看在認識一場，誰會帶個山家人同行，還保他行程？但見那隊兵馬已至，他理一理衣袍，又端起了大族風範。

馬停住。山宗一騎當先，眼睛早就落在遠處，山英根本沒逃過他的眼。他朝旁下令：「去盯著她，直到她離開幽州地界。」

一名兵卒抱拳，馳馬跟去。

後面的兵馬陸續跟來，山宗這才看向山道上的長孫信。

他身後的胡十一已打招呼了：「長孫侍郎回來了，金……」說著看山宗一眼，沒往下說了。

長孫信問：「金什麼？」

胡十一撓頭，努力搜刮文辭：「我是問令妹，對，令妹。」

長孫信看山宗一眼，往山深處走，一面道：「阿容好得很，長安繁華，那麼多裴家表親還陪著，哪一樣不比這裡好。」

胡十一莫名其妙：「怎麼，他這是嫌棄咱們這兒？」

山宗抓著馬韁笑一下，漫不經心的，什麼也沒說，畢竟這話也沒說錯。繼而手上韁繩一扯，快馬往山裡奔去。

胡十一看他策馬疾馳走了，才意識到了，好像不該在他跟前提金嬌嬌。

山宗提刀去了礦眼處，正好看見長孫信低頭踩著掛上的木梯下了坑洞。

坑洞外是那群底牢犯人，因為工部侍郎來了，要察視，自然都出來待著了。人堆裡傳出澀啞難聽的怪笑，似嘲似諷。

山宗掀眼看去，除了未申五，還能有誰。

本來只需要他們開一段礦眼下的坑道，但他們力氣的確好用，劉老尚書坐鎮時還是用他們，繼續做最重的苦力，直到今日。

未申五剛從坑下上來，灰頭土臉，端著木碗，灌掉了裡面的水，盯著山宗陰笑：「這麼久沒見你，還以為你死了，老子白高興了。」

一旁兵卒立即甩去一鞭，他嘶一聲，嘴賤習慣了，根本不在乎。

山宗沒理會。

未申五看那坑洞，又道：「來了個小白臉，倒有幾分像你的小美人兒，你的小美人兒呢？她不要你了？」話還沒說完就桀桀笑出了聲。

山宗動了，刀鞘點地，拖著走過去，一腳踹在他肩上：「果然是太久沒見了，我的刀也許久沒飲血了，叫你見了我又敢挑釁了。」

語氣並不高，但其餘犯人都沒動。

未申五摔翻在地，坐正了，吐出口混著塵土的唾沫。

「這是怎麼回事？」下面忽而傳來長孫信的問話聲，隱隱約約不太分明。

山宗朝坑洞看去。

過了很久，才見長孫信從下方上來。他扶著木梯出了坑洞，拍去身上灰塵，束袖的繫帶一扯，手裡還拿著張勾描的圖紙。

山宗見過，那是長孫神容畫的礦眼圖。

長孫信將圖紙一卷，皺著眉就往山外走了，腳步很快，臉色凝重，與來時的模樣截然不同。

山宗又看坑洞，察覺應是有什麼事，但看不出有什麼不同。這山裡唯一的不同，只是少了那道身影。

一匹快馬奔至長安趙國公府時，神容站在房裡，剛剛對著書卷拜過。

雕著古樸紋樣的紫檀木盒已經啟開，她雙手捧過書卷，放進去，剛要動手合上，紫瑞快步進了門。

「少主，」她垂首在後小聲說：「國公請少主暫停封卷，郎君來信了。」

神容手上一停，覺出不對，轉身出門。

趙國公和裴夫人都在書房裡，一站一坐。

神容到時，二人正在低語，見她進來才停。她看了看父母：「可是出什麼事了？」

「那倒不是，」趙國公將手中剛拿到的信遞給她：「只是出了些偏差。」

神容拿過來，很快看完，抬頭時有些錯愕：「這是怎麼回事？」

趙國公道：「便是妳看到的這般。」

在神容返京期間，劉尚書已經著工部官員安排，讓人在那礦眼下方拓長坑道，往下深挖，開出了一間一間的採礦間。這是他為長孫信開好的頭，只待長孫信本人到了，再沿先前探得的礦脈繼續挖山開採就好。

然而等長孫信真到了下面，對比神容的礦眼圖，卻發現有了變動。劉尚書只動了礦眼下那一段，也多虧他只動了那一段，因為其他地方已有了變化，礦脈似乎有一絲偏移。

這就是所謂的偏差。這變化不明顯，其他人或許看不出來，但長孫信不會看不出來。那日他出山后，一連數日又連續進山多次，所探結果都一樣，的確是變了。

裴夫人在旁擰著眉：「阿容，妳快看看書卷上如何說的。」

神容直接搖頭：「沒有。」

連趙國公都訝異：「一字未提？」

神容點頭，蹙一下眉，又鬆開：「早在幽州，我就將那片山的記述看了不下百遍，書中對那裡不曾有過這樣的記錄。」

趙國公負手，來回踱步，臉色肅然：「連我也不曾見過這樣的礦山。」

神容啟唇，輕輕一動：「我可以……」她想說走一趟，但見母親已看來，又合上了唇。

過了片刻，也思索了片刻，她起身說：「眼下誰也不知情形，還是叮囑哥哥小心為上，有任何事再來信，我不信此事我們辦不成。」她歷來不服輸，山裡什麼波折沒見過，說完屈膝，便要出門。

裴夫人看了看她的身影，又看丈夫，既憂心這突來的變動和遠方的長孫信，又不太想她親赴幽州。

趙國公還在沉思，忽然開口：「等等。」

神容已走到門口，回頭。

趙國公又踱兩步：「我問妳，那山中可曾出過事？」

神容抿一抿唇，誠實答：「出過，曾有地風不穩，水流吸捲，險些釀出人命。」

裴夫人臉色一驚，差點從座上站起來，從不知道她當時在幽州如此凶險。

趙國公抬手虛按她一下，腳步停住，又問：「那妳可曾鎮山？」

「鎮過。」神容說：「鎮住了。」

趙國公臉色一緩，點點頭，臉上露出笑意，他自然知道女兒的本事：「那妳就去吧。」

神容一怔。

裴夫人也詫異看來。

趙國公一手搭在裴夫人肩頭，寬撫地拍了拍，轉頭對神容道：「去吧，妳能鎮住那山，便能再降伏它一回。只不過……」他拖了拖語調，「那個舊人，妳就不要太在意了。」

神容眼裡微動，點頭：「知道了。」

第十五章　探山

遞送消息的信件傳往幽州時，長孫家的隊伍已經遠去長安數百里之遙。

官道上，車馬轆轆前行，紫瑞在車外看了看頭頂泛著青灰的穹窿，轉頭朝車內問：「少主此番出行太趕了，可要暫歇？」

神容坐在車中，手指輕輕撫著裝著書卷的錦袋：「暫時不用，趕快一些，免得耽誤礦上，也省得叫我母親再多掛憂。」

出發的時候她是悄悄走的。裴夫人雖然知道事出有因，但始終是不太樂意她親去幽州，埋怨趙國公決定下得太快，還因此與他置了氣。直到她出府門時，聽說她父親還在安撫她母親。

這一路她走的還是老路，畢竟是捷徑，只不過遇上熟悉的地方都繞過了，嫌麻煩。

繞過山昭所在的河東那座城後，北來的寒風開始收斂了氣勢。連日以來，除去在驛館落腳，路上從未停頓，至此才算稍稍放緩，神容此時才吩咐暫歇休整。

東來領頭，將隊伍帶至官道旁一座矮亭外歇腳。

神容踩著墩子從車裡下來，抬手感受一下吹過來的風：「好似沒那麼冷了。」

紫瑞在後面給她搭上披風，笑道：「還是少主趕路太快了，若是像先前那般，本該要入了春才到幽州。」

神容看了看天，其實春日在路上已經來了，只不過這一路直往邊關而去，是不大感覺得到的。

真是奇特，冬日她離開了幽州，春日又在去的路上了。

「少主還是入亭去坐吧。」紫瑞先進去擦了擦石凳。

神容緩步往亭內走，忽見一旁東來往她這裡走了兩步，擋在她身前，手作拔刀狀，眼睛盯著道上：「少主小心。」

他視線所望之處，幾道人影一路在往這裡跑，好像出了什麼事一樣。

神容順著他目光看去，凝神瞇眼，才看清了那幾人的模樣：「怎麼好似有些眼熟？」

就這片刻功夫，那幾人已經一口氣跑到了亭外道上，一共三人，皆身服粗布短打，額纏布巾，腰別匕首，為首的是個滿臉絡腮胡的大鬍子。

那個大鬍子跑著的時候就在看這裡，忽然腳下一收，朝身後二人一招手，從道上衝下來，直撲亭前神容：「是妳！妳是當初幽州驛館裡的那個貴人！」

護衛們立即上前，神容攔了一下，走出東來身後，近看那幾人，又聯繫他的話，才算認出來了：「哦，原來是你們。」

大鬍子一頭汗，急急忙忙道：「是咱們，咱們就是當初給山使送關外敵賊的那幾個，在幽州驛館見過的！」

沒錯，是見過。那都是神容當初剛到幽州時的事了，沒想到他還能一眼認出她來。她記得這大鬍子當時還管她叫「狗屁貴人」來著，後來才發現他們幾個是綠林中人。神容不想見這等嘴賤的，擺擺手，往亭內走。

東來立即去趕人。

大鬍子卻不肯走，著急喊：「貴人且慢，求貴人助咱哥兒幾個躲一躲追兵，以後一定報答！」

神容都沒看他們一眼：「我為何要幫你們躲追兵？」

大鬍子更急：「妳不是認識山使？咱們最後一回見是在間香粉鋪子外頭，當時山使在交代咱們事情，後來被妳推窗打斷了，記不記得？」

神容聽到此處才停下腳步，仔細想了想，是有這回事，也很久了。

大鬍子接著道：「眼下咱們就是替山使辦事回來了，要是被逮了就沒法去幽州見山使了，妳就是為他也該出手才是。」

神容微微揚眉：「為他？」她連那男人要這幾人辦的是什麼事都不知道，卻被說得好像成她的事了。

大鬍子還沒再說，遠處已有馬蹄聲傳來。他們幾個耽誤得夠久了，馬上就要跑：「貴人快看，就是他們！」

神容朝那邊看去，一行人馬遠遠而來，看模樣是兵馬，難怪叫他們怕成這樣，她再細看，竟也看出點熟悉。

待到那群人近了些，她看見了其中領頭的那個穿著胡衣，面白眼細，腰上配著一柄寬刀，一下認了出來，居然是那個檀州鎮將周均。回京時在道觀裡被他夜查的事還記得清清楚楚呢。

「真是巧了。」神容笑了笑：「那我倒是還真要管了。」

大鬍子那幾個拔腳跑了。

周均的那隊人快馬循跡追過來時，正趕上一行車馬隊伍上道啟程。

當中車駕寬而華麗，上遮輕綢華蓋，有點眼力的就能看出來，那是京中樣式，車中的人必然出身貴冑，卻嚴嚴實實擋住他們的路。他們的人往右，貴人的車駕就往右，往左，車駕也往左。

車中，神容透過窗格朝外望著，周均甚至想從他們橫穿，但被東來攔了。雙方在馬上互望，已有劍拔弩張之勢。

周均手按著寬刀：「我檀州兵馬正在追捕幾個綠林賊匪，還請諸位不要阻攔。」

東來回：「這裡不是檀州。」

這是神容剛才吩咐好的話。即便是要追綠林賊匪，在別人的地面上，也不能生事，周均註定拿她沒辦法。

果然，周均最終帶著人往回退了一段，朝另一頭繞行走了。

算他識相。神容沒再管他，朝外吩咐：「快行，直往幽州。」

望薊山裡，長孫信剛從坑洞裡上來，正拍著灰塵皺眉想法子，一名護衛快步自山道而來，雙手呈上剛送到的信件。

長孫信看那信封便知是趙國公府送來的，立即接過拆閱，看完低低「咦」一聲：「那豈不是快到了？」一面帶著隨從們匆匆出山去了。

胡十一剛由雷大來接替了崗，還沒走，伸頭看了一眼，轉頭正好瞧見剛從關城過來的山宗，立馬告訴他：「頭兒，長孫侍郎剛有急事走了。」

山宗隨口問：「什麼急事？」

胡十一道：「就聽他自言自語了一句什麼『快到了』，也不知是說什麼快到了。」

山宗往山外看了一眼，料想還是坑下的事，掃一眼那頭被看守著的重犯，走出山道，翻身上了自己的馬。

胡十一跟上去：「頭兒是要直接回軍所？」

「嗯，回去練兵。」山宗策馬出山。

胡十一上馬跟上，對此已見怪不怪了。自京裡回來這麼久了，他一直埋頭忙軍務，每一處都親力親為，像不嫌累一般，眼下都這時辰了，還要去練兵。

回到軍所時日已微斜。

山宗下馬，直往演武場走。

身後大門外忽然衝來一匹馬，老遠就在喚：「郎君！」是廣源的聲音。

山宗停下腳步，手上拆著護臂綁繩。

廣源馬騎得太急了，簡直是橫衝過來的，守門的差點被刮到。

還是門口的胡十一一把將他扯住了，罵道：「你小子幹嘛呢，搞襲營都沒這樣莽的！」

廣源根本顧不上他，一翻下馬就跑到山宗跟前：「郎君，方才長孫侍郎回去囑咐他們家隨從快些安排，說是人就快到了。」他說得太快，倒豆子似的，一邊說一邊喘氣。

胡十一在旁聽得咂嘴：「誰啊？誰快到了？」

山宗拆護臂的手一停，倏然掀眼。長孫信在山裡的話，眼前廣源的話，連一起，一下全明白了。

廣源喘口氣：「還能有誰，當然是……」

話沒說完，看見山宗已經動了腳步。他大步走向自己的馬，護臂綁繩緊緊一扯，翻身而上。

胡十一愣住：「咋，頭兒你不練兵了？」

山宗手裡韁繩一振，直接疾馳出了軍所。

胡十一這才反應過來，趕緊喚人，上馬跟上。

幽州雄渾的山嶺在天際起伏連綿，神容又繞過了那座經過了兩次的道觀，再不遠就會進入幽州大地了。

「少主。」外面東來忽喚。

神容揭簾：「怎麼了？」

東來打馬車前，低聲說：「之前那隊兵馬跟來了。」

神容透過窗格往後望，果然看見一隊兵馬拽著塵煙跟在後面，約有十數人，看起來就像是在追他們。

為首的人胡衣寬刀，老遠看不清神情，但也能大概看得出他一雙細眼盯著這裡。檀州鎮將周均。

東來道：「他們肯定是沒追到那幾個綠林人才來的。」

神容猜也是這樣，笑一聲：「追過來做什麼，找我要人？不用管他，直接往前甩開他。」

東來稱是，下令護衛鞭馬加速。車馬碾著道上塵土飛揚，行將進入幽州。

神容往窗格外又看一眼，蹙眉，周均竟然還追著，馬蹄聲近已可聞。但隨之，另一波更強勁的馬蹄聲蓋了過來。

神容循聲往前看，窗格裡只有瀰漫的煙塵，看不分明，她卻隱約看見一抹烈黑身影，伸手揭開車簾：「停車。」

車馬驟停。她終於看清，前方疾馳而來的男人，黑衣烈馬，凜冽如刀出鞘。

塵煙漫舞，除了風聲和馬嘶聲，只餘如雷馬蹄聲。山宗策馬而至，一扯韁，在車前停下。

神容抬頭看他。

他也在看她，眼神幽幽深深落在她臉上，嘴角微提，好幾眼，才轉去後方。

後方的周均追上來了，一陣勒馬聲。他細長的眼早就盯著山宗，卻見他只盯著眼前的馬車，此時才算看來。

山宗看著他：「何事？」

周均看馬車一眼：「前些時日這位貴人刻意阻攔我追捕綠林賊匪，原來與你有關，你們是相識的。」

神容在車中聽著，不動聲色，料想他也不能把自己怎麼樣。卻見車前的山宗打馬往後去了。

他問：「你追來幹什麼？」

周均道：「我辦我的事，應當不用向幽州團練使報備。」

「那得看你辦什麼事了。」山宗橫馬在車後，擋在他前面。

周均眼睦得更細了，又朝那邊馬車看去，只見窗格裡女人烏黑如雲的髮髻，半張雪白的側臉，意外地看了他一眼：「原來車裡的貴人是個女子。」

山宗「嗯」一聲：「與你無關。」

周均涼絲絲地道：「是與我無關，這是位貴人，我行事自然有數，你要阻攔，也要看看這是在什麼地方。」他指一下前方，石碑豎著，上書幽州二字，一旁是木杆，挑著幽州幡，距離他們所在還有至少百步，而他們腳下是檀州。「這裡是我檀州地界，不是你的幽州。」

神容又有了上次的感覺，周均不是在針對她，言辭間都是在針對山宗。大約真與她對上，亮了身分，也不敢做什麼。

山宗什麼也沒說，打馬往回一轉，到了幽州界碑前，忽而一扯韁繩，馬抬前蹄，一下踹在界碑上。

界碑倒地，他又抽刀，俯身一刀砍向木杆。木杆底端斷裂，山宗一把接住，策馬回來，到了馬車後方，用力一插，而後才抬眼看來：「你方才說什麼，再說一遍。」

周均頓時手按上刀：「山宗！你敢妄擴地界！」

「我什麼不敢？」山宗拎著刀，扯著馬在他跟前緩緩徘徊：「你又不是第一日認識我，或許你想將這些私怨小事再鬧大一些，還是要我拿出上州團練使的軍職來壓你一頭才甘心？」

周均臉色鐵青，朝他冷冷點頭：「你就別有下次！」餘下一個字也沒說出來，他狠聲下令，終是調頭走了。

神容一直在車中看到現在，盯著那男人的身影，方才也有點被驚到了。

山宗打馬回來了，看著她說：「放心，他向來雷聲大雨點小。」

神容瞄了瞄他：「無法無天。」放下了車簾。

山宗對著車簾笑了笑，自馬上坐正，那頭胡十一終於帶著幾人追上來了。

「頭兒！」他剛想問這麼快幹什麼，一眼看到眼前馬車和隊伍，才明白過來，金嬌嬌回來了！

馬車上路，山宗指一下後面豎著的木杆：「這里弄回原樣。」

胡十一對著現場莫名其妙，他已跟上神容的馬車走了。

直至幽州城下，天已黑下，城門已閉。但城頭守軍一見這隊人中有山宗，立馬開了城。

早就有一個長孫家的護衛等在城門內，攔車稟報說：郎君已在來接的路上，請少主稍候。

車馬停下。神容從車裡下來，往路邊看。

山宗下了馬，看她一眼，走向城頭下一間亮燈的屋子：「去裡面等。」

那裡面的兩個兵聞聲就立即出來讓了地方。

神容順一下身上披風，走向那屋。剛進門，一隻手抓住她的手臂，身後門一聲輕響合上。

她回頭，正對上山宗的胸膛。

他看著她，低聲問：「妳怎麼又來了？」

神容的眼神正好看到他的凸起的喉結，刻意忽略他抓著自己的手有多熱，輕聲說：「我有來的理由，與你那日的話無關。」

說完沒聽到動靜，她抬頭，看見山宗勾唇在笑，眼裡斂著屋裡暗暗的燈火：「我也沒說什麼。」

神容不禁咬唇，想轉身去拉門，沒能動得了，手臂再動就貼著他的腰穿過，好似要抱上去似的，乾脆不動了。

山宗的手還抓著她。

外面很快傳來了長孫信的一聲「阿容」。

他才鬆了手，拉開門。

神容看他一眼，從他跟前出去，衣裳輕擦而過。

山宗低著頭，嗅到她髮間的幽香，直到此時才相信她真又到了幽州。

這一路緊趕慢趕，很是辛苦，可神容入了官舍也只休息了一日，便開始著手處理山裡的事。

日光惶惶地照入窗裡來，桌上攤著礦眼圖，長孫信在她對面坐著。

神容看著圖時，他正在看她，一連好幾眼，終於忍不住開口：「阿容，妳入城當晚怎會跟姓山的一道，難道是他去接妳的？」

神容抬了下頭，心裡回味了一下，那是去接她的麼？其實她也不確定，只覺得他來得既快又及時。「誰知道呢。」她淡淡說：「或許是他碰巧去邊界遇上的。」

長孫信點點頭，算是信了：「還好，如今是在幽州了，父母不在跟前，妳要如何我自是不會多問，只要妳自己心中清楚就好。」

神容看他一眼，又低頭去看圖：「嗯，我向來清楚。」不就是要那男人後悔麼，何必特地提醒。

眼裡的圖卻沒什麼好看的了，她站起來：「算了，還是去山裡親眼看看。」

長孫信便不再提姓山的了，跟著起身，與她一同去。

此時軍所裡，大鬍子一行三人正恭恭敬敬在正堂裡站著。

左右無人，只有首座上坐著山宗。

低低的一陣話語，大鬍子報完了事，遞給他一張皺巴巴的紙：「山使，咱就知道這些了。」

紙上是手畫的歪七八扭的地形圖。山宗一手撐著擱在腳邊的刀，一手捏著看了許久，才頷首：「嗯，我知道了。」

大鬍子鬆口氣，壓著粗嘎的聲道：「總算能來見山使，哥兒幾個險些被檀州的周鎮將逮到，連命都差點沒了。」

山宗記得那事，他們運氣夠好的，正好碰上神容，偏偏周均還得罪過她。想起她那點脾氣，他便忍不住笑了笑，回味了一下大鬍子報的事，又收斂，看大鬍子一眼：「去問胡十一領了賞錢就走，此後不要出現，就當沒替我辦過事。」

大鬍子連聲稱是，帶著一起的兩個弟兄出去了。

山宗將那張紙疊好收入懷裡，起身，提刀出了正堂，果然他們已經走得乾乾淨淨了。

胡十一知道他要入山，早就牽著他馬在大院內等著，剛打發了大鬍子幾人，好奇地問他：「頭兒，大鬍子這回來怎麼不是來送敵賊的？」

山宗接了馬韁，翻上馬背：「你就當他們沒來過。」

胡十一便有些明白了，猜那幾人是悄悄辦了什麼隱祕的事回來稟報的。

這幽州以往綠林強盜什麼樣的人都有，後來被山宗鎮壓，死了的死有餘辜，活著的全都服帖，再不敢生事，反而有時候還全心全意為他辦事。軍所上下對此早已習以為常，也就只有他能將一群黑場上的馴成自己的下手了。

山裡情形看起來並無什麼不同。

神容跟著長孫信入山時，抬頭遠遠看了看那片再熟悉不過的山嶺。今日天氣晴朗，望薊山在眼裡如被日光描了出了金邊，如此明麗，卻愈顯出一絲神祕。

到了礦眼處，長孫信低低將下方情形與她說了，而後道：「這下面仍只敢採那一段，其他地方都還不敢碰，只怕碰錯了又要出一回事。」

神容點頭，往兩邊看了看：「我下去看看，你替我往東角河岸處看著風。」

只有長孫信懂她意思，點頭道：「好。」說完帶了兩人去往東角。

東來扶著坑洞壁上掛著的木梯，紫瑞扶著神容送至坑洞口，她小心踩著，一步步下去。

越來越暗，只剩頭頂一束光。畢竟摔過一回下來，神容對這下面有些印象，扶著坑壁一點點往前。

後方東來跟著：「少主小心腳下。」

漸漸往前，就是坑道底，當初她與山宗落下後逃出去的地方，如今兩邊壁上有了火把，眼前亮起來了。

神容走到那塊被水沖動的大石處，當時山宗挪動過，如今已被移回原位，再也感受不到下方的風了。她卻好像看見了什麼，正想湊近去細看，忽然那大石上多出一道龐然黑影，她轉頭，悚然一驚。

眼前多了張臉，正朝她陰笑，左眼上白疤猙獰，像個鬼影。

身側東來唰一聲抽出半截刀，她下意識往後一退。

那是未申五，拖著開山的鐵鎬，咧著張嘴朝神容笑。這坑道有一面的側面已按照礦眼圖開出了另一條坑道，那裡已經挖深，有哐噹作響的鑿山聲傳出來，他就是從那裡面冒出來的。

「小美人兒居然又來了，」他怪笑著說：「老子還真有點想妳了。」說著呸了一聲，吐出口唾沫，「就是便宜那姓山的狗東西了。」

東來手裡的刀又抽一截。

神容陡然被嚇了一下，臉還微白，沒好氣地看著他，忽聞坑道裡一步一聲，有人過來了。

未申五轉下頭，拖著鐵鎬往側面坑道走，陰沉笑道：「狗東西來了，呵！」

一個兵卒已追出來抽鞭，他退回那坑道裡去了。

神容往前看，火光裡顯露了男人頎長的身影。

山宗半矮頭，走到跟前，眼睛看著她：「妳果然在。」

神容聲有些輕：「你也來了。」

山宗剛才來時就看到外面的紫瑞，猜她是下了坑道，這裡面一堆重犯在，他便下來了。他看了她臉色一眼，又見退開的東來剛按回刀，掃側面坑道一眼：「未申五又冒犯妳了？」他記得自己警告過未申五要離她遠點。

「他罵你比較多。」神容說。

山宗腳下這才沒動，笑一聲：「隨他。」都要殺他的人，罵他又如何。

神容看了看他，周遭安靜了些，她忽然想起先前被打斷的事，轉身去看那塊大石。看不太分明，她只能斂衣蹲下，一邊轉頭朝後看了一眼。

身後火光一亮，山宗取了山壁上別著的火把走過來：「妳在看什麼？」

眼前亮了許多，神容指那大石：「你動過這大石，那道下去的縫隙被堵上後好像有些不一樣了。」

山宗衣擺在腰上一掖，蹲在她身旁，舉著火把：「所以這就是妳再回幽州的原因。」

神容看他一眼，挑眉：「自然，都說了不是因你激我那番話來的。」

山宗笑：「是，妳不慫。」聲卻低了許多。反正他早就知道她那點心思，笑意沒了。

神容不禁又瞄他，覺得他壞心又犯了，在戳她。

山宗卻又不說了，手裡火把動一下，頭朝大石一歪：「妳不看了？」

神容這才又去看那縫隙。縫隙在石底，火把照著也難看清楚，她只能伸手去摸。

傾身往前時，就快挨著山宗身上，他蹲著，一條腿繃著胡褲，就在她眼前，完全能看清是何等的結實修長，一隻手搭在腿上，火光映照，五指修長有力。神容轉開眼，好不分心去摸縫隙，想起他眼力好，低低說：「你幫我看看。」

手上忽而多了隻手，剛剛見過的修長五指已抓在她手上，往右一拖：「是這兒？」

神容摸到了，那裡還有道細小的口子，沒有完全合上。

「嗯。」她應一聲，轉頭瞥見後方東來早已退遠，手在那細口上摸了又摸，有了數，緩緩往回抽，在他手掌裡輕輕地刮了一下。

山宗幾乎瞬間就轉頭看了過來。

神容因為被他拖了一下手，人也挨著他，抵著他的肩，臉也離得近，低聲說：「你手心好熱。」頓了頓，又說：「有繭，不像貴公子的手了。」

山宗看著她的唇在動，聲也跟著低沉：「我本就不是了。」但她還是，那隻手柔軟嬌嫩，如掌中一抔柔紗，他五指蜷起。

神容與他目光相看，彷彿火把的亮已落進他眼裡，漆黑的眼底閃躍著兩簇火苗。她沒來由地心裡緊了緊，覺得他的眼神變了。

然而側面坑道裡的鑿山聲清晰又起，木梯那頭傳來東來的聲音：「少主，郎君返回了。」

神容覺得眼前那兩簇火苗似收斂了，開口回：「知道了。」

山宗從身旁站起來，眼睛還盯著她。

她起身，撫了撫衣擺，暗暗舒了口氣。

長孫信等在外面，看到神容出來，立即伸手拉她一下：「東角沒有變化，妳看了下面如何？」

紫瑞在旁替她輕輕拍著衣上灰塵，神容說：「被地風衝動過的大石如今回歸原位，本該嚴絲合縫，卻多出了道一指寬的細口，說明確實偏移了。」

長孫信嘆氣，又問：「那這條礦脈變動可大？」

神容摸出懷裡書卷：「我要算一算。」

長孫信走近兩步，正等她結果，就見那坑洞下面木梯處，一人跟在後面出來了，一襲黑色胡服，不是山宗是誰。他頓時看看妹妹，意識到這二人方才一起在下面，皺著眉掃山宗一眼。

山宗留意到他的眼神，竟還笑了一下，拍打著胡服上的灰塵，往神容身上看。她身上也穿著胡衣，手裡拿著書卷，時而抬頭看四周一眼。他便知道，此時此刻又是她手握利器與山對陣的時候了。

有一會兒，神容看完了，將書卷收了起來：「看來我得再探一回了。」

長孫信一愣：「什麼意思？」

神容指著遠處：「變動在那裡，我要去那裡走一趟。」

「那裡不行。」山宗忽然開了口。

神容回頭看他：「為何不行？」

他朝那裡掃了一眼：「那裡是邊境，任何人不得靠近。」

「任何人？」她眼角微挑。

山宗盯著她，自然不是任何人，他和軍所人馬可以去。「妳非要去？」

神容點頭。

山宗轉身走到馬旁，抓住韁繩時說：「只帶妳一個，多一個都不行。」

長孫信都要命人去牽馬了，聞言立即道：「什麼？」

「涉及軍情布防，越少人知道越好。」山宗看神容，臉上沒笑，不是玩笑模樣：「看妳。」

神容朝哥哥示意一眼，走去他跟前低語：「走啊，又不是第一回與你同行。」

山宗朝長孫信看一眼，覺得這彷彿是句暗語，嘴角的笑一閃而過。

——《他定有過人之處》未完待續——

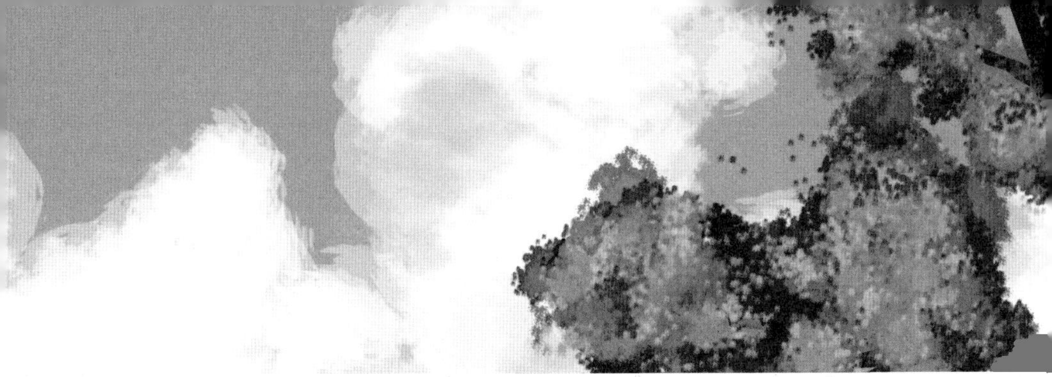

高寶書版集團
gobooks.com.tw

YE 055
他定有過人之處（上卷）
作　　者　天如玉
責任編輯　吳培禎
封面設計　張新御
內頁排版　賴姵均
企　　劃　何嘉雯

發 行 人　朱凱蕾
出　　版　英屬維京群島商高寶國際有限公司台灣分公司
　　　　　Global Group Holdings, Ltd.
地　　址　台北市內湖區洲子街88號3樓
網　　址　gobooks.com.tw
電　　話　(02) 27992788
電　　郵　readers@gobooks.com.tw（讀者服務部）
傳　　真　出版部(02) 27990909　行銷部 (02) 27993088
郵政劃撥　19394552
戶　　名　英屬維京群島商高寶國際有限公司台灣分公司
發　　行　英屬維京群島商高寶國際有限公司台灣分公司
初　　版　2023年9月

本著作物《他定有過人之處》，作者：張新御，由北京晉江原創網絡科技有限公司授權出版。

國家圖書館出版品預行編目(CIP)資料

他定有過人之處/天如玉著. -- 初版. -- 臺北市：英屬維京群島商高寶國際有限公司臺灣分公司, 2023.09
　冊；　公分. --

ISBN 978-986-506-813-4(上冊：平裝). --
ISBN 978-986-506-814-1(中冊：平裝). --
ISBN 978-986-506-815-8(下冊：平裝). --
ISBN 978-986-506-816-5(全套：平裝)

857.7　　112014111